目次

プロジェクト・インソムニア

よく見る夢1

気付いたら、茜色《あかねいろ》に染まる夕空の下に立っていた。

——それじゃあ、元気でね。

彼女に手を握られ、うん、と小さく頷《うなず》き返す。

よく見る夢。それは、いつも決まってこの場面から始まる。

——そんな、悲しそうな顔しないで。

困ったように笑う彼女を前に「また、逢《あ》えるよね」の一言が出てこない。

何故《なぜ》なら、知っているから。繋《つな》いだこの手を放しちゃいけないって。そうしたら、もう二度と——

目線を上げると、並んだつり革が仲良く揺れていた。海沿いを走るおんぼろ列車、二両編成の先頭車両。窓の向こうには、右から左へ灰色の空と海が流れている。車内を見渡すが、自分以外に乗客はない。彼女は二号車だろう。

ふと、隣の座席に分厚い一冊の本が置かれているのを見つける。傷《いた》みが目立つ重厚な革表紙、並んだアルファベット――洋書だ。裏表紙を開くと一枚の便箋《びんせん》が挟まっていた。そっと手に取り、広げてみる。

『お前のせいだ』

ごおっと窓が揺れ、外の景色が漆黒の闇《やみ》に変わった。ガラスに映る自分と目が合う。トンネルに入ったのだ。

弾《はじ》かれたように席を立つ。伝えないといけない。この後に何が起こるか、どんな未来が待ち受けているか。伝えなかったら、一生後悔することになる。あのとき、どうして手を放してしまったんだろうって。

咄嗟《とっさ》に駆け出そうとする。が、何故かまったく脚が動かない。沼地に沈んでいくように、蜜《みつ》をかき分けて進むかのように、どんどんと身体《からだ》の自由が奪われる。脚だけでなく腰、背中、肩、そして首と順々に。

そうこうしているうちに、トンネルを抜けた。窓外には、重苦しい曇り空と荒れ狂う冬の太平洋が戻っている。もう時間が無い。お前のせいだ、と何度も頭の中で彼女の声がする。お前のせいだ、お前のせいだ、お前のせいだ。

轟音《ごうおん》とともに車両が傾き、身体が左に引っ張られた。同時に右手の窓ガラスが粉砕し、大量の土砂がなだれこんでくる。上も下も、右も左も、前も後ろも何もかもわからない。激しく揺れ、乱れ、回る世界は暗転し——

　今度は、砂浜に立っていた。根っこから掘り返された木々、大小さまざまな岩、鉄くずと化した車両の残骸《ざんがい》。その真ん中で立ち尽くすことしかできない。

　——ねえ、それで私を撃って。

　視線を下ろすと、瓦礫《がれき》の山から彼女の上半身がのぞいていた。血と泥土で汚れた顔、鉄パイプと思《おぼ》しきものが側頭部に突き刺さっている。

　——あなたの望み通り、弾は二発。

　いつの間にか、右手に拳銃《けんじゅう》を握っていた。助けなきゃ、と頭では理解していても、意に反して腕は持ち上がり、銃口が彼女の方に向く。

　——気が早いって。まずはその銃が本物か試さなきゃ。

　引き金に指がかかる。

　——あら、いきなり撃つの？

　ごぽごぽと彼女の口から溢《あふ》れる鮮血——どうせ助からない。むしろ、これで彼女を救えるんだ。必死に言い聞かせるが、それでも引き金を引けない。とめどない涙が頬を伝う。

――意気地なし。
彼女は落胆したように呟《つぶや》くと、おもむろに頭から伸びる鉄パイプへと手を添えた。
大地を揺るがす絶叫、ほとばしる血しぶき。
鉄パイプは、瞬《また》く間に頭部を貫いていく。
しかし、白目を剝《む》く彼女の口元には恍惚《こうこつ》の笑みが浮かんでいた。
――何度でも言ってやる、全部お前のせいだ！
そう、全部自分のせいなのだ。
だから、この手で決着をつけないといけない。
曇天に、乾いた銃声が響いた。

プロローグ

——まるで、悪夢にうなされ、そのまま死んでしまったかのようでした。

そう証言するのは、ビジネスホテル〈サンシャイン神戸三宮〉に勤める男性従業員のA氏だ。二〇二〇年九月二十八日、午前十一時三十分。チェックアウト時刻を一時間半も過ぎていた。それなのに連絡の一つもなければ、内線が通じる気配もない。さすがに何かおかしいと察した彼は、スペアキーを片手に一六〇二号室へ向かった。

——一目見て、死んでいるとわかりました。

キングサイズのベッドの上で、バスローブ姿の滑川哲郎《なめりかわてつろう》は絶命していた。カッと見開かれた瞳《ひとみ》と、木の洞《うろ》のようにぽっかり空いたままの口腔《こうこう》。迷うことなくA氏は一一〇番通報したという。

——素人目《しろうとめ》にも、おかしな点があったんです。

滑川哲郎は、浅草で不動産会社を営む五十五歳。妻と、大学生の娘が二人いた。

——あの人がそんな風になるなんて、とても信じられません。

警察の事情聴取に、妻の真智子《まちこ》は涙声で語る。

――どれだけ無茶な働き方をしたって、風邪の一つも引かないような人ですよ。

死因は睡眠中の急性心筋梗塞《こうそく》で、一切の外傷なし。死亡推定時刻は前日の二十時から二十一時頃。チェックインが十九時三十五分なので、入室してからすぐのことだ。

現場検証では誰かが部屋に入った形跡は見つからず、館内カメラの映像でも本人以外に部屋を出入りした者はなかった。窓は専用の鍵《かぎ》がないと開閉できず、どの客室にもベランダがついていないため、外から押し入るのは至難の業。ましてや十六階という高さだ。事件性を見出《みいだ》す方が難しいだろう。

――不自然なのは、むしろ遺体以外でした。

そう上司に報告したのは、現場に急行した警官の一人だった。

――A氏は最初、部屋に入るのも一苦労だったらしいんです。

チェーンをかけるだけでは飽き足らなかったのか、滑川は内開きのドアの前に椅子《いす》やら冷蔵庫やらを移動したうえ、電気ポットの電源コードでドアノブをぐるぐる巻きに固定していた。これでは、ちょっとやそっとのことで客室に入ることはできない。

――それだけじゃありません。

枕《まくら》もとに置かれていた一丁の拳銃《けんじゅう》。安全装置は外され、マガジンには弾丸がフル装《そう》塡《てん》されていたという。

――穿《うが》った見方をすれば、すぐ手に取れる位置に置いておいたとも。

すなわち、目を覚ますとともに「誰か」に銃を構える可能性があったのではないか。

簡単には客室に入れないように細工していたことも勘案すると、もしかしたら「誰か」に襲撃される危険があったのかもしれない。しかし証拠がない以上、それが推測の域を出ることはなかった。

ただ、不審な点は他にもある。例えば、スーツケースから押収された大量の銃弾。それらは、枕もとの拳銃とは口径が合わなかったのだ。

――何故《なぜ》か、滑川は撃つことのできない弾を持ち歩いていたんです。

極めつきは、テーブルの上に畳まれていた便箋《びんせん》。そこにはただ「1002」とだけ記されていた。けれども、その意味に迫るヒントはどこにも残されていなかったし、滑川に何らかの関係がある数字でもなかった。

――ダイイングメッセージとしか思えません。

――もう少しだけ時間をください。何かが臭《にお》うんです。

しかし、警察が組織として出した結論は「事件性なし」だ。

――正直、私は納得いっていません。

妻・真智子は、いまだに事件だと信じて止《や》まない。

——だって、明らかにいつもと違ったんですから。

その日、昼寝から目を覚ました滑川は、思い立ったように自ら新幹線とホテルを予約すると、スーツケースを手に西へ向かったという。普段は出張の手配をすべて秘書に任せきりだったそうなので、これら一連の行動は確かに不自然だ。しかも、用向きや行き先を誰にも告げていないときている。

——いったい、主人は神戸で何をするつもりだったんでしょうか？

その後の調べでわかったことがいくつかある。

まず、二十七日当日の足取り。十八時三十五分に新神戸駅へ到着した彼は、地下鉄で三宮駅まで移動。そこで駅前のロッカーに何かを預けた。十九時二十分頃のことだ。その足でホテルに向かい、十九時三十五分にチェックイン。そのまま部屋から出ることなく絶命した。これだけでも十分きな臭いが、問題はそれから五日後。何者かがそのロッカーから中身を持ち去っていたことが、監視カメラの映像により明らかになったのだ。

——絶対に、そいつが何かを知っているはずです。

妻・真智子はしきりに主張し続けるが、その正体は現在も判明していない。

他にも、古くから滑川は暴力団関係者と親交があり、おそらくそれが銃の入手経路のようだということ、遺品の中に大量の違法ビデオ——主に未成年者が出演する類《たぐ》いのものがあったこと、実は二年ほど前から家族に内緒で鬱《うつ》病の治療に通っていたことなど、いくつも妻・真智子すら知らなかった裏の顔が明らかになった。

だが、それでも何一つ事件だと示す証拠にはならない。最後に立ちはだかるのはやはり、滑川の死因が心筋梗塞であること。不審な行動や不法行為は散見されるものの、彼が自然死したことを覆《くつがえ》す術《すべ》がどこにもないのだ。

結局、どこか腑《ふ》に落ちない収まりの悪さを感じつつも、関係者はみな「滑川はただの心臓発作により死亡した」と、無理矢理幕引きを図るしかなかった。

——事件じゃないなら、やっぱり私が言った通りですよ。

警察から「事件性なし」と聞かされた後、A氏は不謹慎にもこう呟《つぶや》いたという。

——夢の中で死ぬと、現実でも死ぬっていう都市伝説、聞いたことないですか？

——きっと滑川さんも悪夢にうなされ、そのまま死んでしまったんです。

第一章　プロジェクト・インソムニア

1

あたりが急に暗くなったのは、「奴《やつ》ら」が日光を遮ったからだった。

「ねえ、チョーチョくん、あれ」

ミナエにシャツの裾《すそ》を引かれ、蝶野恭平《ちょうのきょうへい》は頭上を仰いだ。

上空を覆《おお》い尽くしていたのは、直径数十キロはあろうかという巨大な円盤だった。ゆっくりとその腹部が割れ、コバルトブルーの閃光《せんこう》が漏れ出てくる。荘厳《そうごん》で静謐《せいひつ》な佇《たたず》まいが予感させる、圧倒的な絶望——

道行く人々も異変に気付き、足を止める。不安げに恋人の腕に身を寄せる女に、嬉々《きき》として上空にカメラを向ける男。反応はそれぞれだが、誰もが同じ気配を感じていたに違いない。

始まろうとしている。有史以来、人類が遭遇したことのない何かが。

青い光に紛れて吐き出される無数の影——おそらく戦闘用の小型機だろう。それはまるで、農作物を食い荒らすイナゴの大群のようだった。うねり、群れ、散る。古来より人々はそれを蝗害《こうがい》と呼び、恐れてきた。「害」とはすなわち——「災害」だ。

「この前、ロードショーで『インデペンデンス・デイ』をやってたせいかな」

不穏な空気を振り払うべく、恭平は冗談めかして言った。先日、テレビで再放送された昔の映画。それを観《み》た《ドリーマー》の脳裏に、異星人襲来が印象付いたに違いない。だから「奴ら」は現れたのだ。軽いジョークのつもりだったが、ミナエは「ねえ、ぶち壊しなんですけど」と口を尖《とが》らせた。

そのとき、一匹の「イナゴ」が急降下してくる。

「危ない！」誰かの悲鳴と同時に、青い光線がすぐ近くに着弾した。

爆風に吹き飛ばされた恭平は、路面店のショーウィンドウに背中から突っ込む。粉々に破砕したガラス片が額、頬、手首を切り、なぎ倒したマネキンと一緒に壁にしたたか頭を打ち付けた。思わず「痛っ」と声が出る。

一瞬で街は大混乱だった。逃げ惑う人々、鳴りやまないクラクション。そこかしこで爆発が起こり、粉塵《ふんじん》が立ち込めている。

身を起こすと服についた埃《ほこり》を払い、再び通りに躍り出る。彼女は無事だろうか。

「俺たちが地球を守るんだ」

火を噴く乗用車のボンネットの上で拳《こぶし》を掲げているのは、ショータだ。十九歳の現役大学生、この世界を誰よりも楽しむお調子者。七年前の自分はあんなに純粋だったっけ、と苦笑する。見ると、車を囲んで立つ仲間たちの中にセーラー服の女子高生の姿があった。ミナエだ。爆風に巻き込まれたはずだが、無事だったようだ。まあ無事も何も、この世界ではそれが当たり前なのだけれど。

駆け足で皆のもとへ向かい、輪に加わる。

「地上戦は分《ぶ》が悪い。俺たちも空へ向かおう」

熱弁を振るうショータの手に、瞬時に大きなレーザー銃と思《おぼ》しきものが現れた。

「向かうって、どうやって？」

周囲の爆発音に負けまいと、ミナエが声を張り上げる。

「忘れたのか？　ここは、何でも夢が叶《かな》う世界――《ユメトピア》だぜ」

言うなり、ショータの背に二本のロケットブースターが生えた。

「諸君の健闘を祈る」

そのまま点火すると、彼は大空へと飛び立ってしまった。

なるほど悪くない。あの格好で飛び回ったらさぞや爽快《そうかい》だろう。

ショータに倣《なら》い、思い思いの装備で次々と戦闘に繰り出していく仲間たち。気付けば地上に残っているのは、自分を含め三人だけになっていた。

恭平は悩んだ挙句、一台のバイクを《クリエイト》する。と言っても、車輪で地上を走る普通のやつとは違う。こいつは、空を駆けることもできる特別仕様だ。

跨《またが》るとエンジンを始動させ、スロットルを開く。

「乗ってかない？」

少し離れた場所から様子を窺っていたミナエに声をかけてみるが、彼女はぷいとそっぽを向いてしまった。

「私は地上に残る」

「あ、そう」

好きにしろ。胸の内で毒づきながら、まさに発進しようとしたときだった。

「ねえ、私はどうしたらいいかねえ」

背後から声をかけられる。

「何やら、物騒じゃない」

《ドリーマー》最年長の七十八歳、キョーコさんだった。綺麗《きれい》にまとめられたショートヘアの白髪の下で、白い眉《まゆ》がハの字形になる。全身から放たれる柔和な雰囲気は、およそ戦地に赴く戦士とは思えないが、それに拍車をかけているのは着物という装《よそお》いだろう。

「とりあえず、乗って！」後部座席を叩《たた》く。

表情に一瞬だけ躊躇《ためら》いの影がよぎるが、すぐにキョーコさんは頷《うなず》き返してきた。

「俺たちも戦闘に加わろう」

頭上を飛び交う「イナゴ」の群れと仲間たちを見上げる。

「加わるって、どうやって？」

「こいつで撃ち落とすんだよ」

思い浮かべると、すぐに恭平の手に黒光りする連射式のガトリング銃が出現した。それを彼女へ授ける。

「狙撃手《そげきしゅ》のキョーコを見せてやろうぜ」

いまだ状況を飲み込めていない様子の彼女に構わず、恭平はそのままバイクを発進させた。

肩越しに「振り落とされないで」と叫びながら、ぐんぐん加速する。頭上から降り注ぐ砲撃の雨――大丈夫、当たりっこない。すべて置き去りにしてやる。風を切りながら、ハンドルを握った身体《からだ》を倒す。右手で乗用車が爆発したら、左へ。左手から街灯が倒れてきたら、右へ。行く手を阻《はば》む瓦礫《がれき》の山をかわしながら、ひたすら突き進むだけだ。

「しっかり摑《つか》まってて！」

ここで、ハンドルを手前に引く。現実ではバイクに乗ったことが無いので、実際にそんな操作があるかは知らないが、ここでは《クリエイト》した人物がその物を支配する。すなわち、このバイクのルールは恭平自身だ。それまで地面を摑んでいたタイヤが瞬時に車体に格納され、全身が浮遊感に包まれる。

「ここからが本番だぜ、キョーコさん！」

「なんだか、楽しくなってきちゃった！」

追尾してくる「イナゴ」を振り切るべく急上昇、急降下、急旋回。高層ビルの間をすり抜け、地上ぎりぎりまで錐揉《きりも》み回転。そのまま空中通路をくぐり、また大空へ。次々と被弾し、煙を噴きながら地上へと墜《お》ちていく敵機。背後のガトリング銃が奏《かな》でる規則正しい射撃音が、耳に心地よい。

「キョーコさん、シューティングゲーム向いてるんじゃない？」

「孫の誕生日プレゼントが、いま決まったわ」

地上に目を向けると、仲間たちが集っているのが見えた。このまま飛び回っていたい気持ちはやまやまだったが、いったん皆のもとへ戻ることにする。

「いやあ、キョーコさんの腕前にはたまげたね」

バイクを降りると、ショータが真っ先に声をかけてきた。

「そうでしょ？　だけど、さすがに刺激が強すぎて疲れちゃったわ」

そう漏らすキョーコさんの顔には、確かな疲労が滲《にじ》んでいた。これが、この世界の凄《すご》いところだ。動き回れば疲れるし、怪我をすれば痛みも感じる。もちろん、それが理由で動けなくなったり、死んだりするようなことはないけれど。

「ところで、このままだとちょっとマズそうだよ」

物知り顔のショータが大袈裟《おおげさ》に溜息《ためいき》をつきながら、頭上の母船を指さす。見ると、パックリ割れた腹部から何やら突起物が地上に向けられており、周囲の空気がその先端に向かって渦を巻いている。

「地上に向けて、ぶっ放すつもりだろうね」

いたずらっ子のように輝くショータの瞳《ひとみ》――恭平は、すぐにその意味を察した。

「撃たれる前に、奴らを倒そうってか？」

「大正解。あんなの喰らったら、地球は滅びるよ」

映画で敵船が地上に撃ち込んだ主砲は、せいぜい世界各国の主要都市を壊滅させた程度で、とても地球を破壊できるような代物《しろもの》ではなかったが、細かいことは置いておこう。大切なのは「雰囲気を壊さないこと」と教えられたばかりだ。

「ショータは『インデペンデンス・デイ』を観たことある？」

「もちろんさ。だから、誰が地球を救えるか競争しようよ！」

つまり、全員同時に空へと飛び立ち、一番に主砲に突っ込んだ人が勝ちということらしい。不思議なことに、あの巨大な母船はそこに一撃加えるだけであっけなく破壊できるはずだった。

ショータの熱意に押し切られる形で、再び飛行態勢に入る仲間たち。

今回は、キョーコさんとミナエの二人が地上に残るとのことだ。

「せっかくだし、ミナエもやってみればいいのに」

そんなショータの誘いにも、彼女はかぶりを振る。

「おい、ショータ。ビビってんだから、あんまり無理強《むりじ》いすんなって」

いそいそとバイクに跨りながら、恭平はからかってみた。

「乗り気じゃない奴を誘っても、雰囲気がぶち壊しだろ」

――ねえ、ぶち壊しなんですけど。先程の彼女の言葉を引用した挑発――現実の自分だったら、こんなこと絶対に言えやしない。

「怖いわけじゃないし」

「顔が引き攣《つ》ってるぞ」

「うるさいな、舐《な》めないで」

「じゃあ、さっさと乗れよ」

しばし唇を引き結んでいたミナエは、やがて「わかった」と一つ息を吐いた。

それを合図に、にやにやと状況を見守っていたショータが高らかに宣言する。

「よし、それじゃあ、カウントダウンを開始するぜ。ゼロでスタート、フライング禁止だからね？　いくよ、３――」

ハンドルを握り締めると同時に、車体が少し沈んだ。彼女が後ろに乗ったのだろう。

「ほら、ミナエちゃん。せっかくだから、これを持って行きなさい」

秒読みに混じって、背後からキョーコさんの声がする。振り返ると、先ほど恭平が《クリエイト》した武器をミナエに渡しているところだった。セーラー服とガトリング銃。組み合わせとしては悪くない。

「それから、そんなの持ってたら邪魔でしょ？」

キョーコさんがミナエの肩にかかる通学鞄《かばん》を指さす。

「え、いや、別に」

「見ててあげるから、置いていったらどう？」

それでもミナエは逡巡《しゅんじゅん》している。そういえば、彼女は常に通学鞄を肌身離さない。何か大切なものでも入っているのだろうか。

「大丈夫よ、絶対に私が宇宙人から守るから」

「おい、どうすんだ。もう時間ないぞ！」

エンジンをふかしながら、肩越しに叫ぶ。

「わかった、お願いします！」

ミナエがキョーコさんに鞄を手渡すと同時に、カウントが「０」になった。

「行くぞ！」

ぐんと引っ張られるような感覚、瞬《また》く間に溶けていく周囲の景色——蒼天《そうてん》にミナエの歓声が響き、彼女の両手が恭平の腰に回る。その手にガトリング銃は握られていない。発進と同時に放り投げてしまったのだろう。まあ、別に構わない。何故《なぜ》なら、そのとき恭平は感じていたから。絶対にこの手を離さない——そう願う、たしかな彼女の温《ぬく》もりを。

ハンドルを手前に引き、アクセルを全開にした。バイクは垂直になり、まっすぐに天を駆け上がっていく。自分たちより前を飛んでいるのはショータだけだ。

「もっともっと、飛ばすぞ!」

ぐんぐんとその背が迫り、あっという間に抜き去る。

どんなもんだ、と振り返ろうとした瞬間、突如として見えない膜に覆われたかのように身体が前に進まなくなった。気付けば、バイクのエンジンが黒煙を吐き出している。無理をさせすぎたか、もしくは知らぬ間に敵機の攻撃を喰らったのだろう。

——またこれか。

何でも夢が叶う世界《ユメトピア》でも、思うように行動できなくなる現象は稀《まれ》に発生する。この辺は「通常の夢」と変わらないということが、最近ようやくわかってきた。横を見ると、同じように立ち往生を余儀なくされた仲間たちの困り顔。全員同時にとはなかなか珍しいが、その中に何故か彼の姿がない。

嫌な予感がして眼下を見やると、視界に飛び込んできたのは真っ逆さまに地上へと墜ちていくショータの姿だった。ブースターエンジンが火を噴いている。まともに被弾したのだろう。地上まではおよそ百メートル。この高さから叩きつけられたら——

心臓がキュッと縮み上がり、背筋に悪寒《おかん》が走る。

――あれ、これって夢だよな？

大都会を襲う「イナゴ」の軍勢、立ち昇る黒煙、墜落するショータ、そして後部座席のミナエ。こんなの映画の中だけの話だし、彼らとは夢でしか会うことはないのだ。間違いない、夢に決まってる。では、証拠は？

そこで思い出す。

唯一《ゆいいつ》、この世界は夢だと証明できる存在のことを。

一度大きく深呼吸すると、落ち着いて周囲を見渡す。

――いた。

異星人襲来など意に介する様子もなく、大空で足止めを食らう《ドリーマー》たちの間を優雅に舞う一頭の「蝶」――一見するとただのアゲハチョウだが、現実にはこんな蝶は存在しない。大きな四枚の翅《はね》と、後翅から後方に伸びる尾状突起。ゆらりゆらりと身を翻《ひるがえ》す度に、それらは時々刻々と鮮やかに色を変え、まるで虹が尾を引いているかのようだった。「彼女」は《ユメトピア》だけに生息する幻の蝶、その名も「胡蝶《こちょう》」――

ここは夢だと確信し、恭平は胸をなでおろした。

「急に止まっちゃって、ビビってんの？」と、ミナエが小突いてくる。

「君のせいで重量オーバーかもしれない」

「デリカシーなさすぎ、マジでサイテー」

後頭部をはたかれながらもう一度アクセルを開けるが、やはり進む気配はない。そうこうしているうちに、眼前へとやってきた「胡蝶」――思わず手を伸ばす。

――いいな、お前は自由に動くことができて。

次の瞬間、強烈な青白い閃光に目が眩《くら》んだ。母船が主砲を放ったのだ。

霞《かす》み、揺れる世界が光の中に消えていく。全身が真っ白な光球に包まれ、直後に計り知れない衝撃が襲い掛かってきた。木っ端微塵《こっぱみじん》に砕け散る思考の端っこで、恭平は後部座席の彼女を想《おも》う。次に逢《あ》ったとき、二人でまた空を目指そう。逢うってどこで？　決まってる。何でも夢が叶う世界、ここ《ユメトピア》でだ――

むくりと、恭平は身を起こした。枕《まくら》もとの目覚まし時計が、けたたましく騒ぎ立てている。目をやると、柔らかな朝の日差しがカーテンの隙間から漏れていた。当然だが、その向こうに広がる青空に巨大な円盤の姿はない。

プロジェクト開始から六十日が経過した、ある朝のことだった。

2

「『蝶のように舞い、蜂《はち》のように刺す』って覚えてるか？」

　およそ三カ月前。恭平の正面に腰をおろした白衣の男が、開口一番に言った。ジェルで固められた短髪と健康的に日焼けした小麦色の肌、がっちりした体軀《たいく》。そんな潑《はつ》溂《らつ》とした雰囲気にそぐわない、柔和な垂れ目。どことなく見覚えがあった。

「蜂谷《はちや》？」

「久しぶりだな、蝶野」

　差し出された大きな手を握り返す。あふれんばかりの力強さ、みなぎる自信。大人になるにつれて、いつの間にか自分が失《な》くしてしまったものたち。それらが、分厚い手のひら越しに伝わってくる。

「まさか、こんなところで遭うとはね」

　その刹那《せつな》、あの日の光景がフラッシュバックのように脳裏をよぎる。

　――いつか、スポーツ新聞の一面を飾るんだ。

　――期待のホープ二人が「蝶のように舞い、蜂のように刺す」ってな。

夕空を見上げながら、彼がこう無邪気に笑ったこと。

——本気で言ってんのか？

——俺たち二人で表彰台を独占するんじゃなかったのかよ！

高校で水泳を続ける気はないと告げたら、彼がこう声を荒らげたこと。

——お前は逃げたんだ、臆病《おくびょう》者だ。がっかりだよ。

——もう一度言うぞ、蝶野。お前は腰抜けだ。

燃えるような夕陽を背に、彼がこう吐き捨てたこと。

どれも、決して忘れたりしない。

中学三年の秋、下校途中。通学路の河川敷でのことだ。

「中学以来だから、十年ぶりくらいか」

投げかけに、恭平の意識は「あの日」から引き戻される。背中にはじっとりと嫌な汗をかいていたが、あくまで平静を装った。

「俺だって、気付いてたのか？」

その日、恭平はある「実験」の詳細を聞くべく、虎ノ門にあるソムニウム社の本社ビルを訪れていた。白が基調の、無機質で余計な装飾を排した待合室。上品で、洗練された雰囲気。小市民の自分が紛れ込むのは、いささか場違いに思えてくる。

「名前と年齢を見て、もしかすると、とは思った。同い年で同姓同名の蝶野恭平なんて、そうそういるもんじゃない」

蜂谷が手元のクリアファイルを一瞥《いちべつ》する。カルテのようなものが、恭平の目にも透けて見えた。おそらく自分の顧客データだろうが、久しぶりの再会なのにそそくさと本題に入るのも味気ない。

「でも、まさか蜂谷がここで働いてたとはな」

「水泳選手にはなれなかったからさ」

皮肉のつもりはなかったので返答に困るが、本人はいたって飄々《ひょうひょう》としていた。聞けば、高校二年の時に蜂谷は膝《ひざ》の靭帯《じんたい》を傷《いた》めたらしく、それが夢を諦《あきら》める最後の一押しとなったのだとか。あれがなけりゃ今頃日本代表だったのに、とおどける彼は、無邪気と言うには大人びすぎていた。

「でも、結果的にこれで良かったと思ってるんだ」

大学に進学した蜂谷は、楽に単位が取れるという噂《うわさ》を聞きつけて心理学を専攻したという。動機こそ不純だったものの、次第に彼は人が寝ている間に見る「夢」に興味を持つようになった。

「夢にまつわるエピソードは、世界中で枚挙に遑《いとま》がない。例えば、ミシンの発明やベンゼン環の発見に夢が一役買っているのは有名な逸話だし、サルバドール・ダリが夢に見た心象風景を描いていたというのも聞いたことくらいあるだろ。最近だと『世界中の人々の夢に同じ男が現れている』なんていう都市伝説がネットを騒がせたりもしたな。まあ、ここまでくるとさすがにオカルトすぎるけど」

恭平が半ば聞き流していることなどお構いなしに、蜂谷は熱弁を振るい続ける。やっぱりさっさと本題に入るべきだった、と後悔する反面、この歳《とし》になってもこんなに夢中になれることがあるのは素直に羨《うらや》ましかった。

「すまん。前置きが長くなったが、要するに何が言いたいかというと、いつの時代も夢は人を魅了して止《や》まないってことさ」

そんな数多《あまた》の先人たちと同様、蜂谷も夢の研究に没頭していった。

「ただ、あいにく俺は現実主義者でな。夢占いだとか予知夢の類《たぐ》いは信じてないし、まるで興味がない。それよりも、科学の力で夢に迫りたかったんだ。だからこそ、この会社以外には考えられなかったわけさ」

ソムニウム社。いま、最も注目されている「夢を科学する」ベンチャー企業。最近も立て続けに信じがたい研究結果を発表し、世間の耳目を集めている。夢の中で嗅《きゅう》覚《かく》・触覚を機能させることに成功、人為的に「明晰夢《めいせきむ》」状態を創出・維持する方法を発見、植物状態の人がずっと夢を見ていることを証明――

そんな同社の主要事業は、特殊なサプリメント「フェリキタス」の販売だった。サプリ販売と聞くといかにも胡散臭《うさんくさ》いが、そこは「夢を科学する」と喧伝《けんでん》するだけあり、効果は折り紙付き。宣伝文句は「寝る前の一錠、悪夢の撲滅」――睡眠中に分泌《ぶんぴつ》されるノルアドレナリンやセロトニン、アセチルコリンといった神経伝達物質の量を調整し、心地良い夢を見やすくするという。理屈はわからないが、これで多くの人の快眠ライフが実現したのは事実だ。

御多分に漏れず恭平も「フェリキタス」を服用している。月に一度、定期便で一定量が自宅に届くのでヘビーユーザーの部類に入るのは間違いない。むしろ、だからこそ「特別なお客様限定」の「特別なご案内」が郵便書留で送られてきたのだろう。その末尾はこう締めくくられていた。詳細は、別途本社にて説明いたします。なお、撮影・録音・録画行為は一切禁止です。そのような行為があった場合には――

「さて、つもる話は追々するとして、そろそろ本題に入ろう」

蜂谷が咳払《せきばら》いして居住まいを正す。対外厳秘、他言無用。徹底した情報統制のもとベールに包まれていた「招待状」の内容が、遂《つい》に明らかになろうとしていた。

「ある『実験』に、被験者として参加する気はないか？　正式名称は」

『プロジェクト・インソムニア』――日本語に直すと、さしあたり『不眠症計画』といったところだろうか。それは従来の常識を覆《くつがえ》す、信じがたい内容だった。

「矛盾しているようだが、眠れなくなるわけじゃない。むしろ、その逆だ。年齢、性別、属性の異なる七人が九十日間、夢の世界で毎晩生活を共にする。そこはいわば、もう一つの現実――そういう意味での『不眠』さ」

まったくもって理解に苦しむ内容で、恭平は鼻で笑うのが精一杯だった。

「どういうことか、さっぱりわからないんだけど」

「社運を賭《か》けた極秘プロジェクトだ。その存在を知っているのは、社内でもごく一部の人間のみ。もちろん、どこにも公表しない。完全にクローズドで実施する。というのも、法律や倫理的に限りなくクロに近い内容だから」

聴く限り何やらヤバい実験のようではあるが、蜂谷の熱っぽい語り口は猜疑心《さいぎしん》よりもむしろ好奇心を加速させる。

「これが普及したら世界は一変するよ。それだけは断言する。眠っている間、人々はそれぞれ理想の人生を生きられるようになるんだぜ。すごいことだと思わないか?」

その実用化に向けて、初めて一般人を被験者とした実験を行うのだという。

「ただし、参加に当たってはもろもろサインを貰《もら》う必要があるけどな」

個人情報の取り扱いに関する承諾と、第三者に口外しない旨《むね》の誓約。それから「実験により心身に不調をきたしてもソムニウム社は一切の責任を負いかねる」ことへの同意。

「と言っても、危ないことは何もない。念のための条項だよ。毎晩決まった時間に眠り、夢の世界で共同生活を送る。そして朝起きたら、そこで起こったことや今の気分を報告するだけ。正確にはそれに加えて月二回、定期健診を受けてもらう必要があるが、言ってもそれだけだ」

当たり前のように「夢の世界で共同生活」などと抜かすが、おいそれと信じられる話ではない。

「でも、どうやって？」

質問を予想していたのか、蜂谷はおもむろに透明な真空パックのようなものを掲げてみせた。目を凝らすと、マイクロチップらしきものが入っているのが確認できる。一ミリ四方程度で、肉眼で辛うじて視認できるかどうかの極小サイズだ。

「こいつを頭に埋め込んでもらう。簡単だし、ほとんど痛みもない。一瞬さ」

続けて彼が取り出したのは、銀色に光る電動シェーバーのような装置だった。本来ならば刃があるべき場所に射出口があり、側面にはボタンが一つだけついている。

「頭に当ててボタンを押せば、プシュッと一発だよ」

蜂谷は射出口を自らの眉間《みけん》の少し上に当てた。

「現代科学が辿《たど》りついた『限界点』さ」

その機能は、笑ってしまうほど理解の範疇《はんちゅう》を超えていた。

「夢のないことを言うと、夢とは睡眠中の脳の活動――要するに、神経伝達物質を媒介とした電気信号の組み合わせに過ぎない。それは逆に言えば、適切な信号を脳にインプットしてやれば、望み通りの世界を『出力』してやることだってできるということさ」

睡眠状態に入ると、チップは被験者の脳にアクセスを開始する。脳波を解析し、その人が見ている夢の内容を突き止めるためだ。

「チップが収集した各人の脳波データは、瞬時にサーバー上で『同期』――すなわち、辻褄《つじつま》の合う形に整合するべく演算処理されることになる。それを受けて、それぞれのチップが脳に信号を『入力』すると、あら不思議。夢の世界を共有できるってわけさ」

今の技術ではチップが制御できるのは最大七人までとのことだが、それでも十分すぎるほどの神業と言えるだろう。その後も詳細な仕組みの解説は続いたが、恭平は途中から理解することを放棄していた。

「バカな――」

「あいにく、今も昔もバカな夢を追いがちでな。何か質問は？」

全《すべ》てを受け入れるにはあまりにも時間が足りなかったし、信じられないことは挙げ出したらキリがない。こんなとき、人は意外と凡庸な質問しかできないものだ。

「他の六人は、どんな人たちなんだ？」

ああ、と拍子抜けしたように頭を掻《か》く蜂谷。

「残念ながら、俺は知らない」

「知らない？　どうして？」

「この『実験』の全貌《ぜんぼう》を知ってるのは、社長以下ごく限られた数名のみ。ここまで偉そうに説明してきたが、俺は所詮《しょせん》『末端』さ」

極秘中の極秘プロジェクトというのは嘘《うそ》ではないらしい。

「そうは言っても、メンバーの名前とか年齢くらい別にいいだろ？」

「心配しすぎだよ。一緒にスポーツでもすりゃ、すぐ打ち解けるさ」

「かもしれないけど、だとしたら七人は中途半端だぞ」

「セパタクローなんかどうだ？　ちょうど審判付きで試合ができるぜ」

「そもそも、誰もルールを知らねえよ」

いけない、会話があらぬ方へ向かっている。セパタクローが三対三の競技というのは勉強になったが、本当に知りたかったのはそんなことではない。

「じゃあ、どうして俺なんだ？」

いまや「フェリキタス」服用者は国民の二割にもなろうかというのに、社運を賭けたプロジェクトの被験者候補として自分が選ばれる必然性などどこにもない。ましてや担当がかつての友人なのだ。何らかの作為を感じてしまう。

その問いに、蜂谷は「ふっ」と鼻を鳴らした。

「自分は選ばれたなどと勘違いしてるようだが、別に候補者はお前だけじゃないぜ」

くだらない質問をした自分が恥ずかしくなる。当たり前だ。常識的に考えて、自分だけが候補者なわけがない。膨大な顧客の中には、いくらでも代替がいるはず。それなのに、蜂谷は何故か意味ありげな笑みを浮かべている。

「俺の任務は『二十代男性』というカテゴリーの中から適任者を選定し、実験終了まで伴走すること。その条件さえ満たせば、別にお前である必要はどこにも無いんだけど——」

含みのある言い方だった。読み通り、彼はすかさず語を継ぐ。

「その中で蝶野が最重要人物なのも事実。なんと、社長自らがお前の参加を熱望している」

そのとき、ある閃《ひらめ》きが脳裏をかすめた。初めて「フェリキタス」を購入する際に登録した顧客情報。「現在、何か睡眠に関する疾患を抱えていますか?」「差《さ》し支《つか》えなければ、具体的な疾患名を教えてください」——そのとき、確かに入力したのだ。自分が持つ唯一の特殊性にして「フェリキタス」を重度に服用しなければならない理由を。

「疾患の件か?」

蜂谷は頷くと机に身を乗り出し、ぐっと恭平に顔を近づけた。

「ナルコレプシー。通称、居眠り病。有病率は二千人に一人とも言われる、いまだ謎《なぞ》の多い睡眠障害。この実験は、その治療にも何らかの効果があるんじゃないかと俺たちは踏んでるんだ」

3

「さて、みんな揃《そろ》ったみたいだね」

気付いたら、黒板の前に立っていた。見覚えがあるようなないような、けれどもどこか懐《なつ》かしい、そんなありふれた教室だった。

プロジェクト一日目。記念すべき最初の夜は、どこかの高校の校舎が舞台のようだ。

——顕在意識と潜在意識、この二つが《ユメトピア》のキモだ。

すぐさま、蜂谷の説明が脳裏に蘇《よみがえ》る。

——全部を理解してもらうのは不可能だから、簡略化しよう。

——夢の正体は、「潜在意識に翻弄《ほんろう》される顕在意識」と表現することができる。

曰《いわ》く、夢の本拠地は大脳新皮質——一次運動野や体性感覚野・聴覚野など、人間の知覚を司《つかさど》る領域を有する脳の部位だという。睡眠状態に入ると、通常は表面化しない潜在意識が表出し、これらの場所でランダムな神経反応を引き起こす。その結果、脈絡のない紙芝居のように様々なシーンが次々と生成されるのだとか。

——この不規則な場面を整合させようとするのが、前頭前野だ。

思考や創造性、推論、意思決定など多様な機能と密接に関連する脳の最高中枢機関にして、顕在意識の所在地。ここが、無秩序なイメージを何とか整合性のあるストーリーに仕立てようと試みるのだが、潜在意識が巻き起こす「イメージの洪水」を前に、通常は顕在意識が圧倒されてしまう。その結果、夢では会社の同僚が小学校に現れたり、家族と食事をしていたはずが気付いたら飛行機から飛び降りていたりという、めちゃくちゃなことが当たり前に起こるのだ。

——埋め込んだチップは、そこの交通整理をするってわけだ。チップは参加者各人の潜在意識、すなわち大脳新皮質での神経反応を解析し、それぞれが見ている「夢」を収集する。それらはゼロコンマ何秒の内にサーバー上で同期処理を施され、制御可能なストーリーへと仕立て上げられた後、電気信号として脳に還元されるのだ。言うなれば「イメージの洪水」の治水——《ユメトピア》はこうして安定化した参加者各人の潜在意識の集合体と言える。この教室に見覚えがある気がするのも、土台となるイメージに恭平の潜在意識が一枚嚙《か》んでいるからだろう。

——絵の具、絵筆、そしてキャンバスを想像して欲しい。

　Aさんの潜在意識である赤と、Bさんの青。それらを混ぜ合わせた紫の絵の具が《ユメトピア》であり、その時々の世界観だ。しかし、各人の潜在意識の色は時々刻々と変わるうえ、同時に睡眠状態にある参加者の顔ぶれ、さらにはそれぞれの眠りの深さなど多くの変数が作用するため、どのような世界になるかは予測不能だという。

——お前たち《ドリーマー》は、絵筆と同じだ。筆の先につけた紫の絵の具で、キャンバスにそれぞれの理想を描くのさ。

チップのおかげで「洪水」から解放された前頭前野は、能力をフルに発揮し、思うがまま思考・想像・意思決定できるようになる。これが俗に言う「明晰夢」状態、つまり「自分は夢を見ていると夢の中で認識している」状態だ。こうして実験の参加者たる《ドリーマー》は、自分が夢の中にいることを認識した状態を維持・継続できるという。なるほど確かに蜂谷の言う通り、本物と見紛《みまが》うほどのリアリティだが、ここが夢だということは直感的に理解できる。

ゆっくりと教室を見渡す。隅で何やら談笑している女子の三人組、掃除用具の箒《ほうき》でチャンバラを繰り広げる男子たち。彼らはまるで恭平の存在を意に介していない。誰かの潜在意識の投影、すなわち《エキストラ》だからだろう。

――《エキストラ》は《ドリーマー》側が何らかの働きかけをしない限り、積極的にこちらには接触してこない。

それが主役と脇役《わきやく》を見極める方法だという。一方で教室前方の中央に陣取り、興味津々《しんしん》な視線を投げかけてくるいくつもの顔。おそらく、主人公たる《ドリーマー》たちだ。

「とりあえず、お兄さんも簡単に自己紹介してくださいよ。ちょうどいま、一通り終えちゃったところなんですから」

最前列で頰杖《ほおづえ》をつく男がにんまりと笑った。大袈裟《おおげさ》に下がる目尻《めじり》と、恥じらうように頭を覗《のぞ》かせる八重歯。雰囲気は青年より少年の方が近いかもしれない。ワックスで毛先を遊ばせたミディアムロングの髪からは遊び人風情《ふぜい》も漂うが、スキニージーンズと白のVネックシャツを当たり前のように着こなす姿には、急ごしらえではない清潔感がある。

「あ、人に名前を尋ねるときはまず自分から、ですね」

彼はおどけたように肩をすくめた。

「ショータって言います。飛翔《ひしょう》の『翔』に、『太』いと書いてショータ。おかげさまで、十九歳のぴちぴち大学生をやらせていただいております。何はともあれ、これから三カ月間どうぞよろしくお願いします」

さもこの世界が当たり前であるかのような口ぶり。それを目の当《ま》たり《あ》にすると、急に自信がなくなってくる。本当にここは夢の中なのだろうか、と。

――夢か現実かを見極めるもっとも簡単な方法は《クリエイト》してみることだ。

それは思いのままに何かを創造する能力――無機物・有機物の別を問わず、さらには現実に存在しない架空のものだって、何でも自由に生み出せるという。

ひとまず拳銃《けんじゅう》を想像してみた。特に理由は無い。直前に見た映画が銃撃戦の多い任侠《にんきょう》モノだったからというだけだ。

「おいおい、お兄さん。いきなり物騒なことはやめろよ」

ショータが逃げるように身体をのけ反らせたのも無理はない。恭平の右手に、すぐさま本物と見紛うほど精巧な拳銃が現れたからだ。

――《クリエイト》した人物がその物を支配する。文字通り、思うがままさ。

窓へ向けて引き金を引く。銃口から放たれたのは弾丸ではなく、閃光だった。緑色のビームが窓ガラスを粉砕し、ガシャンと派手な音を立てる。見た目はいわゆる拳銃だが、性能は架空のレーザー光線銃。すべて想像した通りになった。

――《クリエイト》したものは、本人の意思によってのみ消去することができる。

――それが《クリエイト》と対《つい》になる行動、いわゆる《リセット》さ。

恭平は拳銃を消し去ると、眉を顰《ひそ》める他の《ドリーマー》一同に頭を下げた。

「驚かせてごめんなさい。ここが夢の中だと信じられなかったのでついやってしまいましたが、もう確信できました」

教室後方の天井付近を見やる。そこに、確信をもたらしたもう一つの理由があった。

――もし、それでも夢の中ということを忘れそうになったら「彼女」を探せ。

――消し去ることも、殺すこともできない《ユメトピア》の絶対的シンボル。

彼女、ということは雌という設定なのだろう。「実験」の舞台である《ユメトピア》だけに生息する架空の存在、通称「胡蝶」——その姿があれば「ここは夢の中」ということになる。翅を広げると二十センチ以上はあろうか。虹を纏《まと》い、余裕を携えた優雅な蝶が教室後方の宙を舞っている。

「蝶野恭平と申します。二十六歳です。えーっと、よろしくお願いします」

とはいえ、いざ自己紹介する段になると戸惑いを隠せなかった。どれだけ仔細《しさい》に自分のことを伝えても、ほとんど意味がないような気がしたからだ。

——《ユメトピア》では、《ドリーマー》は「理想の自分」を手に入れる。

——例えば鏡に映る自分と写真の中の自分って、微妙に違って見えるだろ？

それにはいろいろな理由があるという。鏡に映る像は左右が逆だったり、写真だと自分好みの表情を作れなかったり。いずれにしろ、蜂谷が伝えたかったのは「他人から見える自分」と「自分が認識したい自分」は違うということだった。

——しかし、《ユメトピア》において《ドリーマー》は、「自己認識通りの自分」を手に入れるんだ。容姿だったり、能力だったり。要するに、お前は実物よりイケメンになる。

それは他のメンバーもまた然《しか》り。今、目の前に並ぶ《ドリーマー》は、押しなべて平均以上のルックスをしている。当たり前だ。何故なら、それは各人の「理想」の反映――すなわち、あらゆるコンプレックスを捨象した「虚像」なのだから。そんな彼らを前に「現実の自分」について自己紹介する意味がどれだけあるだろう。

――だからというわけじゃないが、この「実験」には一つだけ鉄の掟《おきて》がある。

――他の《ドリーマー》と現実世界で接触してはならない。

確かにやろうと思えば夢の中で連絡先を教えてもらい、現実世界で会いに行くというのも不可能ではない。しかし、この点に関して蜂谷は頑《かたく》なだった。

――例外はない、絶対にダメだ。そこだけは、約束してくれ。

約束するもなにも、そんなことをするメリットがない。それどころか、危険ですらあるだろう。怪しげな出会い系サイトと同じだ。夢の中で一緒に過ごしたところで、現実世界における相手の素性なんてわかりっこないのだから。

その間にも、粛々と自己紹介は進む。

穏やかな老婦人キョーコさん、金髪ギャルのカノン、妖艶《ようえん》な大人の女性モミジさん、無口で神経質そうな紳士アブさん、そして――

セーラー服の女子高生に順番が回った。

「タナカミナエです。『皆』を『笑顔』にで、ミナエ。よろしくお願いします」

純白のシャツに空色のリボン。膝上十センチはあろうかというスカートは、校則違反に違いない。肩に届くくらいのウェーブがかかった茶髪に、スラリとした長身。加えて、高めの鼻梁《びりょう》と涼しい目元。こんな嘘みたいな状況だというのに、浮き足だった様子が微塵《みじん》もない。よく言えば自然体だが、どちらかというと冷めているといった表現が近いだろうか。それは思春期特有の反抗とは違う、ある種の諦念《ていねん》にも似た何かのように思えた。

視線を転じると、彼女の机の上には折り畳まれたガラケー。その横には、ＭＤプレーヤー。それらをまじまじと見つめる恭平に、彼女はやや険のある声色で訊《き》いてきた。

「なんですか？」

「あ、ごめんなさい。別に」

これら「骨董品《こっとうひん》」を使っているのはこだわりだろうか。誰かの形見だとか、ディスクの入れ替えにかかる手間の一つひとつに味わいを感じているとか。いずれにせよ、他者が土足で踏み込めない自分だけの世界を持っているのは間違いない。学校でも、クラスメイトから少し遠巻きに見られているタイプだろう。

「以上です。どうぞよろしくお願いします」

最後に、一瞬だけ口元を緩める彼女――それは甘美で、どこか翳《かげ》のある微笑だった。

――この子は、現実でも今みたいに笑うんだろうか。

見てみたい、と衝動的に思ってしまった。その頬に、唇に、この手で触れることはできないだろうか。それが、いくつもの禁忌を犯す行為だとわかってはいるが――

「あれ、チョーチョくんが最後かと思ったら」

ショータの素《す》っ頓狂《とんきょう》な声が教室に響いた。チョーチョくんというのは、おそらく自分のことだろう。冴えない自己紹介のせいで早速歳下に舐められたようだ。苦笑しながら隣に目をやると、何やら陽炎《かげろう》らしきものが揺らめき「人の貌《かたち》」を成し始めている。

現れたのは、恰幅《かっぷく》の良い中年男だった。顎《あご》まわりに贅肉《ぜいにく》が付きすぎているせいか、どこにも首がない。黒のポロシャツに白のパンツという若作りな装いはやや歳不相応で、左腕にきらめく金時計が嫌味なほど存在感を放っている。

「おっと、こりゃすげえや。本当に現実みたいだ」

男はナメリカワテツロウと名乗った。訊いてもないのに「東京は浅草の不動産会社で社長をやっている」などと言い出すあたりが、恭平の癇《かん》に障《さわ》る。

「というわけで、このメンバーで九十日間、毎晩夢の世界を共にするわけですね。いろいろあると思いますが、仲良くやっていきましょう」

そう締めくくったショータが、先頭に立って教室を出て行く。まだ時間はあるし、校舎の中を探検しようということらしい。

――確かに、いろいろ起こりそうだ。

そんなことを漠然と考えながら、他の《ドリーマー》たちと一緒に教室を後にする。いたって平和な「実験」の幕開け。後に起こる事態を、この時点で予感していた者はいないだろう。ただ一人を除いては――

4

気付いたら、夜行バスの座席で揺られていた。二人掛けの窓際《まどぎわ》シート。見上げると、天井付近を「胡蝶」が舞っている。

プロジェクト七日目。ようやくこの世界の生活にも慣れてきた。

「行き先はどこなんだろうね」

右隣から女の声がした。首を捻《ひね》ると、派手な金髪が視界に入ってくる。

彼女はカノン――「奏音」と書くと言っていた気がするが、正直あまり覚えていない。

――「名前負け」です。

そう言って自嘲《じちょう》気味に笑ったことだけがやけに印象に残っている。年齢は二十四歳。

ここだけ記憶しているのは、恭平の彼女と同い年だからだ。中肉中背でやや色黒、奥二重で切れ長な両目はいくぶん離れ気味。くるんくるんとカールする金髪がトレードマークで、服装は決まってゆったりしたデニムパンツに真っ赤なオフショルカットソー。完全な偏見だが、これでティアドロップのサングラスなんてしていた日には、フエスやクラブで大騒ぎしていそうだ。そんな彼女の全身から発せられる「私、イケてるでしょ？」のオーラに、恭平はいつもたじろいでしまう。これのどこが「名前負け」なのだろう。

「確かに、どこに向かってるんでしょうね」

窓に額をつける。目を凝らすと、何となく外の様子がわかった。海沿いの高速道路だろうか。月明かりだけが頼りの宵闇《よいやみ》の中、辛うじて砂浜に打ち寄せては砕ける白波が見える気がした。

思い返せばこの一週間、カノンとはほとんど会話をした記憶がない。意図的に避けてきたわけではないが、いざ隣り合わせになると何を話せばいいものか困ってしまう。

「ねえ、訊いてもいい？」

小首を傾《かし》げる彼女。躊躇《ちゅうちょ》のない夕メ口は、むしろ清々《すがすが》しい。

「私って、どう見える？」

「はい？」

「いいから、思ったことを素直に言ってみて」

予想外の質問に面食らうが、あらためて観察すると一つわかったことがあった。

「おそらく、この世の春を謳歌《おうか》してるんだろうなって思います。顔も綺麗ですし、全体的に華があります。でも――」

「でも？」

「何かに怯《おび》えているように見えます」

呆気《あっけ》にとられて固まる彼女は、すぐに興味津々な様子で身を乗り出してきた。

「どうしてそう思ったの？」

それを説明するには自分の「秘密」を一つ明かすことになるが、果たしてそこまでする義理があるだろうか。なんてことを考えていると、彼女は質問を重ねてきた。

「ていうか、チョーチョくん、仕事は？」

「どうして？」

「え、別におかしな質問じゃないよね？」

言われてみれば、七日間も共同生活を送っているというのに《ドリーマー》は互いのことをろくに知らない。何故か？　みんな直感的に理解しているからだ。進んで夢から醒《さ》めに行く必要などない、と。互いの素性に踏み込むことは《ユメトピア》に現実との接点をもたらすことに他ならない。ナメリカワのように自ら「社長だ」と公言する例もあるが、基本的には意図して互いの素性を詮索しないようにしている節があるし、だからこそ、この世界で自己開示することに恭平は躊躇いを感じてしまうのだ。

「私、この世界でみんなとこうして話ができることが嬉しくて堪《たま》らないんだ。だから、もっともっとみんなのことを知りたいなって」

――変わってますね。

そう思ったけれど、口には出さなかった。

「チョーチョくんは、何かペットを飼ってる？」

また質問――「いや、特に」とだけ答えて、再び窓外に目をやる。

「ふーん、そっか」

恭平が何一つ回答していないことを気にするそぶりもない。純粋な興味か、それとも裏に別の意図があるのか。真意が見えてこない。

「私はハリネズミを飼ってるんだ。これがなかなか可愛《かわい》くてさ」

名前はウニ、性別は雄。毎晩、ケージから脱出を試みるやんちゃ小僧だという。

「癒《いや》されるんだよね。脱走に成功すると、ウニは嬉しそうに一晩中フローリングの床を走り回ってるの。たぶん、今この瞬間も、寝てる私のことなんて気にも留めずに」

言われて再認識する。目の前の彼女は現実世界では眠っているということを。頭ではわかっているつもりでも、あらためて考えると不思議な感覚だった。

「きっと、ウニは何も悩みなんてなくて、ただ本能の赴くままに行動してるの。少なくとも、私にはそう見えるんだ。彼の生きる世界には悪意や欺瞞《ぎまん》なんてものはない。それが堪らなく羨ましくて、だからウニが部屋を駆け回ってくれると安心するんだよね」

「なるほど」毒にも薬にもならない相槌《あいづち》を返すしかなかった。

「ごめんね、喋《しゃべ》り続けちゃって」

背もたれを見つめていた彼女が、こちらに向き直る。訴えかけるような両目は、少し内斜視《ないしゃし》も入っているだろうか。その瞳の中に、また見つけてしまう。先程「私って、どう見える？」と訊いてきた際にも宿っていた〝仄暗《ほのぐら》い希望〟――その正体など、恭平には知る由《よし》もない。けれども、一瞬だけ垣間見《かいまみ》えたその〝光〟に、不思議と親近感を覚えた。なんだ、彼女も自分と同じじゃないか――

「俺、仕事を辞めて、今は無職なんです」

突然口を開いた恭平に、カノンはぽかんと一瞬目を丸くするが、すぐに満面の笑みを浮かべながら「へえ」と相槌を返してきた。

「ナルコレプシーって聞いたことありますか？」

「ナルコ……なにそれ？」

「通称、居眠り病。認知度が低く、専門医も少ない謎多き病気です。遺伝的体質とストレスなどの環境因子のせいだと言われていますが、根本の原因はいまだに不明でして――」

発症年齢は主に十代から二十代の前半。しかし、本人がそれを障害だと思わず、発見が遅れることも多い。事実、恭平も社会人になるまで気付かなかった。突然眠くなるのは若さゆえ。そうでなければ疲労が溜《た》まっているか、人生が退屈なのが原因だとしか思っていなかったからだ。

勢いに任せ、これまでの経緯を説明した。新卒でとある大手総合商社に就職したこと。何かがおかしいと気付くのに、それほど時間はかからなかったこと。

「自分のデスクで、重要な会議の場で、接待の飲み会の場で、我慢できないほど強烈な睡魔が押し寄せ、眠ってしまうことが頻発したんです。初めは『昨夜、コンパで飲みすぎたんだろ？』とからかってくれた上司も、次第に怒りを露《あら》わにするようになりました」

——蝶野。お前さすがに度が過ぎるぞ。やる気あんのか？

——真面目《まじめ》にやれよ、ぶっ飛ばすぞ。

やる気はある。少なくとも、ないわけじゃない。自分なりに真面目にやっているつもりだ。それなのに、ふとしたときに押し寄せる睡魔に太刀打ちできなかった。ブラックの缶コーヒーを常備し、やばくなったら手のひらにボールペンを突き刺す。けれども気付いたら眠っていて、「あいつ、今日も居眠りしていた」と陰口を叩かれるのだ。

そんな日々が約三年続いた。少しずつ、しかし着実に失われる信頼。椅子《いす》の背もたれに毎日貼《は》られる「責任感の無い奴」というレッテル。でも、抗《あらが》う術《すべ》などない。そうやって周囲に募らせ続けた不満が爆発したのが、一年前の会議の場だった。

「役員が話している最中でした。眠りに落ちた俺の手から大量の書類が床に落ち、大きな音を立てたらしいんです」

——お前、病院行け。そんで、頭のどこがおかしいのか診てもらえよ。

上司は怒りに任せて言っただけだったようだが、翌日、有給休暇を取得した恭平は朝一番に指示通り近所の大学病院を訪ねた。売り言葉を買っただけ。当てつけの意味もあったのは間違いない。だが、明らかな異常を感じていたのは、他でもない自分自身だった。

問診、血液検査、さらには脳波やら心電図やらを一日がかりで何度も測定する「睡眠潜時反復検査」なるものを経た結果、遂にそれの正体が明らかになった。

「主な症状としては過剰な眠気、入眠時の幻覚、情動脱力発作などがあります」

「最後のだけ、よくわからないんだけど」

「喜怒哀楽など感情が強く動いたときに全身、もしくは身体の一部の力が急に抜ける症状をいいます。呂律《ろれつ》が回らなくなったり、膝がガクガクする程度の軽微なものもあれば、地面に崩れるように倒れてしまう重度なケースも。俺は残念ながら後者でした」

診断を受け、恭平は仕事を辞めた。現時点では対症療法しか打つ手がなく、根本治療はできない。そうなると、これからも職場で白い目で見られ続けるのは火を見るより明らかだ。もちろん、れっきとした「障害」と認められたことで風向きが変わる可能性もあったが、周囲が理解を持つというのは口で言うほど簡単ではない。少なくとも、恭平はこれ以上耐えられなかった。

——お前、病院行け。そんで、頭のどこがおかしいのか診てもらえよ。

自分の居場所はこの会社、いや、この世界のどこにもないかもしれない。そんな焦燥感が押し寄せた。疾患と判明したせいで、明確に線が引かれてしまったのだ。自分が立っているのは「普通じゃない側」と。

「カノンさんは、もしかして『フェリキタス』を服用していませんか？」

驚いたように彼女は目を見開く。

「どうしてそのことを――」

「俺もだからですよ。そして、だからこそ俺たちは『プロジェクト・インソムニア』への参加打診を受けたんです」

前々から「フェリキタス」という商品があることは知っていたが、どこか怪しい感じがして敬遠してきたのも事実だった。でも、背に腹はかえられない。藁《わら》にも縋《すが》る思いで相談してみると、意外にも「それは面白いかもしれない」と主治医は笑った。

――悪夢を見る回数が減ったら、何かいい影響があるかもしれません。

ナルコレプシーの症状に、入眠時幻覚というものがある。思い返すと、幼少期から寝入りばなに悪夢を見ることが多かった。比喩《ひゆ》ではなく、文字通りの悪夢だ。部屋に侵入してくるおぞましい怪物たち。迫りくる彼らを前に身動きがとれない。助けを呼びたいのに声も出せない。それは大人になるにつれ、あの日の河川敷へと姿を変えた。

――お前は逃げたんだ、臆病者だ。がっかりだよ。

──もう一度言うぞ、蝶野。お前は腰抜けだ。

そう吐き捨てた親友に対して抱く、殺意にもよく似た憎悪。これは夢か、それとも現実か。自分は今起きているのか、それとも眠っているのか──

服用を始めて一年、効果は絶大だった。悪夢を見る回数が減っただけでなく、日中に強烈な睡魔に襲われることも以前と比べかなり少なくなったのだ。病は気からというが、何らかの心理的な要因によって症状が抑制されたのかもしれない。一時は「急に眠ったらどうしよう」と外出すら控えていたが、最近は改善傾向にある。もし、この「実験」によって更にいい結果が得られたら、自分にも普通の生活が戻ってくるかもしれない。

「ごめんなさい、俺もつまらない話をしてしまって」

所詮は夢の中だけで逢う相手。にもかかわらず、現実の自分を仔細に語ってしまったのは、彼女の瞳に同じ〝屈折〟を見た気がしたからだ。こっちの世界が自分の居場所で、現実こそが悪夢なんだ──そう信じて止まない〝捻《ね》じれた希望の灯〟を。

話を聞き終えたカノンは、静かに瞼《まぶた》を閉じた。

「よかった。やっぱり、みんな同じなんだね」

「え？」

「むしろ、だからこそ訊いてみようと思ったの。同じ香りのするチョーチョくんには、私がどう見えているのかなって」

「それは」どういう意味ですか、と続けようとしたところ、突如バス全体が左に傾いた。右手の窓ガラスが粉々に砕け散り、大量の土砂が車内になだれこんでくる。巻き起こる悲鳴と絶叫。揺れ、乱れ、回る世界は暗転し――


ゆっくりと身を起こし、辺りを見やる。

砂浜のようだ。根こそぎ引っくり返った樹木に大小さまざまな岩々、鉄くずと化したバス。その間にいくつもの死体が転がっていた。どれも見慣れない顔だが、それでも吐き気が込み上げてくる。

このとき、恭平は「自覚」を失っていた。

ここは夢か、それとも現実か――「実験」七日目にして初めての経験だったため、頭から対処法が完全に抜け落ちていたのだ。

「みんな、大丈夫かー？」

遠くでショータが叫ぶのが聞こえた。カノンの姿が見当たらないが、ひとまずの無事を伝えるべく、声がした方に振り返る。

「彼」に気付いたのは、その瞬間だった。

見つけてしまったのだ。三十メートルほど先の波打ち際——そこに転がる、下半身がちぎれて上半身だけになった蜂谷の姿を。夜の闇の中でも、その周囲だけ海水がぬらりと粘着質に光っているのがわかる。

「おい、蜂谷！　お前——」

夢中で駆け出すが、あと少しのところで突然前に進めなくなった。見ると、両足が砂浜に沈み込んでいっている。助けないと。まだ生きているかもしれない。それなのに、ずぶずぶと埋まっていくばかりで身動きが取れない。喉《のど》がちぎれそうになりながら、恭平は蜂谷の名前を叫び続けるしかなかった。

「チョーチョくん！」

呼びかけられ、辛うじて動かせる首を捻る。駆け寄ってきたのはカノンだった。

「見てて、ほら！」彼女が砂浜に手をかざす。「ここは、夢だよ！」

すぐさま現れたハリネズミ——恭平の目には区別などつきようがないが、きっと彼女が飼っているウニだろう。突然のことに驚いたのか、ウニは「フシュフシュ」と荒い鼻息を立てながらすぐにいが栗のように丸まってしまった。

そこでようやく思い出す。手品師でもなんでもない女の子が、突然ハリネズミを砂浜に出現させることなどできるはずがない。つまり、ここは――

もはや波打ち際の「死体」は怖くなかった。潜在意識の投影たる《エキストラ》に過ぎないとわかったからだ。

――絵の具と絵筆の喩《たと》えを思い出せ。

平静を取り戻した頭の中に、蜂谷の声が響く。

――定期的に「ここは夢だ」と確認することをオススメする。

――それはいわば「乾きそうになった絵筆の先に絵の具を付ける作業」だ。

乾き切った絵筆では、もはや何も描くことはできない。それが「明晰夢」の解けた状態だが、絵の具が乾燥する理由は時間の経過だけではないという。

――例えば、想像を上回る驚きや恐怖、不安を感じたとき。

おそらく、このとき恭平の「明晰夢」が解けたのはこれらすべてが重なったためだ。

――「自覚」を失った《ドリーマー》は《クリエイト》できなくなる。すると、ますます夢の中と気付くきっかけを失うってわけさ。

そして、最終的に混乱の渦に飲み込まれてしまうのだ。確かにとてつもない恐怖だったし、二度と経験したくはない。が、冷静を取り戻したいまとなっては、逆にそれだけの話とも言える。それはいわゆる「普通の悪夢」と同じで、所詮は夢の中――なのに、どうしてこれほど「自覚」を保つよう注意喚起するのだろう。

――とにかく、忘れそうになったら、何としてでも「自覚」を保つんだ。

――手段やきっかけは問わない。「胡蝶」を探すのでもいいし、「自覚」を失っていない他の《ドリーマー》に《クリエイト》を見せてもらうのでもいい。

蜂谷はひたすら「自覚」を保てと繰り返すばかりで、その理由については何も触れようとしなかった。不自然ではあるが、それ以上は詮索しようがない。

「大丈夫？」丸まったままのハリネズミを手のひらに載せたカノンが覗き込んでくる。

「うん。助かったよ、ありがとう」

言いながら、天を仰ぐ。月明かりの中、遠くの夜空に「胡蝶」らしき影が見えたが、この距離だと確信は持てない。

――今後は、あまり「胡蝶」から離れすぎないように気を付けよう。

そう肝に銘じたとき、ある疑問が浮かんできた。車内での一連の出来事――いつのまにか会話に没頭していた自分は、ここが「夢」であることの確認を疎《おろそ》かにしていた。結果として「明晰夢」が解けてしまったわけだが、どうして彼女は無事だったのだろう。もちろん「絵筆の乾く速度」には個人差があるだろうが、彼女だって自分と同じ目に遭っていておかしくないはずではないか。素直に疑問を口にすると、彼女は何故《なぜ》か目を伏せて沈黙してしまった。

打ち寄せる細波《さざなみ》――それに混じって「あとはチョーチョくんとカノンさんだけだ」

というショータの声が届く。

やがて、カノンはポツリと呟《つぶや》いた。

「私が『この世界でみんなとこうして話ができることが嬉しくて堪らない』って、バスの中で言ったの覚えてる？」

車内での会話を思い出す。言われてみれば、確かに彼女はそう口にした。

「それがなにか？」

「だから私はわかってるの。ここが夢の中だって。つまり――」

カノンの姿が陽炎のように揺らめきながら霞み始める。目覚めようとしているのだ。

思わず手を伸ばして彼女を引き留めようとするが、空を切るばかりだった。

「つまり、どういうこと？」

最後の瞬間、きっとその理由を口にしてくれたのだろうが、それが言葉になる前に彼女は現実へと帰ってしまっていた。

「あ、チョーチョくんがいる！　良かった、無事みたいだ！」

歓声を上げるショータを先頭に、わらわらと集まってくる仲間たち。

──彼女は、最後に何を言おうとしたんだろう。

しばしの間、恭平は呆然《ぼうぜん》とその場に立ち尽くすことしかできなかった。

5

気付いたら、クルーザーの甲板に寝そべっていた。抜けるような青空。照り付ける日差しが眩《まぶ》しい。そんな真夏の太陽を横切る大きな黒い影──「胡蝶」だ。

「エルニドだよ」

身を起こすと、船の舳先《へさき》に佇《たたず》んでいたナメリカワがこちらを振り返った。サンダルに白無地のTシャツ、チェック柄のハーフパンツという装《よそお》いは、いつも通り年齢不相応だ。

「フィリピン最後の秘境さ。近年、リゾート地として注目を集めている。どうせ、女どもの誰かがガイドブックかなんかで見かけたんだろう」

お前も飲めよ、とナメリカワが視線を寄越す。すぐに恭平の手にワイングラスが出現した。中にはシャンパンと思《おぼ》しき液体が注がれている。プロジェクト十五日目。この程度の《クリエイト》なら、いまや誰にでもお手の物だ。

「それにしても、《ユメトピア》とやらは意外と退屈なもんだな」

ナメリカワは隣にやって来ると、ドカッと胡坐《あぐら》をかいて座り込んだ。

「そう思わないか？　だって、これじゃあただの『仲良しごっこ』じゃないか」

吐き捨てるように言うと、ナメリカワは「見てみろよ」と海の方を顎でしゃくった。

グラスを置き、立ち上がって甲板の端まで行く。水面へ降りる梯子《はしご》のすぐそばに、脱ぎ捨てられたデニムパンツと深紅のオフショルカットソー、ソールの厚いサンダルが転がっていた。手すりから身を乗り出すと、一面エメラルドグリーンの海。船影が海底に映っているが、透明度が高すぎるのでまるで浮いているように錯覚する。

「あ、チョーチョくん！」

浮き輪に収まって波に揺れる人影が、手を振ってきた。カノンだ。その隣にはイカダが一艘《そう》。縁に腰掛けながら、仲良く両足を海に浸《つ》けているのはショータとミナエ。こんなリゾート地なのに、彼女はいつも通りセーラー服姿なうえ、横に通学鞄《かばん》を置いているのが笑える。

「浮き輪でぷかぷか浮くために、俺たちはこの『実験』に参加したのか？」

振り返ると、ナメリカワが何やら下品な笑みを浮かべている。

「と、言いますと？」

「せっかくこんなロケーションなんだぜ。乱交パーティーの一つでも開催したっていいはずだろ？　あのカノンとかいう女なら、誘えばノッてきそうじゃないか」

彼が言うとジョークには聞こえないし、事実そう思っているに違いない。だが、その発言には一笑に付すだけではすまされない重要な論点が紛れている。

それは《ユメトピア》の秩序にまつわる問いだった。ここには法律なんてないし、警察もいない。この瞬間《ドリーマー》を繋《つな》ぎ止めているのは、各人の倫理観や社会的規範のみ。もしも何かのきっかけでそれらが取り払われてしまったとき、この世界はそれでも「理想郷」の体《てい》を為《な》していられるだろうか。

そのとき、甲板に陽炎が揺らめく。現れたのは着物姿のキョーコさんだ。

「あら、素敵な船じゃない」

ナメリカワは彼女に一瞥《いちべつ》だけ送ると、顔をしかめてゲップした。いくらなんでもあなたとそういうことをするのは願い下げだ、と言っているみたいで不愉快だった。

ショータに誘われたキョーコさんが着物のまま海に飛び込み、再びデッキには恭平とナメリカワの二人が残される。

「それに、案外俺たちに与えられた自由は少ないよな」

自嘲気味に漏らすナメリカワに、恭平は沈黙しか返せない。

――「何でも夢が叶《かな》う」ことと「やりたい放題」が許されることはイコールではない。

プロジェクト開始前に蜂谷が言っていたことも、いまなら納得できる。

その晩の「世界観」がいくら気に食わなかったとしても「エルニドのリゾート満喫旅行」を「紛争地域のゲリラ戦」に変えることはできない。あくまで《ドリーマー》たちは、チップが整理し秩序立てたストーリーに乗ってしか行動できず、その際、基本的には現実の物理法則を超越できないのだ。だからもし、一本道に《エキストラ》が立ちふさがっていても、そいつをヤカンに変えてしまうことはできないし、遮蔽《しゃへい》物があったとしても「消えろ！」と念じて消せるわけではない。

――意のままにならない状況に直面したら、《クリエイト》を駆使しろ。

それだけが、《ドリーマー》に与えられた「自由」だ。

行く手を阻《はば》む《エキストラ》が現れたら、まずは「どいて」と声をかけてみる。しかし、それでも従ってもらえなければ、そのときは《クリエイト》したマシンガンで一掃するしかない。喩えは過激だが、これこそが《ユメトピア》を貫く原理原則なのだ。

――ただ、《ユメトピア》には実はもう一つ、特殊な約束事がある。

「で、俺は大発見をしたんだ。誰にも言うなよ」

ぐっと顔を寄せてくるナメリカワに、思わず恭平は身を引く。

「なんですか？」

「《ユメトピア》で独りになる方法さ」

「独りになる？」

「この世界を独り占めするんだ。お前にだけ、こっそり教えてやるよ」

「どうやって？」

「他のやつらが起きているときに寝ればいいんだ」

訊けば、彼は毎日どこかのタイミングで十五分間の仮眠を取るという。それとちょうど同じタイミングで他の《ドリーマー》が睡眠状態にあることは稀《まれ》なので、その瞬間は《ユメトピア》の独占が実現するのだとか。プロジェクトの核心が夢の「共有」にあるからこその盲点といえるだろう。

「チップのおかげで夢の中って『自覚』はあるし、もちろん《クリエイト》だってできる。誰の目も気にする必要が無い。まさに『やりたい放題』だ。そこで、俺は何をしてると思う？」

粘っこい視線に耐え切れず、顔を背ける。ろくでもない答えなのは目に見えていた。

「《エキストラ》たちを順に撃ち殺すんだ。文字通り、皆殺し。マジで最高だぜ――」

想像しただけでもおぞましかった。死屍累々《ししるいるい》の地獄絵図、一切の倫理観や社会的規範が失われた無法地帯。確かに、夢の中でしかできないことだ。現実世界では許されるはずがない。だが、このとき恭平が感じていた胸糞《むなくそ》の悪さはそれだけが理由ではなかった。

――自分だけの《ユメトピア》か。

ナメリカワの発見に、どこか魅了されている自分に気付いてしまったのだ。その世界こそ、まさに「完全なる理想郷」なのではないか――

そのとき、衝撃波で髪の毛が逆立った。直後、つんざくような爆発音が鼓膜を震わせる。見ると、入江を取り囲むようにそびえたつ岩壁から粉塵《ふんじん》が巻き上がり、次々に巨石が海へと落下しているところだった。

「やっぱり、こうでなくちゃ！」

叫ぶナメリカワの手には、巨大なロケットランチャーが握られていた。欲求に耐え切れなくなり、撃ち込んだのだろう。やっぱり、こいつはとんでもないやつだ。そうわかっているはずなのに、先程の言葉が頭から離れない。

――誰の目も気にする必要が無い。まさに「やりたい放題」だ。

同じ状況で、自分は何をしようと思うだろう。どんな欲求を実現してしまうだろう。

——ダメだ。考えるな。

嫌な空想を追い払うと同時に、ビキニ姿のカノンが甲板に上がってきた。

「お前、マジでふざけんなよ。どういうつもり?」

かなり怒り心頭の様子だ。

「さすがに我慢の限界なんですけど」

それに対し、ナメリカワは「ふんっ」と鼻で笑った。悪びれる素振りがないどころか、じっとりとした視線を彼女の全身に這《は》わせる始末ときている。

「ガキの遊びに付き合ってるのは退屈で仕方なくてね」

「あ、そう。じゃあ、今すぐ『実験』から降りたら?」

「おい、カノン。落ち着けって」

ショータが二人の間に割って入ろうとするが、カノンはそれを押しのけてさらに詰め寄る。かなりの体格差だが、まったく臆《おく》していない。

「おいおい、俺に指図するのか?」

「うん、和を乱すなら消えて」彼女の手に拳銃が出現する。「さもないと、撃つから」

その脅し文句に、ナメリカワは大声で笑った。

「面白いこと言うじゃないか！　そうそう、俺はこういうのを待ってたんだ！」

観衆にアピールするかのように彼は両手を広げる。

「さあ、撃ってごらん！」

拳銃を構えたまま固まるカノンと、固唾《かたず》を呑《の》んで見守るその他の《ドリーマー》
――重苦しい静寂が場を支配する。

「まあ、撃てないよな。そういうところも可愛いぜ」

先に沈黙を破ったのはナメリカワだった。

「舐《な》めないで」

「今度、撃ち方を教えてやるよ。何せ、俺は現実では本物の銃を持ってるんだ」

「嘘ばっかり」

「本当さ。手取り足取り、優しいレッスンだよ」

「うるさい、変態」

「謝礼は身体《からだ》で払っ――」

空を切り裂く銃声が轟《とどろ》き、デッキに血しぶきが舞った。

「おい、いくら何でもやりすぎだろ！」

仰天したように目を丸くするショータ。だが――

「やるじゃないか」

賞賛するかの如《ごと》く手を打つナメリカワの左胸に、赤黒い大輪が咲いている。血だまりの中に立ち、笑みを浮かべるその姿は、さながらゾンビのようだった。

「さすがに、びっくりするくらい痛かったぞ」

その刹那《せつな》、蜂谷の説明がリフレインする。

——ただ、《ユメトピア》には実はもう一つ、特殊な約束事がある。

これも彼の言う通りだということが、今まさに証明されたのだ。

——《ユメトピア》では、何があっても《ドリーマー》が死ぬことはない。

6

気付いたら、公園のベンチに座っていた。明らかに見覚えがある。家から徒歩十分の距離にある「桜の葉公園」だ。小さな丘を囲むように並ぶ、桜の木々と根元のベンチ。いつも恭平が散歩がてら訪れる馴染《なじ》みの場所。敷地は都内にしては割と広かったが、あるときを境にめっきりと人通りが減った。それにはおぞましい理由があるのだが、いずれにせよ人目を気にせずぶらつきたい恭平には好都合だった。

今は、その公園にいくつもの人影がある。見慣れた《ドリーマー》と、有象無象の《エキストラ》たち。見ると、丘の上で三つの影が飛んだり跳ねたりを繰り返している。ショータとカノン、もう一人の少女は誰だろう。年恰好からして小学校低学年くらいか。彼らの少し上を優雅に舞う「胡蝶」――

「どうしたの、この場所に見覚えでもある？」

横から低い女の声がした。一つ空けて隣に座っていたのはモミジさんだ。

――源氏名だけどね。

初日の自己紹介で、彼女は思わせぶりに言った。本当のところどうなのかは不明だが、見た目は確かに水商売風情がある。それも、どちらかというと銀座のクラブのママのような高級な部類だ。ここでは常に髪を下ろし、ジーンズにTシャツというラフな服装だが、オールバックの和髪にして着物でも身につけた日には「大物政治家の愛人」と言われても頷《うなず》ける。

「近所の公園です。どうやら、今日は僕の潜在意識が強めみたいですね」

「やっぱり。あまりにもきょろきょろしてるから、そうかなって」

「知りませんか？　一年前、この公園で事件があったんです」

「事件？　そんなの毎日だからいちいち覚えてないわ」

いけない、会話のペースを握られている。

「都内の公園で遺体の一部が発見された事件のことです。当時は大騒ぎでしたよ」

「ああ！　あれね、わかったわ。ゴミ箱に捨てられていた『右腕』を、犬の散歩をしていた主婦が見つけた――」

――あ、そうなんだ。

言われてみて、自分が遺体の「部位」までは把握していなかったことに気付くが、近隣に住む者としては、そこまでの生々しい情報は知りたくない気もした。

「あれがそのゴミ箱です」

いずれにせよ、今宵の《ユメトピア》がやけに現実に忠実なのは、公園に対する恭平の潜在意識が強まっているせいだろう。当然だ。今日の日中、まさにこのベンチの辺りでナルコレプシーが発症したのだから。最近は症状が沈静化していただけに、ショックと焦《あせ》りは大きかった。耐え切れずベンチに倒れこむと、すぐさま転送される意識――と、このとき不可解なことが起こる。普段と違って、すぐにはそこが夢と気付かなかったのだ。

――あれ、チョーチョくん？

舞台となったショッピングモールには、先客がいた。目の前で立ち止まったセーラー服の少女はイヤホンを外すと、例のMDプレーヤーを操作し、それらを肩に提げる通学鞄に仕舞い込む。しかしこの段階でもまだ、恭平は現実だと誤信していた。ミナエに会えるのは、夢の中だけのはずなのに。

そんな恭平の困惑を察してか、彼女は意味ありげに頭上を指さした。見上げると、ガラス張りの天井付近を舞う「胡蝶」――ここで、ようやく《ユメトピア》だと気付くことができた。すぐに「自覚」を持てなかったことに疑問はありつつ、立ち話も気が引けるのでひとまずフードコートの一席に陣取ることにする。

――授業中じゃないの？　あ、ていうかそもそも夏休みか。

現実世界ではまだ午前十時頃のはずだった。

――うん、夏期講習。でも、数学とかチョー退屈じゃん？　そりゃ寝るよね。

――っていうか、チョーチョくんこそ仕事中じゃないわけ？

そのとき、あらためて思い知らされる。これまで約一カ月、毎晩のように顔を合わせているのに、彼女は自分についてこれほど基本的なことも知らないのだと。悔しいが、ナメリカワの言う通り、この世界は所詮《しょせん》「仲良しごっこ」――そのことが無性にもったいなく思えたし、そう思った理由もわかっていた。自分はもっと彼女を知りたいのだ。始まりの日、最後に一瞬だけ見せたあの微笑の意味を。

だから自然と話す気になった。それは夜行バスでカノンに語ってみせた時のような事実の羅列ではなく、もっとずっと素直な想《おも》いを赤裸々に剝《む》きだしたものだった。

——小さい頃は、水泳選手になりたかったんだ。

敵なしだった少年時代。いつの間にか夢から醒めていた中学三年の自分。人並みの人生に対する充足感と、どこかで感じていたかもしれない一片の後悔。突如として発覚した睡眠障害、それによる失業。今ではもう思い出せない「なりたかった自分」の後ろ姿。

聴いている間、ミナエは一言も発しなかった。時折、遠くを見やりながら頷くだけ。安易な肯定も、あからさまな否定もないことがありがたかった。

——まあ、いろいろあるよね。人生には。

しばしの沈黙の後、おもむろに彼女は言った。その言葉には良い意味での軽薄さがあった。歳《とし》を重ねるごとに背負い込んできた、様々な荷物たち——一番重たいものは、いまだ恭平の背にある。けれどもこの瞬間、比較的軽い手荷物を彼女が持ってくれた気がした。

——ミナエは小さい頃、どんな子だったの？

言いながら、自分の姿が霞《かす》み始めていることに気付く。目が覚めようとしているのだ。もっと彼女のことを知りたい。その想いが増すごとに世界は遠ざかる。

気付けば、景色はフードコートから見慣れた公園へ。ベンチで身を起こした後もしばらくの間、彼女の声がすぐ隣から聴こえるような気がしてならなかった。

「あれはいったい何を？」

回想から帰ってきた恭平は、丘の上の三人を指さす。

「捕まえようってことらしいわよ」

「捕まえる？」

「『胡蝶』をね。ショータが息巻いてたわ」

なるほど、いかにも彼の思い付きらしい。この世界を隅々まで楽しみ尽くしてやろうという意気込みのようなものを感じる。

「そんなことより、チョーチョくんは誰を狙《ねら》ってるわけ？」

出し抜けにモミジさんが訊いてきた。

「はい？」

「一カ月も男女が毎晩を共にしてるのよ。それも、ある種の『密室』で——こういう時に起こることは一つに決まってるでしょ？」

「殺人事件？」

「色恋沙汰《ざた》よ」

プロジェクト三十三日目。早くも一カ月以上が経過していた。

毎晩決められた時間に眠り、起きたら欠かさず報告する。これを三カ月続けるだけで報酬二百万円。所定の時間——二十二時から翌朝の八時まで十時間のうち、計六時間は睡眠状態にあることが条件だ。必ずしも連続している必要は無く、仮に途中で目を覚ましてしまっても、二度寝すれば問題はない。この条件を満たさず「参加日数」が減ると、若干報酬が減らされることはあるらしいが、それでも破格の好条件と言える。すなわち、それだけの価値をソムニウム社は『プロジェクト・インソムニア』に見出《みいだ》しているのだ。

——きっと、ナルコレプシーにもいい影響がある。

——それに、失業中ってことは金が必要だろ?

蜂谷の言う通り、雀《すずめ》の涙ほどの貯金を切り崩して暮らす身には魅力的すぎる額だったし、それが被験者になることを決心する最後の一押しとなったのも否定はできなかった。

「別に狙ってるとかはありませんよ。彼女もいますし」

「あら、そうなの。つまらない」

モミジさんはわざとらしく溜息《ためいき》をつくと、長い黒髪を掻《か》き上げた。

「ミナエもカノンも、それぞれタイプは違うけど可愛いじゃない。そこに私でしょ？

正直、自分が男だったら決められないわ。あ、いけない。キョーコさんを忘れてた」

冗談めかして笑っているが、おそらく本気でそう思っている。そして、それをこうして口にしても許される器量と余裕があるのもまた事実だ。

「それに引き換え、男のメンツ」

モミジさんが隣のベンチへと意味ありげな視線を送る。

そこに一人で座していたのは、アブさんだった。いつもタキシード姿の変わり者で、年齢は三十代だった気がする。あごひげを生やしているが不潔な感じはなく、どちらかというとダンディさを増すアクセントになっている。眼光が鋭く近寄りがたいうえ、抜きん出て口数が少ないため、最も素性が知れない《ドリーマー》と言えるだろう。ただ、考えていることはわからないものの、皆で何かをしようというときに和を乱すようなことはしない。こう見えて、意外と立ち振る舞いは弁《わきま》えている。

むしろ、問題はナメリカワだ。先日も湖畔で釣りをしていたところ、突然「もっと刺激的なことをしようぜ」と喚《わめ》き出し、マシンガンらしきものを《クリエイト》すると湖面めがけて連射したのだ。さすがにこれには、いつも朗らかなショータも語気を強めた。

——次にまた「紳士協定」違反をしたら、運営に言いつけますよ。

それは、エルニドでの一件以来制定された暗黙の了解——「世界観を著しく損なう行動および《クリエイト》をしてはならない」という規律だ。他人の夢を壊してまで自らの欲求を追ってはならない、という理念が根底にある。

「奴ならあそこよ」

モミジさんが五十メートルほど先の桜の木を指し示す。

見ると、その根元でミナエとナメリカワが立ち話をしていた。例の銃撃事件以来カノンと国交断絶状態になったせいか、奴はやたらとミナエに絡《から》むようになった。

「あの風体で女子高生を口説こうなんて、一万年早いのよ。ましてや、この世界ではいちおう誰もが『理想の外見』を手に入れてるはずでしょ？　なのに、あの出来栄《できば》え。たとえ一億円積まれても私は抱かれたくないわ」

そこまで言わなくてもとは思ったが、ナメリカワがミナエを狙っているのは誰の目にも明らかだった。彼女を見るときのまとわりつくような視線——それはビキニ姿のカノンを前にしたときのそれと同じくらい湿っていた。そして、ナメリカワが「その目」をしていることに気付くたび、恭平の胸はざわつくのだ。そんな目で彼女を見るな、と。

「ね、わかったでしょ？　私にしてみたら、男の選択肢はほぼあなたしかないの」

ということは、ショータかアブさんのいずれかは対象となりうるのか。どっちだろう、と少しだけ気になる。別に、あえて尋ねたりはしないけれども。

「ところで、あれは誰なんですか？」

話題を変えることにした。あれとは無論、「虫捕り」に興じる謎《なぞ》の少女のことだ。

質問に対し、それまでやたら饒舌《じょうぜつ》だったのが嘘《うそ》のように彼女は押し黙った。答えが返ってこないので、恭平も沈黙するしかない。そうこうしているうちに、丘の上の三人はへたり込んでしまった。「胡蝶」の捕獲に手こずっているようだ。

「私、《ユメトピア》の限界がどこにあるのか知りたくてね」

やおらベンチから立ち上がったモミジさんの口元には、挑戦的な笑みが浮かんでいた。

「どういうことですか？」

「チョーチョくんもお気づきのこととは思うけど、実はこの世界は音に聞くほど何でもできるわけじゃない。だから、いろいろ個人的に試している最中なの」

そう言い残して、彼女は丘の上に向かってしまった。後を追おうか迷ったが、ナメリカワの手から逃れたミナエが近寄ってくるのが見えたので踏みとどまる。

「隣、空いてる？」

首を傾げるミナエに「うん」と頷き返しながら、視界の端でナメリカワを捉《とら》えた。両手をデニムのポケットに突っ込み、こちらを恨めし気に見ている。

「大丈夫？」

彼女が腰をおろしたのと同時にとりあえず言ってみたが、何に対する「大丈夫？」なのか自分でもよくわからない。

「うん、大丈夫」

「ならよかった」

それっきり、継ぐべき言葉を見失った。何か言えよ、と沈黙に急《せ》かされているような気がしてくる。どんどんと勝手に居心地が悪くなる恭平をよそに、ミナエは虫捕りに興じる丘の上の四人を可笑《おか》しそうに見守っていた。

風に乗って、彼らの戯《たわむ》れる声が届く。

「いけ、モミジさん！」

「えいっ！」

「だああ、惜しい！」

「もう、貸して。私がやる」

「あ、ちょっと。カノン、網を返して——」

ふふふっ、とミナエが笑みをこぼす。それは恭平の心を摑《つか》んで離さない例の微笑ではなく、心の底からの笑顔に見えた。

——こんな風に笑うこともあるんだ。

また一つ、彼女のことを知れた気がする。

「さっき、チョーチョくんは訊《き》いてきたよね」

「へ？」不意打ちを食らい、情けない声が出た。

「『小さい頃、どんな子だったの』って」

今朝、《ユメトピア》で二人になったときのことを言っているのだ。

「ああ、その話ね」

「こう見えて、おてんば娘だったんだ。男子に混じって戦争ごっこ、秘密基地づくり。お母さんには、毎日呆《あき》れられてた。また洋服を汚して帰ってきたのねって」

「意外だな」

「いつも、妹と一緒でさ。よく二人だけの遊びを考えたりもしてたんだ。非常事態に備えて『秘密の連絡手段』を編み出したり、お互いの誕生日に『宝探し』をしたり」

「妹がいるんだ?」

「六歳下のね。もちろん、虫捕りだってしたよ。それこそ、ちょうど妹があの子くらいのときだったかな」

彼女の言う「あの子」とは、例の少女のことで間違いない。

「あれは誰なの?」

モミジさんにぶつけたのと同じ質問をしてみる。

しかし、ミナエが答えを教えてくれる前に正解は明らかになった。

「チョーチョ、なかなか捕まえられないね、ママ――」

瞬間、戦慄《せんりつ》が背筋を駆け抜ける。

少女が見上げているのは、紛れもなくモミジさんだった。

「人間も《クリエイト》できるんだね」

その事実は「恐ろしい思いつき」を恭平の眼前に突きつけてくる。ここは、何でも願いが叶う世界――つまり、自分だけのミナエを出現させることも可能ということではないか。

「きゃ! やった! 見てこれ、どうしよう!」

恭平の意識を引き戻したのは、カノンの金切り声だった。彼女の手にした網の中で

「胡蝶」がぱたぱたと抵抗している。

「ねえ、こういうときどうしたらいいの？」

「まったく、虫も触れないくせに」

ベンチから立ち上がったミナエが、小走りに丘の上に向かう。すぐさま、その手に大きな「虫かご」が出現した。

「そのまま逃がさないでね」

合流したミナエが慣れた手つきで網の中で暴れる「胡蝶」をかごに移すと、おお、という小さな歓声があがった。遠目にはかなり大きく見えたが、かごに入れてみるとそれほど窮屈そうでもない。

「はい、これ」

ミナエはそれをモミジさんの娘に渡した。もしかすると、彼女はその一瞬に遠い日の思い出を重ねていたのかもしれない。

――ちょうど妹があの子くらいのときだったかな。

受け取った少女は、満面の笑みでかごを掲げた。

すごーい。ママ、見て！　おっきいチョーチョだよ――

「気を付けろ」

横から声がして、ビクッと肩を震わせる。いつのまにか、アブさんが隣に来ていた。

「何ですか?」

「まず、あのモミジって女から目を離すな。それからもう一つ」

彼の目は、とても出まかせを言っている人間のものとは思えないほど真剣だった。

「まだ正体を見せていない『悪意』が、この世界には潜んでるかもしれない」

7

洗顔を終えた恭平はスマホを手に取り、報告用のアプリをタップした。

『蝶野恭平さん、おはようございます』

白衣を纏《まと》った清潔感溢《あふ》れるいつもの女性が画面に現れる。恭平は彼女の名前すら知らない。常に微笑を湛《たた》え、抑揚のない口調で語りかけてくる姿はいささか人間離れしており、もしかするとCGなのではと思えてくる。

『今日で六十日目。今朝の気分は如何《いかが》ですか?』

「悪くありません。むしろ、もっと夢の中に居たかったくらいです」

先ほどまでの夢を思い出しながら、概要を報告する。ビルの間を飛び回りながら繰り広げた異星人との戦闘――いまだに興奮の余韻がある。

『非常に有意義な時間だったみたいですね』

画面の向こうの女は満面の笑みを浮かべた。『それでは、良い一日を』

ものの三分程度で朝の報告は終わった。掛け時計に目をやると、まだ八時半。普段なら二度寝をかますところだが、あいにく今日は十時にソムニウム社の本社まで行かないといけない。月に二度の定期健診を受けるためだ。

悩んだ末、このまま起床して支度することにした。音の無い部屋は寂しいので、テレビを点《つ》けて朝の情報番組を垂れ流す。

『今日の特集は、いま最も急成長を遂げているベンチャー企業。先日、なんとその本社に潜入することができました。それでは、どうぞ！』

偶然にも、その日の特集はソムニウム社だった。思わず着替えの手が止まる。

『――ですが、榎《え》並《なみ》社長。脳死の人が夢を見ているっていうのはちょっと信じられませんが、本当だとしたら夢がありますね』

インタビューが行われているのは、恭平が最初に訪れた時に通された白い部屋だった。知っている場所なので思わず笑ってしまう。

『誤解のないように申し上げると、脳死の人ではありません。夢を見ているのは遷延《せんえん》性意識障害《せい》、つまり、俗に言う植物状態の人。似ているようで、この二つは全く別物です。それに、全員が全員というわけではありません。脳の損傷部位や程度にもよりますが――』

テーマは、三カ月前に同社が発表した研究結果についてだった。いくつかの条件が合致する必要はあるものの、植物状態の人間がずっと夢を見続けている事例はある。その詳細を理知的な口ぶりで整然と説明する銀縁メガネの男。どうやら、社長のようだ。

『それだけじゃありません。おそらく、彼らには我々の声が聞こえてる。だから、諦《あきら》めずに話しかけてあげてください。何度も、何度でも。絶対に届いてるはずだから』

画面には五十六歳とある。ベンチャーなのでもっと若い人が社長だと勝手に思っていたが、どうも違うらしい。気になったのでスマホで調べてみると、医師の肩書も持っているという。それも、東北の大病院の院長だとか。病院経営をする傍ら、七年前にソムニウム社を創業。世の中にはとんでもない人がいるもんだ。

――社長自らがお前の参加を熱望している。

不意に蜂谷の言葉が蘇《よみがえ》る。これほどまでに遠い世界に住むこの男が自分の「実験」参加を熱望していたなんて、何だか現実味がない。

『私は、夢占いや予知夢の類《たぐ》いは信じていませんし、興味もありません。それより、科学の力で夢の正体に迫りたかったんです。だから、ここ以外には考えられませんでした』

画面がパンすると、見慣れた顔がアップになる。男が一丁前に語る内容と同じものを、恭平はおよそ三カ月前に聞いたことがあった。お気に入りのフレーズの使い回しかよとツッコミを入れつつ、別の感情が胸の奥で疼《うず》いたのに気づく。このときも、思い出すのはあの日の河川敷だ。

――いつか、スポーツ新聞の一面を飾るんだ。

――期待のホープ二人が「蝶のように舞い、蜂のように刺す」ってな。

思い描いていた形とは違うかもしれない。けれども、あのときの「蜂」はこうしてテレビの画面を彩《いろど》っている。一方で、「蝶」はと言えば――

『夢には無限の可能性があります。夢の力で、世界をもっと幸せにできると思うんです。少なくとも、私はそう信じています』

自信と希望に満ちた男がそう言い切ると同時に、恭平はテレビの電源を切った。

独り暮らしのアパートは、ワンルームで家賃五万円。最寄り駅の志村坂上《しむらさかうえ》までは徒歩で十五分近くかかるが、在宅ワークのバイトで細々と食いつなぐだけの身分なので基本的に歩くようにしている。九月下旬の外気にはまだまだ夏の余韻があり、改札をくぐる頃にはかなり汗ばんでいた。

間もなくやって来た都営三田線「日吉行」に乗り込む。客はまばらだ。シートの端に陣取った恭平は、ぼんやりと中吊《なかづ》りを見上げた。今週発売の週刊誌の宣伝広告。ある大物政治家にまつわる不祥事の告発に、十五年前に起きた列車事故の犠牲者への哀悼。それらの派手な見出しの隣で、髪を濡《ぬ》らした爽《さわ》やかな男が白い歯を見せている。日本での開催が来年に迫った世界水泳に関する特集記事だ。

『史上最多金メダルも夢じゃない？　鍵《かぎ》を握るのはスーパー大学生こと――』

記憶が正しければ、彼はバタフライが専門の現役大学生。二十二歳、自分より四つも年下になる。自分が得意としていたのもバタフライだが、あのまま水泳を続けていても彼には勝てなかっただろう。というか、比べること自体おこがましい話だ。

またしても脳裏をよぎる、あの日の河川敷――あのときの蝶野恭平は、こうして地下鉄に揺られる未来の自分を想像していただろうか。こうなると知っていても、同じ結論を出したのだろうか。

ずっと、自分は夢から醒《さ》めてしまったんだと思ってきた。だから水泳を辞《や》めたんだと信じてきた。けれども、果たしてそうなのだろうか。本当は、あのときから閉じ込められたままなのではないだろうか。

現実という名の悪夢に。

——なあ、教えてくれ。

あのときのお前は、いったいどんな自分になりたかったんだ。

「数値はすこぶる良好だったよ」

半日がかりの検査を終えた恭平は、例の白い部屋で蜂谷と向かいあっていた。

「そりゃよかった」

それ以外に返す言葉が無い。血圧だとか、心電図だとか、その他いろいろなものを計測されたが「良好だ」というのだからそうなのだろう。

「二カ月が経過したわけだが、特に問題はないか？」

一瞬だけ、アブさんの忠告がよぎる。

——まだ正体を見せていない「悪意」が、この世界には潜んでるかもしれない。

あれから約一カ月、一向にその「悪意」とやらが牙《きば》を剝いてくる気配はない。相変わらずみんなを引っ張るリーダーはショータで、赤いオフショルカットソーのカノンが彼を後方支援する盛り上げ役。そんな二人と行動を共にしつつ、どこか冷めているミナエはセーラー服に通学鞄がお馴染みのスタイル。恭平は彼らの周りを日和見《ひよりみ》的に漂い、少し離れたところでモミジさんが艶《つや》っぽく斜に構えている。タキシードのアブさんは孤高を貫いているが和を乱すことは無く、むしろみんなの悩みの種はファッションだけは若いナメリカワが持ち込むトラブルの数々。ただ、着物姿のキョーコさんの眼差しは、そんなドタバタ劇のすべてを優しく包み込んでくれる。

プロジェクト六十日目。今日も《ユメトピア》は問題なく平常運転を続けている。だから、寸分の迷いもなく答えることができた。

「ああ、万事順調だ」

それどころか、最高と言っていい。学歴や職業のような、現実世界で人々を縛るしがらみや世間体の類いは何一つ意味をなさない。疾患に怯《おび》えることも、引け目を感じる必要もない。面倒ごとをすべてかなぐり捨て、本当の自分になれる場所。

「他の六人も、概《おおむ》ね同じ感想らしいぜ」

手元のファイルを眺めながら、蜂谷が付け加える。「らしい」と伝聞形なのは、情報遮断が徹底されているからだ。窓口になる社員には、他の《ドリーマー》の素性にまつわる情報は一切伝えられていないという。担当する被験者に、会話などを通じて余計なバイアスがかかる可能性を極力排除するためだ。そう考えると、いつの日かモミジさんが言っていた通り、《ユメトピア》は「ある種の密室」かもしれない。

「まあ、そりゃみんなそう思うだろうよ」

「ナルコレプシーについても、良い兆候があるな」

蜂谷が何やら数値の並んだカルテを差し出してくる。

「ここを見てくれ。オレキシン濃度の比較なんだが、明らかに前回より改善傾向にある」

オレキシンとは覚醒《かくせい》性の神経伝達物質で、脳のシステム全体を睡眠から覚醒寄りへと傾ける働きがある。しかし、何かの理由でその量が減ると、通常より簡単に脳が睡眠へと切り替わってしまうのだ。実際、ナルコレプシー患者を検査すると、ほとんどの症例でその産生量が低下しているという。もちろんこれだけが原因というわけではないが、ナルコレプシーを語るうえで避けて通れない存在なのは間違いない。

「確かに、症状は安定してる気がする。耐え難い眠気に襲われたのは、たぶん『実験』開始後だと一回だけだし」

それは無論、公園のベンチに倒れこみ、ショッピングモールでミナエに遭遇したあの一回だ。

「寝る前の『フェリキタス』は？」

「毎晩欠かさず飲んでるよ。他のメンバーもみんなそうなんだろ？　もちろん、それでも悪夢を見ることはあるけど」

カルテをしまいながら、蜂谷は「そりゃそうだ」と頷いた。

「『フェリキタス』は万能薬じゃない。《ドリーマー》たちの潜在意識の状態次第で、どれだけみんなが服用してようと悪夢になることはあるさ。でも、回数は多くないだろ？」

彼の言う通り、この六十日間で《ユメトピア》のストーリーが悪夢に支配されたのは数えるほど。そういう意味では、すべて想定の範囲内で進んでいるということなのだろう。

「今のところ蝶野は皆勤賞だし、このままあと一カ月を無事に終えれば、めでたく二百万円ゲットだな」

背もたれに身体を預けながら、蜂谷が冗談めかして笑った。

「まあ、何も起こらないだろ」

同じように、恭平も椅子《いす》の背にもたれかかる。

けれども、三日後。このときの恭平の予想はあっけなく外れ、アブさんの忠告が正しかったことが明らかになってしまう。

プロジェクト開始から六十三日目を迎えた、ある晩のことだった。

8

気付いたら、夕方の校庭に立っていた。用具を片づける野球部と思しき面々。校舎からは微《かす》かに管楽器の音が聴こえてくる。ブラスバンド部が練習しているのだろう。グラウンド中央には、キャッチボールに興じる人影が二つ。カノンとミナエだ。一丁前にグローブをつけ、フォームもそれなりに様になっている。

「うまいね」

歩み寄って声をかけると、照れ隠しのようにカノンが肩をすくめた。

「本当はものすごく運動音痴なんだ。でも、一度やってみたくてさ」

「なりたい自分になれる場所、か」

「一緒にやろうよ」

ボールを投げて寄越した彼女の笑みは、どこかぎこちなく強張《こわば》っていた。その理由を恭平は知っていたが、あえて口にはせず投球体勢に入る。

「よし、じゃあ投げるよ」

しばしの間、黙々と飛び交う白球。恭平からミナエ、ミナエからカノン、そして再び恭平へ。気味が悪いほど誰も口を開こうとしない。意図して核心から目を逸《そ》らしているのが見え見えだったが、無理もないだろう。この状況で各人に出来るのは、言葉にならない疑念と不安をボールに託すことだけ。だから、ひたすら投げ続けるしかないのだ。

そうこうしているうちに、他の《ドリーマー》たちも校庭に次々と姿を見せ始めた。キョーコさん、アブさん、ナメリカワ、モミジさんの順に、陽炎《かげろう》が揺らめいては人の貌《かたち》を為していく。ただ一点を除き、《ユメトピア》は平常運転だった。

「今日もショータは来ないな」

恭平はついに核心を口にした。いや、せざるを得なかったというのが正しいかもしれない。ミナエとカノンが息を呑み、その他の《ドリーマー》たちの間にも一瞬にして緊張の糸が張られたのがわかった。

彼の姿が《ユメトピア》から消えたのは、異星人襲来の翌日のこと。初めは「オールで飲み会してるんじゃない？　大学生だし」とみんなして笑ったものだが、三日連続となると話は変わってくる。

「確かに、どうしたんだろうね」モミジさんがぼやく。「いつも一番乗りだったのに」

そう、彼はいつだって誰よりも先に《ユメトピア》に居た。少なくとも、彼が自分より後にやってきたのを見たことは一度もない。それほどこの世界に惚《ほ》れ込み、誰よりも満喫していた彼だからこそ、何かが起きたことだけは間違いない気がした。夜の仕事を始めたとか、誰かと折り合いが悪くなり「不登校」になってしまったとか――

「ただ、仮に三日連続で飲み会だったとしても、一睡くらいはするよね」

続くモミジさんの発言に、すべての疑問が集約されていた。もちろん、あり得ないと断言はできない。十九歳の大学生と二十代後半の自分はタフさが違うし、日中に惰眠を貪《むさぼ》ることで体力回復を図っている可能性はある。

「何を考えてる？」

いつの間にか、隣にアブさんが立っていた。タキシードのポケットに両手を突っ込み、意味ありげな視線を投げかけてくる。

「いえ、特に――」

「ちょっと、いいかな？」

何となく誤魔化したものの、逆らう理由もない。言われるままにキャッチボールから離脱すると、校庭の隅へと移動する。

「この件を話すとしたら、君が一番安全だと思ってね」

「安全？」

「ショータの件だ、君はどう思う？」

いろいろと飲み込めないので、かぶりを振るしかない。

「わかりません。三日間も夜寝なくて平気だなんて、タフだなとしか」

それを聴いたアブさんは「くくっ」と肩を震わせ始めた。

「確かに、彼が姿を見せない理由が起きているからなのであれば、タフとしか言いようがない。でも、他にも可能性があるんじゃないか？」

「と、言いますと？」

「気付いてないのか？　初めからおかしかったじゃないか」

恭平は首を傾《かし》げることしかできない。

「いいか、この実験はそもそも――」

続く言葉は、夕空に響き渡る絶叫に掻き消されてしまった。

鋭く、切実な叫び声。目を向けると、朝礼台のすぐ脇《わき》でカノンが腰を抜かしていた。距離にしておよそ五十メートル、台の陰になってよく見えないが何かが校庭に転がっているようだ。

すぐさま駆け寄る《ドリーマー》たち。その目に飛び込んできたのは――

悲鳴がやけに遠く感じるのは、眼前の光景に現実味がなかったからだろうか。

仰向けに倒れていたのは、紛れもなくショータだった。蒼白《そうはく》な顔面、薄《うっす》らと開いた瞼《まぶた》の向こうの焦点を失《な》くした瞳《ひとみ》。純白のVネックシャツの一部が鮮血で真っ赤に染まり、その中心に包丁が禍々《まがまが》しく突き立っている。

「ねえ、バカな冗談はやめて」

金切り声のカノン――少しだけ語尾が震えている。

「悪趣味だよ、さすがに」

しかし、地面に横たわる彼はピクリとも動かない。

「そうよ、これはやりすぎだわ」

いつも温和なキョーコさんが、珍しく窘《たしな》めるように語調を強める。

「ほら、立って」

反応はない。確かに、ジョークだとしたら度が過ぎてはいるが――

「まさか、殺されたわけじゃないわよね?」

モミジさんが、独り言のように呟《つぶや》く。

「そんなわけないでしょ!」

すかさずカノンが反論するが、あくまでモミジさんは懐疑的だ。

「じゃあ、何でこんなことになってるの？」

「知らないよ、そんなの――」

「おい、全員この場を動くな」

見ると、ナメリカワが肩から提げたマシンガンを構えている。瞬時に《クリエイト》したのだろう。表情に隠しきれない興奮が滲《にじ》んでいる。

「妙なことしたら、撃つぞ」

撃ってみろ、とはもはや思えなかった。

――まさか、殺されたわけじゃないわよね？

そんなはずない。この世界では、誰も死ぬことはないのだ。

では、目の前の状況をどう説明したらいい？

「起きてよ。何してるの？」遺体の脇に屈《かが》みこむミナエ。「ねえ、何か言って」

脳裏をよぎる屈託のない笑顔と希望に満ちた瞳。いつまで待っても「はい、ドッキリ大成功！　驚かせてごめんよ」といたずらっ子のように笑う彼が現れることは無い。

世界には、ただただミナエの啜《すす》り泣《な》きのみが響いていた。

「で、何がどうなってんだ？」

しゃくりあげるミナエが立ち上がったところで、薄ら笑いを浮かべたナメリカワが口火を切った。

「誰か、納得のいく説明をしてくれ。まず、こいつは本当に死んだのか？」

ショータの「亡骸《なきがら》」を取り囲むように立つ、残された七人の《ドリーマー》――恭平は順々に皆の顔を見やる。誰もが沈痛な面持ちで俯《うつむ》く中で、一人だけ顎に手をやり考え込む男の姿があった。眉根《まゆね》を寄せ、険しい表情を崩さないアブさん。彼は、他の誰もが見落としている「何か」に気付いている。つい先刻悲鳴に掻き消された言葉の先を、今こそ継いでもらう必要があった。

「アブさん」目配せを送る。「全員に話してください」

それ以上の言葉は必要なかった。意図を察したアブさんは大きく一度深呼吸すると、意を決したように一歩前に出る。

「この中で、おかしいと気付いていた人はいないか？」

黙り込む一同――その静寂が答えだった。やれやれというようにかぶりを振ったアブさんが、身体ごと恭平の方に向き直る。

「君には、前に一度言ったよな？」

「はい？」不意に水を向けられ、返事に窮してしまう。

「まだ正体を見せていない『悪意』が、この世界には潜んでるかもしれないって」

覚えてはいるが、それが意味するところはまるでわからない。

「もう一度、『実験』にまつわる説明を全《すべ》て思い出せ。そうしたら、何がおかしいのかわかるはずだ」

すぐにこれまでの蜂谷の説明を思い返すが、この世界で《ドリーマー》は死なないという話や、潜在意識と顕在意識のことが堂々巡りを続けるばかりで、一向に答えに辿《たど》り着ける気配はなかった。

お手上げですと恭平が肩をすくめると、アブさんは静かに語を継いだ。

「全員、最初に説明を受けたはずだ。この実験は、年齢、性別、属性の異なる――」

肝心なところで、彼の視線が中空に向けられる。釣られて見上げると、A4サイズの紙切れが一枚ひらひらと落ちてきていた。

「なに、あれ」

カノンが声を震わせるが、誰も答えられない。それを嘲笑《あざわら》うかのごとく、静かに《ドリーマー》の輪の中心に舞い落ちる紙切れ。真っ先に駆け寄ったミナエが拾い上げ、顔の前に掲げる。

そこには大きく『1人目』と書かれていた。

「ふざけないで！　何がどうなってるの？」

モミジさんが声を張り上げた瞬間、ミナエの手から紙切れが消滅する。

「えっ」呆気《あっけ》にとられてミナエが目を丸くする。それはあまりに恐ろしい「事実」を《ドリーマー》たちに突きつけた。

「これってもしかして――」

もはや疑いようがなかった。目の前で一瞬のうちに消えたということは、誰かが《クリエイト》したものに違いない。むしろ、それを知らしめるためにあえて皆が見ている前で《リセット》したのだ。いや、それだけではない。この文言は、明らかに次の犠牲者が出ることを示唆《しさ》している。

「やっぱりな」ポツリと呟いたアブさんの姿が霞み始める。

「ねえ、待って！」カノンがすがるように叫ぶ。「あなたは何を知ってるの？」

呼ぶ声も虚《むな》しく、アブさんは現実へと帰還してしまった。

そのとき、地面に視線を落とした恭平はあることに気付く。

――ショータの「死体」が消えている。

「ちょっと、みんな――」

しかし、そのことを皆に伝える前に、恭平自身もまた霞み始めていた。

——何がどうなってるんだ。

渦巻く疑念をぐっと飲み込みながら、天を仰ぐ。

頭上に広がっていたのは、暢気《のんき》に「胡蝶」が漂うだけの鮮やかな夕空だった。


目が覚めるや否《いな》や、恭平は乱暴にアプリをタップした。

「どういうことだ！　ショータが殺された！」

開口一番、画面に現れたいつものＣＧ女に詰め寄る。しかし、彼女は普段と変わらぬ機械的な笑みをこちらに寄越すばかりだ。

『落ち着いてください。少々混乱されているようで』

「俺はまともだ！　いいから説明してくれ！　《ユメトピア》で人は死なないんじゃなかったのか？」

『一度、深呼吸をしてみましょう』

「あんたじゃ話にならない！　責任者を出せ！」

そのとき、初めて女の表情が揺らぐ。困ったような、ムッとしたような、そんな感じで一瞬だけ眉を顰《ひそ》めてみせたのだ。なんだ、やっぱり人間だったんだと、どこか冷静な自分がいるのがおかしかった。

すぐに画面が切り替わり、見慣れた男の顔が大映しになる。

『朝から騒々しいですよ、蝶野恭平さん』

「俺は責任者を出せって言ったはずだけど？」

『ご乱心の被験者をなだめるのも、担当者の責任ある仕事の一つでございます』

真っ白な壁を背に蜂谷はおどけて笑ったが、すぐにその表情は硬くなった。

『で、誰が殺されたって？』

恭平は一から事態を説明した。異星人襲来以降ショータが姿を消していたこと、その彼が死体となって転がっていたこと、空から降ってきた紙に『1人目』と書かれていたこと、そして、残された七人の中に犯人がいるであろうこと。

「まったく訳がわからない。そもそも《ユメトピア》では誰も死なないって、お前はそう言ってなかったか？　それなのに、どうなってんだ！」

機関銃のごとくまくし立てた。そうでもしないと、忍び寄ってくる「悪意」を前に平静を保っていられない気がしたからだ。

話を聞き終えた蜂谷は、やがて静かに口を開いた。

『そんなことありえない。やっぱり、お前がおかしいんだ』

画面越しではあるが、彼の額に脂汗《あぶらあせ》が浮かんでいるように見える。心なしか声のトーンも普段より上ずっているようだ。それが余計に、恭平の不安を煽《あお》る。

「俺はおかしくない」

そのとき、スマホの画面がショートメッセージの受信を告げた。

《いったん切る。そのまま待ってろ》

送信者は「蜂谷」——画面の向こうから、こちらをじっと見つめる二つの目。恭平は生唾《なまつば》を一つ飲み込むと、頷いてみせた。

『それじゃ切るぞ。良い一日を』

アプリの切断と同時に、今度は電話が鳴り出した。

——いちおう、飲みに行ったりするのは「実験」が終わってからにしよう。

——友人とはいえ、被験者とプライベートで会うのはよくないからな。

——ただ、緊急連絡先として電話番号は教えといてくれ。

ソムニウム社との連絡は、すべてアプリを介して行われる。月二度の健診の案内もそうだ。電話もメールも使わない。SNSなどもってのほかだろう。それなのに、スマホは知らない番号から受電している。この時点で恭平は察していた。何かマズいことが起きているに違いないと。

通話ボタンをタップする。

「で、俺のどこがおかしいって？」

皮肉を込めたつもりだったが、心なしか語尾に不安が滲んでしまう。

「本当におかしいのは、お前じゃない」

「そりゃよかった。で、実際は何がおかしいんだ？」

「人数だ」

「は？」

「数えてみろよ、《ドリーマー》の数を」

息を呑むしかなかった。

むしろ、言われるまで気付かなかった自分が信じられない。アブさんの言う通り、
実験初日からすべては仕組まれていたのだ。

――他の六人は、どんな人たちなんだ？

――残念ながら、俺は知らない。

「、、、、、、、、、、、、、、、、、

「チップが制御できるのは最大で七人って、最初に言わなかったか？」

――一緒にスポーツでもすりゃ、すぐ打ち解けるさ。

――セパタクローなんかどうだ？　ちょうど審判付きで試合ができるぜ。

「そんな、ばかな」

脳裏をよぎる《ドリーマー》たちの姿。自分を含め、男女四人ずつ。

「ショータってやつは、被験者じゃない。誰かが《クリエイト》して《ユメトピア》に紛れ込ませた、架空の存在だ」

よく見る夢２

気付いたら、自転車を押しながら河川敷を歩いていた。

――俺たち二人で、表彰台を独占してやろうぜ。

よく見る夢。それは、いつも決まってこの場面から始まる。

ちぎれ雲が漂う九月の夕暮れ。時刻は十八時頃だったろうか。隣を歩く中学三年生の蜂谷が、けらけらと笑う。当時の彼は、今よりずっと華奢《きゃしゃ》で貧弱だった。

――独占には三人必要だろ。

いつも通りを装《よそお》って言い返すが、いつも通りの笑顔を作れている自信はなかった。だからそれ以上は口をつぐみ、黙々と自転車を押し続けることにする。

――細かいことはいいんだよ。

蜂谷が、空になったペットボトルを自転車のかごに放り込んでくる。ふざけんなよ、といつもの調子で文句を言ってみるが、その口調もどこか不自然に思えてしまう。

――いつか、スポーツ新聞の一面を飾るんだ。

——期待のホープ二人が「蝶のように舞い、蜂のように刺す」ってな。もとはといえばモハメド・アリが自らを評するのに用いたこの台詞《せりふ》を、彼は好んで口にした。飛び込みのフォームが綺麗《きれい》な蝶野と、ラストパートに定評がある蜂谷、ということらしい。「よく思いついただろ？」と胸を張る彼に、「確かに上手《うま》くできてるな。俺の得意種目はバ、バ、バタフライだし」と返してしまったがためにその後散々苦労したのも、今となっては懐《なつ》かしい思い出だ。掛かっている意味がお前より一つ少ないのは許せん、と頭を悩ませた彼は、なんとか苦し紛れの答えを見つけ出してみせた。俺は、蹴伸《けの》びが得意な「蹴伸ビー」だ。英語で習ったろ？　bee は蜂。これで引き分けだな——

そんな感傷に浸っているうちに、いつしか鉄橋の下に来ていた。ガタンガタンと大きな音を立てて上を通過する列車。それに紛れる形で、遂《つい》に覚悟を決める。

——俺、高校で水泳を続けるつもりはないんだ。

聴こえなければいいと思った。蜂谷の耳に届く前に、河原を吹き抜ける風が言葉を攫《さら》っていってくれればいいのに、と。どうしてか？　知っていたからだ。自分のほうが蜂谷より才能があるってことを。

足を止めた蜂谷は、拳《こぶし》を握りしめていた。

——本気で言ってんのか？

——ああ、もちろん。

——どうしてだよ？

はたと考えた。どうしてだろう。どうして、自分は水泳を続ける気が無くなってしまったのだろう。地元のスイミングスクールで彼と出会って約十年。いつか自分たちが日本を騒がす日が来ると信じて、泳ぎに明け暮れた毎日。いつだって、自分は蜂谷の前を行った。進級するのも、本気で一線を目指さないかと打診を受けたのも、自分のほうが早かった。挫折《ざせつ》があったわけではない。県大会でも上位を狙える位置にいる。それなのに、気付いたときには「折れていた」のだ。

——理由なんて、ないさ。

——逃げんのかよ、蝶野。

——うるせえ。いい加減、目を覚ませって。

——寝ぼけたこと抜かしてるのはどっちだ。

——寝ぼけてねえよ。本当はお前だって、気付いてるんだろ？　いったい何に？　俺たち程度の才能では、夢なんか叶《かな》いっこないってことに？　それとも、もっと具体的で残酷な——「俺たち二人のうち才能があるのはどちらか」という問いの答えに？

蜂谷がどんな顔をしているか知るのが怖くて、夕陽へと視線を逃がす。

——俺たち二人で表彰台を独占するんじゃなかったのかよ！

——いつまでそんなこと言ってんだよ。

力任せに突き飛ばされ、自転車ごと倒れる。先程、蜂谷がかごに投げ込んできた空のペットボトルが、虚しく草むらへと転がっていった。

——俺より才能があるくせに、そんなこと言うなよ！

完全に足の力が抜けてしまい、立ち上がることができなかった。

いつだって自分に張り合ってきた蜂谷。ビーは蜂だから引き分けだ、などと無茶を言うほどの負けず嫌い。そんな彼が、真っ向から「お前には俺より才能がある」と認めたことはない。だからこそ、確信してしまったのだ。俺たちはもう引き返せないんだって。

肩で息をする彼の背に西日が差す。陰になって見えないが、泣いているようだった。

——お前は逃げたんだ、臆病者だ。がっかりだよ。

うるせえ、偉そうに。

——もう一度言うぞ、蝶野。お前は腰抜けだ。

這《は》いつくばったまま、溢《あふ》れてくる涙を止めることができない。

黙れ。どうして、そんなに真っ直ぐでいられるんだ。

そのとき、背の高い雑草の陰に太い角材が捨てられているのを見つける。

そして、いつもここからなのだ。それまで現実をなぞるだけだったシナリオに歪《ゆが》みが生じ、制御の利《き》かない「何か」が込み上げてくるのは。

——殺してやる。

角材を引っ摑むと、バネ仕掛けの人形のように跳ね起き、頭めがけて振り下ろす。スイカ割りの要領だ。確かな手応《てごた》えと、顔に降りかかる飛沫《ひまつ》。悲鳴を無視して、何度も狂ったように同じ動きを繰り返す。どうせ夢なんだ。だったら気の済むまで——押し寄せる激情、解き放たれる暴力性。原形を留めないくらい粉々にしてやるつもりだったが、いつしかパックリと割れた頭が別人に変わっていることに気付く。

——お前、病院行け。そんで、頭のどこがおかしいのか診てもらえよ。

脳漿《のうしょう》と血液にまみれたかつての上司の顔が不敵に歪む。

——お前はおかしいんだよ。

うるさい。

——だって、いま友達を殺そうとしただろ？

――何者にもなれやしない、頭のイカれた臆病者。それが、お前の正体だ。

違う。そう叫ぼうとするが声にならない。

本当に違うのだろうか？　もしかして、これこそが自分の本性で――

再び両腕を上げて、角材を振りかざす。二度と口がきけないように、頭部を完全に破壊してやるためだった。

――これは、夢じゃないよ。

脳天を撃ち砕く寸前、再び彼の顔が変わる。

こちらを見ていたのは自分自身だ。

――ここが、お前の現実だ。

そうだったのか。それなら、躊躇《ためら》うことはない。

こんな悪夢のような現実なんて、こっちから願い下げだ。

グシャッと果実が潰《つぶ》れるような音がした。

第二章　落日の夢想郷

1

「あっ、ちょっ――」

彩花《あやか》の慌《あわ》てた声が聞こえたときには、既に肘《ひじ》をぶつけてアイスコーヒーのグラスを倒してしまっていた。ドゴッと鈍く重い音がしたかと思うと、木製のテーブルの上に漆黒の海が広がっていく。事態に気付いた店員が、すぐさま飛んできた。

「こちらをお使いください。一つで足りそうですか？」

「念のため、もう一つ頂けますか？」

おしぼりを二つ受け取った彩花が、呆《あき》れた視線を寄越す。

「ねえ、ぼんやりしすぎ」

土曜日の昼下がり、神楽坂のとあるカフェ。一カ月ぶりのデートだというのに、このありさまだ。ごめん、と呟《つぶや》きながら訝《いぶか》しそうな二つの瞳《ひとみ》を覗《のぞ》きかえす。

「何か、今日ずっと変だよ？」

「え、そう？」

「心ここにあらず、って感じ」

付き合って約二年。さすがに見抜かれている。

だが、今日に限ってはそのことを考えずにはいられなかった。

——ショータってやつは、被験者じゃない。

——誰かが《クリエイト》して《ユメトピア》に紛れ込ませた、架空の存在だ。

今朝、蜂谷との電話で発覚した衝撃の真実。

——ショータは殺されたんじゃない。誰かが「死体」として《クリエイト》したのさ。

おそらく間違いないが、とうてい納得はいかない。まずもって、どうしてそんなことをする必要があるのか。

——理由はわからないけど、とにかく気を付けろ。

——よからぬことを企ててる奴《やつ》がいる可能性がある。

とは言え、冷静に考えれば恐れる必要が無いのも事実だ。所詮《しょせん》は夢の世界。アブさんの言うところの「悪意」を持つ《ドリーマー》がいたところで、自分たちに直接的な危害を加えられるわけではない。何故《なぜ》なら、本物の《ドリーマー》が《ユメトピア》で死ぬことはないのだから。

「恭ちゃんは、何をそんなに――」

そこまで言った彼女は、はっとしたように口をつぐんだ。きっと「何をそんなに悩んでるの？」と訊《き》こうとしたのだろう。でも、既《すんで》のところで気付いたのだ。その不用意な質問が、意図せず疾患のあるボーイフレンドを傷つける刃物になるかもしれないと。

――風間《かざま》彩花って言います。母音が全部「ア」です。

出会いは二年前の八月、まだ会社勤めをしていた頃のこと。同期が開催した合コンに来ていた一人だ。四人家族の次女。幼い頃に両親は離婚し、現在は母親と二人暮らし。父親の記憶はほとんどないという。歳《とし》は二つ下で、大手損保会社の一般職。社会人にしては明るすぎる髪とデコレーションしすぎのネイル。本来は苦手とするタイプだったが、ショートボブの髪型と形の整った小ぶりな鼻、どこか涼しげな目元は好みだったし、飾ったところのない自然体な話しぶりは純粋に心地よかった。

——小学校のとき、友達とプールに行ったときの話なんだけどね。トークテーマが「幼少期どんな子供だったか」になったときのこと。サンダルをつっかけて玄関を飛び出そうとする彼女に「あなたは無茶するから、念のためもう一枚タオルを持っていきなさい」と母親は言ったそうだ。けれど、荷物が増えるのを嫌った彼女は忠告を無視した。

——そしたら帰り道、まさかの土砂降り。

ずぶ濡《ぬ》れになって、身体《からだ》が冷えたからだろうか。翌日高熱を出して、楽しみにしていた地元の夏祭りに参加できなかったという。それ以来「念のため、一つ余計に」という意識が染《し》みついてしまったのだとか。

——だから、念のためもう一杯、お酒飲むね。

赤裸々な失敗談で笑いをとる姿は微笑《ほほえ》ましかったし、最後にオチをつけて場を盛り上げるところも魅力的だった。が、何より恭平の心を摑《つか》んで離さなかったのは、何かの折に彼女が漏らした一言だ。

——私、夜寝るのが怖いんだ。

「よっしゃ、今日は朝までコースだぜ」と盛り上がる男たちをよそに、興味を惹《ひ》かれた恭平はその理由を尋ねてみた。

──「今日」という日にしがみついていたいからかな。

答えになっていない。そう思ったけど、不思議と親近感を覚えた。理由が何であれ、寝るのが怖いのは自分も同じだったからだ。眠ったら悪夢を見てしまう。そのせいで、毎晩瞼《まぶた》を閉じるのが怖くて堪《たま》らなかった。いつだって河川敷を並んで歩く旧友の頭を角材でカチ割り、職場の上司を殴り倒し、向かい合って立つ自分を殺すことになるのだから。

二次会のカラオケで、恭平は覚悟を決めて彼女を誘った。

──抜け出そう。

人生で初めてのことだった。警戒するように彼女は眉《まゆ》を顰《ひそ》めたが、続く一言で最後には「うん」と首を縦に振ってくれた。

──話し相手になって欲しいんだ、朝まで。

──実は俺も、夜寝るのが怖くてさ。

我ながら呆れるほど嘘《うそ》臭い誘い文句だ。もっと他にいくらでも言いようはあっただろう。けれども、彼女はその言葉を信じてくれた。

夜の街をさまよいながら、ひたすら喋《しゃべ》り続けた。内容は覚えていない。忘れてしまうくらいたわいないことだったのだろう。そんな話に、彼女は全身で相槌《あいづち》を打ってくれた。目を真ん丸にして驚いてみせたり、鼻先と上唇がくっつくほど顔をしかめてみせたり、腹がよじれるほど大笑いしてみせたり。時間を忘れるほど夢中になった。やがて歩き疲れたので、ビジネスホテルで夜を明かすことにした。どちらが誘ったわけでもない。「暗黙の了解」などと言ってしまうと、弁解っぽいだろうか。

――同じ部屋で良いよ。

念のため二部屋空いているか確認しようとしていた恭平は、面食らってしまった。

――でも、念のためお水は二本買って入ろうね。

始発が動くまでの約二時間、身を寄せ合って眠った。不思議と悪夢は見なかった。何年ぶりだろう。永遠に醒《さ》めないで欲しいと願うくらい、安らかで平穏な眠りに就くことができたのは。

それから二回ほどデートを重ね、正式に付き合うことになった。

――念のため、もう一回デートしてみる？

と笑う彩花を抱き寄せる。彼女といれば、もう二度と悪夢を見ることはないかもしれない。いや、見たとしても自分には帰るべき現実がある。だから、恐れることなんて何もない。目を覚ませばいつも、隣に彼女がいてくれるのだから。

何かが狂い始めたのは一年前。ナルコレプシーと診断されてからだ。いや、正確にはその前から予兆はあったのかもしれない。

――ねえ、なんでこんな状況で寝られるわけ？

デートの途中、電話をしている最中、ひどいときには旅行先でレンタカーを運転中ですら、迫りくる睡魔に勝てなかった。プログラムが強制終了されたかのように眠ってしまう自分に彼女はいつも腹を立てたし、それを理由に口喧嘩《くちげんか》が始まった日は数知れない。しかし、ある意味これはまだ「平凡な日常」の延長線上と言えた。本当の意味で世界が一変したのは、それが疾患と判明してからだ。

――病気だって、仕事辞めたって、恭ちゃんのことは好きだよ。

気を遣ってくれたわけじゃないし、強がったわけでもない。間違いなく彩花の本心だったのだろう。そうとわかっているのに、自分の方が世界を穿《うが》ってみるようになってしまった。今までは、少し高めのレストランを見つけると「ここ行こう！」って言ってくれたのに。今までは、ショーウィンドウに並ぶブランド物のカバンを見たら「今年の誕生日プレゼントこれがいい」って悪戯《いたずら》っぽく笑いかけてきたのに。今まではは、たくさんわがまま言ってくれたのに。今までは、今までは。

恋人同士の関係は、時間とともに移ろいゆく。いつの間にか季節が変わっているのと同じで、そこには必ずしも目に見えるきっかけがあるわけではない。それなのに、すべてが疾患のせいに思えて仕方なかった。すべての理由をそこに求めてしまった。

——どうして、ありのままの彩花でいてくれないんだ？

——俺が「異常」だから、腫《は》れ物《もの》みたいに扱うのか？

筋違いで身勝手だと、頭ではわかっていた。それなのに、ふとした時の言動に苛立《いらだ》ちを覚えてしまうのだ。それをきっかけに彼女が変わってしまった気がして。

——ナルコレプシーだったとしても、俺は俺じゃないか。

付き合った当初は毎週末会っていたのに、いつしかそれは隔週になり、最近では月に一度こうして日中にカフェで過ごす程度になった。それに文句を言ってこないのも、胸を詰まらせる要因の一つとなっている。だって、付き合った当初は「毎日でも会いたい」と言ってくれていたのだから。

——頼むから、本当の俺を見てくれ。

では、その「本当の俺」とやらには、どこへ行けば会えるのだろう。

「俺が何をそんなに悩んでるのかって、そう訊こうとしたの？」

意図せず語調が強くなってしまう。

「そういう意味じゃないよ」

彼女が目に見えて争いを避けるようになったのも、疾患が判明してからだ。

「ところで、今年も誕生日は会えないんだよね？」

澱《よど》んだ空気を払拭《ふっしょく》すべく話題を変える。

来週金曜日は、彩花の二十四回目の誕生日──その日に関して、二人の間には一風変わった決まりごとがあった。

──付き合うにあたって、一つだけわがままを許して欲しいんだ。

──誕生日の当日は、どうしても会えないの。

恭平自身に「当日」への拘《こだわ》りはないが、儀礼的であれ何であれ、そういうものをあえて重視するのが「付き合う」ということだと思う部分もある。いずれにせよ「理由は訊かないで」とのことなので、いまだに何故なのかは知らない。気にならないと言ったら嘘になるが、それを申し出てきたときの彼女があまりに思いつめた様子だったので、詮索するのは気が引けたのだ。友人からは「二股《ふたまた》かけられてるんじゃないの」と冗談交じりに言われたりもするが、だとしたらさすがにやり方が下手すぎる。

「うん、ごめんね」

「いいよ。別に俺は大丈夫だから」

言いながら、何となく店内に据え付けられたテレビへと視線を移す。ちょうど、昼の情報番組が放送されていた。

『続いて特集です。あの凄惨《せいさん》な事故からまもなく十五年。いまだ、遺《のこ》された家族の傷は癒《い》えていません。あの日、現場では何が起きたのか。その真相に、今一度迫ります』

定期健診に向かう地下鉄の中吊《なかづ》り広告を思い出す。そこにも同じ事故のことが載っていた。十五年前というとまだ十一歳だが、ワイドショーが連日のようにそのニュースで持ち切りだったのは覚えている。岩手県南部の沿岸を走るローカル線が土砂崩れに巻き込まれ脱線、そのまま崖《がけ》を滑落して海中に飲み込まれた。乗員乗客は少なかったものの、そのほとんどが死亡もしくは行方不明というニュースはすぐさま全国を駆け巡ったのだ。

「とりあえず、お会計しようか」

彩花が席を立っても、しばらく恭平はテレビの画面をぼんやりと見つめ続けていた。

『事故が発生したのは十月二日、午前六時十五分。前日までの記録的な豪雨によって地盤が緩んでおり――』

2

気付いたら、彩花の姿がなかった。店内を見回すが、それらしき影は見当たらない。大通りに視線を転じると、彼女が見知らぬ男と歩いているのが見えた。ここ最近、自分の前では見せたこともないような満面の笑みを浮かべている。

「おい、彩花！」席を蹴《け》るように立ちあがると、背後から聞き慣れた声がした。

「アヤカって？」

二人掛けの席に座っていたのは、ミナエとカノンだった。ステンレス製のテーブルの上にはアイスコーヒーが二つ。その他、ＭＤプレーヤーとイヤホン、通学鞄《かばん》という毎度おなじみのアイテムたちが並んでいる。

落ち着いて再度店内を探すと、すぐに「彼女」の姿が見つかった。天井付近を悠々と舞う「胡蝶《こちょう》」――溜息《ためいき》をつくと、恭平は肩をすくめて照れ隠しのように笑った。

「ミナエとは、寝るタイミングがよく被《かぶ》るね」

以前、ショッピングモールで会ったのも彼女だった。あのときは、数学が退屈だからと授業中に居眠りをしていたところに恭平が合流したのだ。

「そうかな」ミナエは淡々とストローで氷をかき回す。「また、発症したの？」

彩花とカフェにいたはずなので、間違いないだろう。よく見ると、内装や席の配置、店の広さなど先ほどのカフェと異なる点は多い。当たり前だ。このカフェのイメージはミナエとカノン、そして恭平の潜在意識がブレンドされたものなのだから。

「でも、おかしいね。今回も《ユメトピア》だってすぐに気付かなかったんだ？」

一カ月前に「桜の葉公園」で発症したときもそうだった。それまで公園にいたのだから、周囲の景色がショッピングモールに変わっていたら「おかしい」と気付いて然《しか》るべしだし、そもそも《ユメトピア》では「明晰夢《めいせきむ》」状態がデフォルト設定のはず。それなのに、前回も今回も夢の中という意識がまったくなく、現実の延長としか思えなかった。これはいったいどういうことだろう。

「まあ、それは良いとして」

表情を変えないまま、ミナエが大通りに目をやる。

「アヤカってのは、誰？」

ドキリとして、恭平は視線を泳がせる。

「誰ってほどのこともないけど」

「嘘だね」席を立ったミナエが隣にやって来る。「あの人でしょ」

《エキストラ》として友情出演中の彩花を彼女が指し示す。

「そうだよ」

「彼女？」

嘘をつくのはさすがに気が引けたので、諦《あきら》めて頷《うなず》く。

「へえ、可愛《かわい》らしい人だね」

しばしの間、彩花を捉《とら》えて離さないミナエの視線——実を言うと、プロジェクト初日から彼女と彩花が似ていることに気付いていた。顔の輪郭や鼻の形はミナエの方がシャープで整っているが、涼しい目元には同じ雰囲気がある。だからこそ、時折後ろめたさを感じてしまうのだ。現実の彼女とよく似た女子高生のことを、夢の世界とは言え、どこか意識してしまう自分に対して。

「アヤカさんとはどこで出逢《であ》ったの？」

ミナエはもといたテーブル席に戻ると、近くの椅子《いす》を顎《あご》でしゃくった。お前も座れ、ということだろう。観念して指示に従う。

「昔の話だよ」

「昔の話だから訊きたいの」

これだけのやりとりでも違いを感じてしまう。今の彩花だったら、こんな風に喰らいついてこない。無用な軋轢《あつれき》が生じるのを避け、すぐに身を引いてしまうだろう。そうして自然と会話は減り、そんな彼女を前にするたび思い知るのだ。自分は疾患を抱えた「出来損ない」だと。

だけど、ミナエはそうじゃない。疾患のことも失業のことも、すべて承知のうえで「ありのままの自分」を見てくれる。だから、彼女と話すのは心地いい。

結局、恭平が折れる形になった。合コンでの出会いや「念のため、もう一つ」という彼女の信条、何故か会えない誕生日の謎《なぞ》——ただ、出会った初日にビジネスホテルに泊まった話は、何となく黙っておくことにする。

「アヤカさんって、面白いね」

話し終えると、それまで黙って聞いていたカノンが言った。よく見ると、両目が泣き腫らしたように真っ赤になっている。自分が合流する前に、何かあったのだろうか。

「俺の話はいいんだ。そんなことより——」

話が一段落したので、今朝の件を切り出すことにする。どうせ、今夜も一堂に会するのだ。目を逸《そ》らして、すべてなかったことになどできやしない。

「二人は気付いてた？　参加者の人数がおかしかったことに」

誰かが初日からショータを紛れ込ませていた。そして、その何者かはプロジェクト六十三日目にして、遂《つい》にその彼を「殺す」という暴挙に出たのだ。

「ナメリカワに決まってる」カノンが吐き捨てる。「あいつ、ニヤニヤしてたもん」

「でも、何のために？」

小首を傾《かし》げるミナエの視線が、意見を求めるように恭平を向く。

「犯人がナメリカワかはさておき、かなり周到に計画されてる気がするんだ」

そう思う理由は、プロジェクト一日目。あのとき、自分は恐る恐る手元に拳銃《けんじゅう》を《クリエイト》して、レーザー光線を放った。その程度が精一杯だった。しかし、何者かは初日の時点で人間を《クリエイト》し、メンバーに紛れ込ませるという荒業をやってのけたのだ。直感だが、場当たり的な犯行とはとても思えない。

「私、怖くて堪らない」

頬を強張《こわば》らせながら、カノンがしゃくりあげる。心なしかカールした金髪にもいつもの勢いがない。

「そもそも『1人目』ってどういうこと？　まるで、まだ犠牲者が出るみたいじゃん」

この点は恭平も同感だったが、一方で「犯人」に害意があったところで恐れる必要がないのも事実。だからこそ、意図がわからないという不気味さがあった。

「本当に、夢の中では死なないんだよね？」

助けを求めるような視線を受け止めきれず、大通りへ目を向ける。既に彩花の姿はなかったが、そんなことはもはやどうでもよかった。何か、とんでもなく恐ろしい可能性が脳裏をかすめた気がしたからだ。

「これから毎日、寝るのが怖いよ――」

テーブルの一点を見つめながら、カノンが漏らした一言。それは簡潔ながら、核心を突いていた。《ユメトピア》にいるとつい忘れてしまうが、《ドリーマー》とて所詮は現実世界に立脚した生身の人間で、一睡もせずに生きていくことなど不可能。つまり、どこかのタイミングで否《いや》が応《おう》でも《ユメトピア》に来ざるを得ないのだ。

「だから寝だめをしようと思ったの。もう報酬なんていらないから、一晩中ずっと起きてようって。そうすれば、みんなと顔を合わせなくて済むでしょ」

そうして日中に眠ったところ、彼女はミナエと落ち合った。瞬間、ぎりぎりのところで平静を保っていた心の表面張力が限界を迎えてしまったという。拭《ぬぐ》いきれない仲間たちへの疑念と、それでも誰かと一緒に居られる安心感。泣き腫らしたように目が真っ赤だったのはそのためだ。

「私ね、この世界を奪われたくないんだ。誰が何と言おうと、絶対に」

カノンが唇を噛《か》みしめる。

「《ユメトピア》こそが、本当の私になれる場所だから。ここが私にとって、何よりもリアルな現実世界だから」

それはある種の真理だった。あらゆる制約や不条理から解放される《ユメトピア》こそが、今の自分にとってかけがえのない「リアル」であることは疑いようがない。

だが、このとき恭平は見つけてしまったのだ。

先刻よぎった恐ろしい可能性の正体を。

「カノン、寝だめはやめた方が良い」

「どうして？」

「相手と同じタイミングで眠っている方が安全だからさ」

「どういうこと？」

「『犯人』も眠っているなら、こちらに直接危害を加えることはできない」

「待って。でも、《ドリーマー》の誰かが『犯人』だとしたら――」

「俺が言っているのは《ユメトピア》での話じゃない」

いまだ得心がいかない様子のカノンの脇《わき》で、ミナエがハッと息を呑《の》む。どうやら彼女は気付いたようだ。次の犠牲者が《ユメトピア》で出るとは、誰も言っていないということに。

「俺たちは、みんな現実を生きる人間なんだよ」

夢の中で人は死なないとすれば、他に可能性は一つしかない。殺されるとしたら現、、、実世界において、、、、、だ。

「だから、寝る時間をずらして単独行動をとるのは危険な——」

そこまで言ったところで、突如として想像を絶する激しい揺れが世界を襲った。視界が斜めになり、身体が宙へ浮かび上がりそうになる。

ミナエとカノンの悲鳴は、すぐに巨大な破砕音に掻《か》き消されてしまった。そこかしこでガラスが割れ、物が衝突する。地面全体が傾き、大通りをたくさんの乗用車が滑り落ちていく。さながらパニック映画のワンシーンだ。

「テーブルにしがみつけ！」

叫ぶと同時に、ミナエがテーブルの上の通学鞄を抱きかかえるのが見えた。

「おい、そんなの今は放っておけって！」

その瞬間、飛んできた観葉植物の鉢植えがミナエを直撃する。鞄なんかに気を取られているからだ。瓦礫《がれき》もろとも、大通りへと吹き飛ばされる彼女。ミナエ！　おい、ミナエ——

目を覚ますと、先ほどまでと同じカフェだった。木製のテーブル、その上にこぼれたアイスコーヒーを大量に吸ったおしぼりが二つ。店内のテレビでは『同じ悲劇が繰り返されないことを願うばかりです』と、アナウンサーが神妙な表情を浮かべていた。

「やっと起きたね」

横を見ると、会計を終えたと思《おぼ》しき彩花が立っている。

「さんざん揺すったんだよ」

なるほど、だから世界が激しく揺れたのだ。二人は無事だろうか。

そんな心配をよそに、向かいに腰をおろす彩花。真一文字に結んだ唇、射抜くような視線。すぐに怒っているとわかったが、これまで何度も同じようなことはあったし、少なくとも「寝てしまったこと」を責められてもどうしようもない。

「なんだよ?」

けれども、彼女はこちらを睨《にら》むばかり。

心なしか、その目は潤《うる》んでいるように見える。

「何をそんなに――」

「ミナエって誰?」

予想もしていない追及に、血の気が引いた。どうしてその名前を――

「寝言で言ってたけど、そんなに大切な人なの？」

3

「さて、みんな揃《そろ》ったな」

プロジェクト六十四日目。この日の舞台は高校の教室だった。確か、プロジェクト初日もこんな感じの教室だった気がする。もう、随分と昔のことのようだ。あのときと違うことがあるとすれば、メンバーの数が一人減っていることくらいか。

「自分がやったって奴は、名乗り出ろ」

教卓の前へ躍り出たナメリカワが一同を見渡す。楽しんでいるというか、浮かれて見えるのは昨晩と同じだ。

目が合うと絡《から》まれそうなので、恭平は窓の外を見る。どこまでも広がる青空と、そこに一筋の虹《にじ》をかける「胡蝶」――あんなことがあっても、いつもと何ら変わらない《ユメトピア》がそこにはあった。

「まあ、尋ねたところで『自分だ』と言い出す奴はいないよな。それじゃあ、個別に訊いていこう。まず、お前。初めから気付いていたのに、どうして言わなかった」

最初の標的となったアブさんは、思案するように一度天井を仰いだが、すぐに教卓の方に向き直った。左手を顎に当て、右手中指が神経質に机を叩《たた》いている。

「事態を見守ろうと思ったから、ですかね」

「ずいぶんと苦しい言い訳だな」

ナメリカワがここぞとばかりに攻め込む。

「悪いが、お前が最もクロに近いぜ」

それはどうだろう、と思う。仮に「犯人」が彼だとして、あの場で率先して「最初から人数がおかしかった」などとネタバラシをしようとするだろうか。少なくとも、あの状況で目立った行動をとるのは「犯人」としては得策ではないような気がする。

アブさんは「ふん」と鼻を鳴らすと、腕組みをして椅子の背にもたれた。

「それなら逆に訊くが、あんたには『誰が混入した異物なのか』を見極める術《すべ》があったのか？　指摘して何になるんだ？」

その切り返しに、ナメリカワが口をつぐむ。

《ドリーマー》と《エキストラ》の識別は、かつて蜂谷から説明を受けた通り、相手がこちらへ「能動的に」接触してくるか否《いな》かで判定が可能だ。しかし、目の前の人物が《ドリーマー》か、それとも《クリエイト》された「架空の登場人物」かを見極める方法は、突き詰めると存在しない。その証拠に、プロジェクト初日の教室で、誰かの「創造物」であるショータは恭平に対し「自分から」話しかけてきたではないか。

——とりあえず、お兄さんも簡単に自己紹介してくださいよ。

つまりここにいるメンバーだって毎晩顔を合わせているというだけで、本当に《ドリーマー》なのかについては確認しようがないのだ。

苦々し気に眉を寄せるナメリカワをよそに、アブさんは半ば独り言のように続ける。

「俺はこの世界が好きだし、混乱を招きたくなかったんだ。だったら、誰が『異物』なのかわかるまでは黙ってたほうがいいだろ？」

おかしな奴が紛れているという指摘は疑心暗鬼を助長し、仲間割れを引き起こしかねない。それよりは状況を受け入れ、何食わぬ顔をして過ごす方が得策。そう判断したのだろう。楽しんでいるのか、退屈なのか。まったく内心の読めない彼だが、実はそこまで考えていた。アブさんもまた、ここに居場所を見出す一人だったということだ。

「ちっ」と舌打ちしたナメリカワが「じゃあ、お前は？」と順々に標的を変えるが、女性陣は一様に否定するだけ。当然、最後にお鉢が回ってきたのは恭平だ。

悩んだ末、図らずも見つけた恐ろしい可能性について話すことにした。それぞれの《ドリーマー》は、現実に本籍がある生身の人間だということ。つまり、現実世界で寝込みを襲われる可能性だって否定できないということ。だとしたら、毎晩《ユメトピア》で顔を合わせている方がむしろ安全かもしれないということ。

しばらく、誰も口を開かなかった。馬鹿げていると鼻で笑う者もいれば、恐怖に身を凍らせる者もいるだろう。どう捉えるかは各人の自由だが、次の犠牲者を出したくないというのが恭平の切なる願いであるのは間違いなかった。

――でも、それだけじゃないんだ。

自分が最も恐れているのが何なのか、それは恭平自身が一番よくわかっていた。

「ねえ、ちょっと」

不意に、キョーコさんが沈黙を破った。

「みんな、自分の机の中を見て」

言われるがまま覗き込んだ恭平は息を呑んだ。昨日、上空から舞い落ちてきたのと同じ一枚の紙切れが入っていたからだ。

「こんなの、嫌」

文面を一瞥《いちべつ》したカノンが、ガタガタと震えながら頭を抱えて机に突っ伏す。どうやら書かれていた文言は全員同じだったようだ。

「楽しませてくれるじゃねえか、受けて立つぞ！」

勇んで教卓を蹴り倒したナメリカワが、いつものようにその手にサブマシンガンを《クリエイト》してみせる。

「全面戦争だ！　どこのどいつか知らねえけどな！」

紙には『夢の中でも、人は死ぬことがある』と書かれていた。

まるで、恭平の発言に呼応するかのようなメッセージ――ここにいる「誰か」の仕業に違いないが、銃で心臓を撃ち抜かれても死なないことは、エルニドの一件でカノンとナメリカワが実証している。だとしたら、どういう意味だろう。

「なあ、教えてくれ」アブさんが静かに立ち上がる。「何が目的だ」

鼻息荒く銃を構えるナメリカワ、机に突っ伏したままのカノン、唇を噛みしめたまま身を強張らせるミナエ、首を横に振り続けるキョーコさん、そして窓の外を見やるだけのモミジさん。そこにアブさんを含めた、この中の「誰か」が仕掛け人。

「これだよ、俺が求めていたのは！」

ナメリカワの姿が霞《かす》み始める。

「このろくでもない、最高な世界」

下劣な笑い声を響かせながら、彼は消滅した。

途端に静まり返る教室――そこは、もはやかつての《ユメトピア》ではなく、邪《よこしま》な思惑が渦巻く「悪夢」そのものだった。


『蝶野恭平さん、おはようございます』

寝ぼけ眼《まなこ》を擦《こす》りながら、恭平はスマホの画面に向かう。映っているのはいつもと同じ例のCG女だ。

『今日で六十四日目。今朝の気分は如何《いかが》ですか？』

あれから一晩しか経《た》っていないのか、と苦笑してしまった。ショータの死体を見つけたのが昨夜。彩花とデートに出かけ、カフェでナルコレプシーが発症。たまたま居合わせたカノンとミナエと話していたら激震に襲われ、そのせいで寝言とはいえ「ミナエ」の名を口走ってしまい、それっきり彩花とは音信不通。いろいろなことが起こりすぎだ。

壁に架けたカレンダーに目をやる。十月二十三日に付けられた大きな赤い丸。プロジェクト最終日。思い返せば「実験」が始まったとき、季節はまだ夏だった。当時は九十日というと途方もなく長く感じたものだが、既に残り三分の一を切っている。

「楽しくない夢が昨日から続いています」

これから毎日、この悪夢が続くのだろうか。現実世界でも夢の中でも、誰かに殺されるかもしれないと怯《おび》えながら過ごさなければならないのだろうか。

『そうですか。ちなみに、どのような内容ですか？』

「夢の中でも人は死ぬって、メンバーの誰かに脅かされています」

CG女は別段驚いた風もなく、飄々《ひょうひょう》といつもの作り笑いを浮かべる。

『ここにきて少し、疲れが出ているのかもしれませんね』

——バカなことを言うな。

そう思うが口にはしない。こいつには何を言っても意味がないとわかっている。マニュアル以上の対応が許されていないのだ。必要なのは、責任者の話を聞くこと。

『それでは、良い一日を』

通信が切れて画面が暗転したのを確認すると、恭平はそそくさと部屋の掃除を始めた。

「見かけほど、中は古くないな」

蜂谷が恭平のアパートにやって来たのは、午前十一時過ぎだった。

「適当にかけてくれ」

クッションを投げつけ、自分はベッドに腰掛ける。

「狭くて悪いけど」

「良い部屋だよ」と何の足しにもならないお世辞を口にすると、蜂谷は壁に架かったカレンダーを一瞥した。

「丸が付いてるのは？」

「プロジェクト最終日だろうが。責任者が聞いて呆れるな」

「そっちじゃない。俺が言ってるのは『二日』の方」

彼が指し示していたのは、次の金曜日――こちらにも申し訳程度に小さな丸印を付けてはいたが、まさか指摘されるとは思わなかった。なかなか目ざとい奴だ。

「彼女の誕生日だよ」

「へえ、意外とかわいいところあるんだな」

「うるせえよ」

その流れで誕生日の謎を掻《か》い摘《つま》んで説明する。付き合ってからまだ一度も当日にお祝いをしたことがないこと。友人からは浮気を疑われているが、当日連絡がつかなくなるわけではないということ。さっさと本題に入りたい恭平をよそに、蜂谷はやたらとこの話を面白がった。

「魔性の女だな、その彩花ちゃんとやらは」

「かもな」

「金曜か」ぼやきながら、蜂谷が意味ありげにスマホを取り出す。

「何だよ？」

「いや、そろそろ一日くらい有給休暇を取ろうかと思ってたんだ」

その一言で、恭平は彼の企《たくら》みを察した。

「お前、まさか――」

「気乗りしないなら、別に一緒に来いとは言わないけど。でも、どうせなら普段の休みではできないことをしてみたくてさ。いま、上司にも休むって連絡しておいたし」

何やら画面をタップすると、蜂谷はにんまりと白い歯を見せた。

「探偵ごっこってのは、さぞや面白そうだ。それも、かつての大親友の彼女の浮気調査。ワクワクしてこない方がおかしいだろ？」

「不謹慎だぞ」と小突いてみたが、恭平自身も興味はあった。浮気しているとは思っていないが、だとしたらいったいどんな理由があり得るだろう。

「本来、担当者が被験者と休みに会うなんてもってのほかだが、まあ今日もこうして会っちまったんだ。どうせなら、楽しいことしようぜ」

こういうことがあると、意外に現実も捨てたもんじゃない気がしてくるから不思議だった。

「で、本題だ」

居住まいを正した恭平は、あらためて現状にまつわる疑問のいくつかをぶつける。むしろ、そのために家まで呼び出したのだ。最初こそ「会うのはルール違反」と抵抗されたものの、「人の生死に関わることだ」と説得し、しぶしぶ応じさせた形だった。

彼がまず興味を示したのは、ナルコレプシーと《ユメトピア》に関する謎についてだった。これまでに発症したのは二回。ショッピングモールとカフェに転送された恭平は、そこを現実の延長と誤信し、すぐには夢の中という「自覚」を持てなかった。

「興味深いな」蜂谷が顎に手をやり、天井を見やる。

「あくまで仮説にすぎないが――」

神経伝達物質オレキシンのおかげで、覚醒《かくせい》状態から睡眠状態への切り替えは緩やかになされるのが普通だ。しかし、その分泌量が減ると簡単に脳が睡眠状態に入ってしまうようになる。これがナルコレプシーのメカニズムであるのは、既に知られている通り。

「おそらく、そこのスイッチが急すぎるとチップの制御が間に合わないんだろう」

結果として顕在意識が状況を認識する前に《ユメトピア》に接続してしまうのではないか、というのが彼の推論だった。なるほど、詳細な理屈はわからないが、ありそうな話だという気はする。では、そうだとして――

「『自覚』を保てないと、何かマズいことがあるのか？」

プロジェクトの説明を受けた日、いくら訊いても彼は頑として その理由を語らなかった。

「わかってるぜ。あるから濁すんだろ」

痛いところを突かれたというように、蜂谷は口をつぐんでしまった。言うべきか、黙っているべきか。せめぎあいの中にいるのがありありとわかる。

恭平は、静かに待つことにした。

彼の口から、自《おの》ずと真実が溢《あふ》れ出してくるその時を。

「絶対に、誰にも言わないと約束できるか？」

やがて、観念したように蜂谷は口を開いた。額には大きな脂汗《あぶらあせ》が浮かび、口調にはただならぬ緊迫感がある。

「今から言うことは、『プロジェクト・インソムニア』にまつわる秘密の中でも、間違いなくトップシークレットだ」

「わかった」

「でも、ナルコレプシーと『自覚』の欠如の話を聞いて、ルールに背いてでも言わなくちゃいけないって思った。大切なかつての親友を守るために」

「わかってるって、焦《じ》らすなよ」

雰囲気を和らげるべく無理して笑ってみせたが、蜂谷は表情を変えない。そのことが、恭平の胸の鼓動をさらに加速させていく。

「死ぬんだ」

「は？」

聞き間違いだろうか。何を言われたのか、にわかには理解できなかった。

「死ぬんだよ」

「待ってくれ、それはどういう――」

「『自覚』を失《な》くした状態で他の《ドリーマー》に殺されると、そいつは死ぬ」

眩暈《めまい》がした。とても正気とは思えない。しかし、こちらを見つめる蜂谷の目は震えるほど真剣だった。

「だから繰り返し言ったんだ。何としてでも『自覚』を保てって」

4

「条件は二つある。まず、今言った通り、本人が『自覚』を失っていること。そしてもう一つが、明確な殺意を持った他の《ドリーマー》に殺されることだ」

事態を飲み込めない恭平をよそに、蜂谷の説明は続く。

「冗談だろ」

「理由はわかってないが、脳が誤信するっていうのが定説だ。結果として、誤って心肺機能が停止してしまう。ある種のショック死と言えるかもしれないな。聞いたことないか？　夢の中で死ぬと、現実でも死ぬっていう都市伝説。それと同じだ」

「馬鹿げてるよ」そう漏らすのが精一杯だった。

「《ユメトピア》では、何があっても《ドリーマー》が死ぬことはないって、そう言ってただろ？　あれは嘘ってことか？」

「そういうことだ」

その冷徹な口ぶりからして、冗談とは思えなかった。

「あり得ない、そんなの」

そうだとすると、いま《ドリーマー》各人が置かれている状況も大きく変わることになる。すなわち夢と現実、どちらも逃げ場なしということだ。

「ただ、安心してくれ。そんなことが起こるはずないと判断したからこそ、プロジェクト開始が決定したんだ」

「ふざけんな！　どうしてそんなこと言い切れるんだよ」

「そうならないように、いくつも策を打っているからさ」

その一つが、他の《ドリーマー》と現実世界で接触してはならないというルールだという。夢と現実の境界を明確にするためには、「夢でしか逢わないメンバー」を意識に刷り込んでやる必要がある。一緒にいるメンツの顔ぶれから、自分が今いるのは《ユメトピア》だと気付く可能性を高めるためだ。

「それだけじゃない。最大のキモは言うまでもなく」

「胡蝶」――《ユメトピア》だけに生息する架空の存在。ここが夢だということを証明してくれる絶対的なシンボル。だが、「彼女」の存在意義はそれだけではないという。

「経験したことないか。突然《ユメトピア》で行動の自由が奪われる現象」

あれか、とすぐに思い当たる。最初に起きたのは「バス事故」の回。あのとき、波《なみ》打《う》ち際《ぎわ》に蜂谷の「上半身」を見つけた恭平は全力で駆け寄ろうとしたが、途中で足が砂浜に埋もれてしまい思うように前へ進めなくなった。

「俺の死体があった、という点は目をつぶってやるよ。ただ、そのときに進めなくなった理由こそが『胡蝶』にまつわる裏ルール——すなわち『彼女』は《ユメトピア》を安定させるための錨《いかり》なのさ」

「錨？」

「《ドリーマー》は『胡蝶』から百メートル以上離れることができないんだ」

それには二つの意味があるという。一つは技術面の限界。各人の頭に埋め込まれたチップは人智を超えたハイテクマシンではあるが、そのスペックは無限ではない。あまりにも世界が広大すぎると処理能力の限界を超えてしまうのだ。だから「胡蝶」を中心とした半径百メートルの球体内部かつワンシチュエーションに世界を制限する必要があった。その結果、制限区域から《ドリーマー》が出ようとすると、意思に反して身動きが取れなくなる仕様になったのだとか。なるほど、確かに「バス事故」の砂浜で動けなくなったとき、月明かりの中で遠くの夜空に「胡蝶」らしき影が見えた。あれは「彼女」から離れすぎたのが原因だったということだ。

「そして、もう一つ。こちらは安全面での問題」

実を言うと、処理能力の上では世界をもっと広く設定することも可能だという。

「だが、最も重視すべきは《ドリーマー》の生命。そこから逆算して『胡蝶』を視認可能な限界として導き出された距離だ」

現実に存在する蝶と比べるとかなり大きいし、尾を引く虹も相まって遠方からの視認性は比較的高いが、蜂谷の指摘通り、百メートル以上離れてしまうと目視での確認が困難になるのは想像に難くない。

「極力世界観を壊さないように配慮しつつ、一方で《ドリーマー》が『自覚』を失わないための安全策も講じてる」

「でも――」

「それだけじゃない。ここまでは言ってみれば《ドリーマー》を守るための安全装置。夢の中で誰かを殺すためには、超えなきゃならないハードルがまだいくつもある」

言うまでもなく、それは「明確な殺意を持った他の《ドリーマー》の存在」だ。

「必要なのは『明確な殺意』――つまり、事故死や巻き添えの類《たぐ》いはあり得ない。仮にお前がバイクで誰かを誤って轢《ひ》いたとしても、それで轢死《れきし》することはないんだ」

「明確に、轢き殺すつもりじゃないと？」

「その通り。しかも、ミソは殺される側が『今まさに殺されようとしている』と認識するだけの充分な時間的猶予《ゆうよ》が必要だってこと。つまり、遠くから狙撃《そげき》したり、埋めた地雷を踏ませたりするのではダメ。背後から忍び寄って首を掻っ切るのも通用しない。要は、本人が殺されたことに気付かない暗殺の類いは無理ってことだ」

「どうして？」

「本当の理由は誰にもわからないし、推測の域を出ることもないが、鍵《かぎ》を握るのは他人と自己の意識の融合と考えられる」

つまり、通常の夢はどこまでいっても個人の潜在意識の発現に過ぎず、そこで繰り広げられる事態は個人の想像の範疇《はんちゅう》を出ることは無い。一方で《ユメトピア》は参加者の意識の集合体――そんな予測不能な世界に放り込まれた各人の脳は、ある種の高ストレス状態に晒《さら》される。その不確実性が誤信を引き起こす原因であり、そのような状況下で他者から殺意という強烈なエネルギーを向けられた結果、極度の混乱の末ショック死という帰結に至るのでは、とのことだった。

「あくまで目安に過ぎないが、おおよそ十秒以上。それだけの時間、相手に『自分は殺される』という負荷をかけ続けないと、脳を誤信させたうえでショック死させることはできないんだ。これら諸条件をクリアする最もオーソドックスな殺害方法は」

突き立てた二本の指を、蜂谷は順に折ってみせる。

「『刺殺』もしくは『射殺』――どちらも対面、かつ十秒以上相手を脅迫し続けたうえで、ってのが必須条件になるがな」

「厳しすぎるな」

「先も言った通り《ユメトピア》には《ドリーマー》の『自覚』を担保するための安全策が何重にも敷かれている。この網の目を掻い潜《くぐ》り、相手が『自覚』を失っている一瞬を狙《ねら》い対面で刺し殺したり、撃ち殺したりすることができるとは考えにくい。何より、十秒も時間を与えてしまったらその間に『胡蝶』を見つけられてしまうだろうし、そもそも誰もこのルールを知らないんだぜ？」

その瞬間、今朝の一幕が蘇《よみがえ》る。全員の机に入っていた例の紙切れ、すべての前提を引っくり返す衝撃のメッセージ。そのことを伝えると、蜂谷の表情が一変した。

「何だって？」

「知ってるやつがいるってことじゃないか？」

「そんなこと、あり得ない」

「でも、確かに書かれてた」

「はったりだって。いったい、誰がどのタイミングで知れたっていうんだ？」

「お前がいま俺にしてるように、そいつも担当者から聞いたんじゃないか？」

それに対し、蜂谷は「心外だ」と唾《つば》を飛ばした。

「担当者がそんなことペラペラ喋って堪《たま》るか！　確かに俺はお前に言ったが、それは状況が状況だからだ。ショータが殺されたっていう異常事態に加え、お前の疾患に関する特殊事情がある。そうでもなきゃ、俺は永遠に嘘を貫き通していたさ」

まあ、それはそうだろう。「悪かったよ」と、恭平は頭を下げる。

「もちろん気を抜くべきではないけど、だからって無駄に心配する必要もない。残り三十日弱だろ？　最後まで満喫したうえで、たんまりと報奨金を手にしてくれよな」

蜂谷の顔面に張り付いていたのは、無理矢理こさえた不格好な笑みだった。

5

「危ないっ！」

海面から顔を出したホオジロザメを、アブさんが脱出用ゴムボートのオールで殴りつける。全長六メートルを優に上回る巨体が水中で身を翻《ひるがえ》したのだろう、その瞬間船全体が大きく揺れた。

「ウジャウジャいますね」

甲板の手すりに掴まりながら恭平は身を乗り出す。ざっと見た限り三匹。参加者を乗せた小型のクルーザーを取り囲むように回遊を続けていた。まかり間違って落ちたら、瞬く間に餌食《えじき》になるのは目に見えている。

プロジェクト六十五日目。舞台は洋上、さながら『ジョーズ』の世界観だ。そして何故か、参加者はいつもより二人少なかった。

「キョーコさん、掴まって！」

手すりにしがみつくミナエが左手を伸ばすのと同時に、再び船体が激しく揺れた。おそらく体当たりされたのだ。「あ、やばい！」

バキッという破砕音と共に、体勢を崩したキョーコさんがデッキから落ちた。

「あらら」モミジさんが首を伸ばして海上の様子を窺《うかが》う。手すりとロープを握り締め、いつのまにかオレンジ色の救命胴衣まで身につけている。なかなか冷静沈着だ。

「キョーコさん！」オールを放り出したアブさんが、後を追うように海に飛び込む。

「いや、無茶だって！」大声を張り上げた恭平の目に、海面から突き出た三つの背びれが映る。

それらは、キョーコさんとアブさんが落ちた辺りめがけ、ぐんぐん加速していた。

——いっちょ、やってやるか。

恭平の手に巨大な銛《もり》が出現する。別にマシンガンで一斉掃射してやってもよかったのだが、どうせ夢だ。こういうレトロな武器の方がスリルはある。

「そんなんで勝てるの?」

眉を寄せるミナエに親指を立て、デッキから飛び込む体勢に入った瞬間——

スタートの合図を待って静まり返る客席、眼前で揺れるプールの水面、そして響き渡る号砲。脳裏をよぎる懐《なつ》かしい光景の数々。

——「蝶のように舞い、蜂のように刺す」って覚えてるか?

ああ、もちろん。いっときたりとも、忘れたことなんて無い。

俺は、飛び込みのフォームが綺麗《きれい》な蝶野だ。

甲板を蹴り、身体が宙を舞った。顎を引いて、顔を下げる。まっすぐ伸ばす両腕、ぴんと張るつま先。ドボンッという鈍く重い音が響き、海水が頬を打った。白い泡に阻《はば》まれ一瞬何も見えなくなるが、それも束《つか》の間《ま》、すぐさま浮遊感に包まれる。ひんやりとした水が心地良い。こぽこぽというきめの細かい気泡の音。目を開けると、少し先の海面付近でもがく二組の足が見えた。そこに迫る三つの影。

急いで浮上し、まとわりつく髪の毛を掻き上げると深呼吸を一つ。

——大丈夫。魚ごときに負けるわけない。

海面に顔をつけ、揃えた両足で水を蹴る。ドルフィンキック、こっちはイルカだ。ストロークを意識しながら腰から下をしならせ、浮上に合わせて水面から伸びあがる。現実なら右手にこんな長い棒を持ってこれほど上手に泳げるはずないが、今は目を瞑《つぶ》ろう。何せここは、何でも夢が叶《かな》う世界なのだ。

伸びあがりに合わせて、右手を勢いよく突き出す。重く、確かな肉を抉《えぐ》る手ごたえ。エラの脇に突き刺さった銛に、ホオジロザメは身をよじって暴れ始める。思いのほか深く刺さったようで、ちょっとやそっとでは引き抜けそうになかったが、別に問題はない。すぐさま恭平の手に「二本目」が現れる。

——あと、二匹。

そのとき、突然ホオジロザメたちが向きを変えた。何か別の獲物を見つけたのか、拍子抜けするほどあっという間にぐんぐんと遠ざかっていく。

「やるじゃん」

振り返ると、キョーコさんを抱きかかえたアブさんが浮いていた。

「助かったよ」

「いえ、そんな」

所詮、夢の中じゃないですか。そう思ったけれど、口に出すのはやめた。もう少しだけ、忘れかけていた興奮と高揚感に浸っていたかったから。

そのとき、緊張を伴ったミナエの叫び声が洋上に響いた。その隣で、救命胴衣姿のモミジさんが口元を押さえている。見ると、少し離れた海面付近でホオジロザメたちが何かに襲い掛かっていた。アザラシやセイウチの類いだろうか。一瞬だけ、飛沫《しぶき》の中に人の腕のようなものが見えた気がしたが――

アブさん、キョーコさんと船に戻った恭平は甲板へと急行し、声にならない悲鳴を上げるミナエとモミジさんの横に並ぶ。

「嘘だろ、どういうことだ」

海面を見据えたまま凍り付くほかなかった。堪《こら》えきれなくなったモミジさんが、隣で嘔吐《おうと》し始める。真っ赤に染まる海面を漂っていたのは、腕と下半身を食いちぎられたナメリカワの上半身だった。

「ごめん、遅くなりました」

このタイミングで、遅刻したカノンが甲板に現れた。すぐさま怪訝《けげん》そうに辺りを見回し、異様な雰囲気に眉を寄せる。

「え、みんなどうしたの？」

手すりを握りしめたままのミナエ、瞼を閉じて首を振るアブさん、頬に涙を伝わせてその身を震わせるキョーコさん、いまだ吐き続けるモミジさん。

「船酔いじゃなさそうだけど」その視線が海上に向く。「嘘——」

そのまま白目を剝《む》くと、彼女はデッキに倒れてしまった。遅れてやってきた身に、その光景はショックが強すぎたようだ。

「見ろよ」と脇腹を小突かれ、我に返る。空を見上げるアブさんの険しい表情から、何が起きているのかだいたいの予想がついた。

足元に舞い落ちた一枚の紙切れを拾い上げ、目の前に広げてみる。

案の定、そこには残酷なほど簡潔な「三文字」が記されていた。

6

午後六時過ぎ、受電したスマホが身を震わせ始める。

「どうした？」

寝巻のままぼんやりとテレビを観ていた恭平は、気だるさを前面に押し出しながら通話口に向かった。

「滑川哲郎って、知ってるよな？」

上滑りするような蜂谷の声色は明らかに異常だったが、それ以上におかしいのは彼の口から「他の《ドリーマー》の名前」が挙がったこと。窓口担当者は他の被験者を知らないはずだし、知ったとしてもそのことを口にするのはルール違反だ。しかも、挙がった名前が昨晩から今朝にかけて「死体」となって出現したナメリカワときている。何らかの非常事態であることはすぐにわかった。

「ああ、知ってるよ。あいつがどう——」

「死んだんだ」

「何だって？」

確かに、今朝の《ユメトピア》で彼は「死体」となって海面を漂っていたが、どうせあれは「悪意ある誰か」の手で《クリエイト》された「偽物《にせもの》」——当の本人は、何らかの事情で昨晩の「実験」に参加できなかったものとばかり思っていた。

「神戸のビジネスホテルで遺体が見つかった」

「確かなのか？」

「間違いない。昨晩、滑川のチップが突然通信不能になったんだ。ただの故障という可能性もあったが、調べてみたら」

本当に死んでいた。死亡時刻は二十時四十五分。死因は睡眠中の急性心筋梗塞《こうそく》で、現時点では事件性なし。それ以上の情報は無いとのことだった。

「いま、睡眠中の心筋梗塞って言ったか？」

確認のために繰り返す。その意味を蜂谷はすぐに察したようだ。

「偶然だ」

「そんなわけあるか！」

「確率的にはありえる」

「現実でナメリカワが死んだ日の夜、奇《く》しくも《ユメトピア》に彼の死体が現れた。そのうえ、例の『2人目』っていうメッセージも出現。これが全部たまたま重なるのはどれくらいの確率だ？」

もはや疑いようがなかった。すべての出来事が偶然に重なったのではない。二十時四十五分というと「実験」開始の前。そこで既に、彼は殺されていたのだ。では、昨夜から今朝にかけての《ユメトピア》で出現した彼の「死体」はいったい——

「待て。いま『死体が現れた』って言ったか？」

取り乱した様子の蜂谷が、念押しのように確認してきた。

「ああ、それがどうした」

「夢の中で死んでも《ユメトピア》から消えるだけで、死体は残らないはずなんだ」

「え、そうなのか」

だが、言われてみればそうだろうという気がする。何故なら《ユメトピア》に出現する一切は、参加者たちの「意識」に根差したものだから。翻って考えるに、意識そのものが消失した「死者」の痕跡《こんせき》が《ユメトピア》に残らないのは当然だろう。

恭平は、適当な裏紙を引っ張ってくると整理のために書きつける。

まず、時系列だが――

九月二十七日　二十時四十五分　《現実》：神戸のホテルにてナメリカワ死亡
　　　　　　　二十二時～翌八時　《ユメトピア》：洋上にナメリカワ死体出現
九月二十八日　十八時（現在）　《現実》：ナメリカワ死亡発覚、蜂谷から受電

こうしてみると、昨夜の《ユメトピア》の出来事が現実を踏まえているのは明らかだ。

続いて《ユメトピア》の世界観に関する整理——これまでにわかっている事実をまとめると、以下のいずれかしか《ユメトピア》には出現しないことになる。

①《ドリーマー》本人　※死亡すると消える（死体は残らない）
②《ドリーマー》の潜在意識の投影　※《エキストラ》と同義
③《ドリーマー》が《クリエイト》したもの

しかし、夢の中で死んでも死体は残らないというので、昨夜の死体は①ではないことになる。となると②か③だが、注目すべきは現実世界で本当にナメリカワが死亡していないいたことだろう。もちろん、偶然かもしれない。日頃から彼を好ましく思っていなかった《ドリーマー》の深層心理が、昨夜に限ってたまたま強烈に《ユメトピア》の「世界観」に反映されてしまった。結果、彼の死体が《エキストラ》として登場することになり、それがたまたま彼の死と同じ日に重なっただけ。その可能性は、どこまでいっても排除することはできない。だが、本件はそんな偶然の産物として片づけていい話なのだろうか。それよりも、彼の死を知る誰かが死体を《クリエイト》したと考えた方が、遥《はる》かに合理的なのではないだろうか。では、その誰かとは？　彼を《ユメトピア》で殺害した「犯人」以外にありえない。

だが、蜂谷は根拠もなくこの説を否定するばかりだった。

――まあ、無理もないか。

実際に死者が出たのだ。「実験」継続に関わる大問題だろう。

「ただ、『実験』はこのまま続ける」

言い切る蜂谷を前に、恭平は自らの気持ちがわからなくなる。非常識だと思う一方、続行に安堵《あんど》する自分がいるのも事実。

――「蝶のように舞い、蜂のように刺す」って覚えてるか?

思い出すのは、昨晩の《ユメトピア》だ。

宙を舞い、水をかき分けて進む快感。長らく忘れていた泳ぎの感覚は、信じられないほど強烈に恭平の脳裏へと焼き付いていた。

――だから、絶対に奪わせない。

どんな「悪意」を持った奴が潜んでいようと、そいつがどれほどこの理想郷の崩壊を目論《もくろ》もうと、絶対に屈しない。守り抜いてみせる。だから、言うべきことは決まっていた。

「俺が、絶対に『犯人』を見つけ出してやる」

電話の向こうで、蜂谷が苦笑する。

「本気か？　まだこれが殺人とも決まったわけじゃ――」

「絶対にそうだ。だから、俺がそいつを捕まえる」

「だとしたら、余計なことをするべきじゃない。変に刺激して、次はお前が標的になったらどうするんだ？」

「いいんだよ。どうせ俺は」

現実に居場所なんてない。だから、この理想郷を守るしかないのだ。

それ以上、蜂谷は何も言ってこなかった。幼稚で、馬鹿げていると呆れているのかもしれないが、それならそれで構わない。

「そう思うのは自由だが、仮にそうだとしてどうやって捕まえるつもりだ？」

すぐに閃《ひらめ》いたことがあった。あまりにも当たり前の発想だ。

「簡単だよ」

「ほう？」

蜂谷はすかさず食いついてきた。直前まであれほど「殺人のはずがない」の一点張りだったのに、この変わり様――なるほど、表向きは「殺人と決まったわけじゃない」と言い続けるほかないが、蜂谷自身も殺人の可能性が高いということは重々承知しているのだろう。いや、もしかするとソムニウム側の関係者だって多くがそう思っているのかもしれない。だが、死因が心筋梗塞である以上、事件性が取《と》り沙汰《ざた》される可能性は小さい。

　そのとき、何やら根源的で極めて不快な疑問の影が脳裏をかすめる。

——聞いたことないか？　夢の中で死ぬと、現実でも死ぬっていう都市伝説。

　不意に聴こえてきた昨日の蜂谷の説明。その場では聞き流した部分だが、何故か妙なひっかかりを覚える。しかし、ついにその影を捕捉《ほそく》することはできなかったので、諦めて自説の続きを展開するしかなかった。

「昨日の二十時四十五分に睡眠状態にあったナメリカワ以外の被験者、そいつが犯人の第一候補じゃないか」

　夢の中で殺すには、そいつも同時刻に眠っている必要がある。ある種の「逆アリバイ」みたいなものだ。もちろん、そこで本当に殺人が行われたのかどうかは知る由《よし》もないが、少なくとも候補者を絞る一助にはなる。

　けれども、電話口の蜂谷は煮え切らない溜息を寄越してきただけだった。

「そういうことなら、無理だよ」

「どうして？」

「《ユメトピア》は可能な限り自由でなければならない、ってのが社長の榎並が掲げる方針であり、哲学でもあるんだ。いつその人が眠っているかというのもある種のプライバシーだから、不必要な監視は行わない」

「つまり？」

「俺たちがチェックするのは『二十二時から翌朝の八時まで』の十時間のみ。報酬額に関わる『参加日数』の確認だけ。それ以外は、寝てようが起きてようが一切関知しない」

つまりこの手法で「犯人」特定は不可能。となると、状況はかなり厳しいと言える。夢の中で現場を押さえない限り、殺人を立証することはできないからだ。

「それに、これが殺人だったとしたら考えなきゃならないことがいくつもあるぜ」

「というと？」

「まず、どうやって《ユメトピア》で出くわしたのか。忘れちゃならないのは、他の《ドリーマー》の行動が読めるのは『二十二時から翌朝八時まで』の十時間だけってこと。それ以外の時間は、誰がいつ眠るか予想がつかない」

「待ち合わせしたって可能性は？」

「それはあるかもしれないな。そこで、次の質問。時間を指定して《ユメトピア》で落ち合ったとして、どうやって相手の『自覚』を奪ったんだ？」

立ちはだかる最大の障壁——もちろん、いまだに恭平も「自覚」を失って錯乱しかけることはあるが、本気で判断がつかなくなったのは例の「バス事故」のときのみ。以降、迷いが生じることはあれど、すぐに「胡蝶」を見つけて事なきを得てきた。開始から二カ月以上が経過したいま、それが基本動作として染みついているからだ。これは他の《ドリーマー》も同じはずだし、だからこそ「胡蝶」が空を飛んでいる限り「自覚」を奪うのは不可能だろう。ましてや「自覚」を失った一瞬を狙っての殺害など出来るはずがない。

「これを殺人と信じるのは勝手だ。ヒーロー気取りで《ユメトピア》を守るのも、好きにすればいい。でもな」

嘆息が恭平の鼓膜を打つ。

「何度も言うように証拠がないし、偶発的に起きた可能性もある」

「だけど——」

「他の《ドリーマー》には、滑川が死んだと伝わってないんだ。そんな中、無邪気に『夢の中で殺す方法がある』なんて言う必要は無い。頼むから、自分の都合だけで掻き乱さないでくれ」

感情を押し殺したような平板な物言いは、かえって凄味《すごみ》があった。

通話を切り、スマホをベッドに放り投げる。煮え切らなさは渦巻き続けていたが、偶発的な殺人というのは説得力があった。例えば、エルニドでカノンがナメリカワを撃った場面――あのときナメリカワが「自覚」を失っていたら、彼は死んでいただろう。だとしたら蜂谷の言う不慮の死も、あり得ない話ではない気がする。

出口のない迷宮を彷徨《さまよ》っているうちに、今日という日がまた暮れようとしていた。窓の向こうには、そんな恭平を嘲笑《あざわら》うかのような燃えるオレンジの空。

そこに、もちろん「胡蝶」は飛んでいなかった。

7

プロジェクト六十七日目。

ナメリカワが消えて二日。その最初の朝、例のCG女はこう言ってきた。

――諸事情により一名離脱しますが、くれぐれもご心配なく。

――それでは、良い一日を。

なかなか素早い対応だ。きっと、残された《ドリーマー》全員に似たようなメッセージが配信されているのだろう。その甲斐《かい》あってか、あれ以来事件らしい事件は起きていないし、あえてそのことを話題に出す者もない。例の『2人目』というメッセージも黙殺されている。だが、いつまでこの状態がもつだろうか。まどろみに潜む「殺人鬼の影」は着実に《ドリーマー》の精神を蝕《むしば》んでいる。その証拠に、最近は悪夢が舞台となることが増えていた。寝る前の「フェリキタス」は変わらず服用しているものの、効き目が落ちているのは間違いない。それだけ被験者の心理状態が不安定なのだろう。

けれども、珍しくこの日の《ユメトピア》は華やかだった。

「すごいね」

隣の席で感心したようにミナエが頭上を仰ぐ。

高さ十五メートルはあるだろうか。ステンドグラスのあしらわれた天井と、それを支える荘厳《そうごん》な壁。おそらく、素材の一つひとつまで選び抜かれている。壁に蛇腹のような段差が付いているのも、ホール全体が緩やかな流線形をしているのも、最高の音響効果を生むためだろう。

そんな劇場の中を、虹を纏《まと》いながら優雅に舞う「胡蝶」——

——《ドリーマー》は「胡蝶」から百メートル以上離れることができないんだ。

だとすれば、きっと「彼女」は犯行現場を見ているし、ナメリカワだって「彼女」を見ることができたはず。

けれども、ナメリカワは「自覚」を失ってしまった。

何故だろう。空に「胡蝶」が舞っている限り、滅多に《ドリーマー》は「自覚」を失わないはずなのに。やはり、殺人ではなかったということだろうか。

「ねえ、訊いても良い？」と、ミナエがこちらに向き直った。

吸い込まれそうな瞳、すべてを見透かすような視線。どぎまぎしながら、頬が少しだけ火照《ほて》るのを感じる。

「なに？」

「もしも何か一つ願いが叶うなら、チョーチョくんは《ユメトピア》で何をする？」

「どうして？」

首を傾げる恭平に、彼女は微笑んでみせた。

「だってここは、何でも願いが叶う場所じゃん」

思案しながら、正面のステージを見やる。中央に大きなグランドピアノが一台。これからコンサートでも始まるのだろうか。

——この世界を独り占めするんだ。お前にだけ、こっそり教えてやるよ。

――誰の目も気にする必要が無い。まさに「やりたい放題」だ。

今は亡《な》きナメリカワとエルニドで交わした会話が蘇り、恭平は身震いする。考えないようにしてきた。それに手を染めてしまったら、人として大切な何かが壊れてしまう気がして、鎌首《かまくび》をもたげそうになる欲求をその都度刈り取ってきた。でも、もしも何か一つ願いが叶うなら――

「あのピアノを弾いてみるかな」

嫌な想像を追い出し、あえてこんな風に言ってみる。

「真面目《まじめ》に訊いてるんですけど」

心外だ、とでも言いたげにミナエが唇を尖《とが》らせる。どことなく冷めた雰囲気のある彼女だが、ちょっとしたときの仕草はまだまだ子供っぽい。

「むしろ、ミナエは？　何か叶えたい夢がある？」

逆質問に、彼女は黙り込んでしまった。固く唇を引き結び、険しく眉を寄せている。それほど難しく考える話でもない気はするが。

「妹に逢いたい」

「え？」

「伝えたいことがあるから」

「どういうこと？」

そのとき、ホールを拍手喝采《かっさい》が包み込み、会話は宙ぶらりんになった。仕方なく正面に向き直り、その他大勢の観客に倣《なら》って恭平も両手を叩く。

――いつも、妹と一緒でさ。よく二人だけの遊びを考えたりもしてたんだ。

――六歳下のね。もちろん、虫捕りだってしたよ。

ショータとカノンが、モミジさんの《クリエイト》した娘と虫捕りに興じていたあの日の「桜の葉公園」で、彼女は「六歳差の妹がいる」と教えてくれた。当時は特に気にも留めなかったが、先程の「伝えたいことがある」という言葉が妙に引っかかる。

そんなに大切なことなら、伝えればいいのに――

ステージに現れたのは、見慣れたタキシード姿の男だった。二列ほど前の座席で、カノンがヤジを飛ばしている。ナメリカワの「死体」を前に失神して以来、これまでの元気が嘘のようにずっと萎《しお》れていた彼女だが、久しぶりの華やいだ《ユメトピア》にいくぶん元気を取り戻したようだ。その隣で拍手をしているのは、キョーコさんと、い、い、モミジさん。

――あのモミジって女から目を離すな。

例の忠告、どういう意味だったのだろう。

そうこうしているうちに、アブさんがピアノの前に座った。拍手と歓声の余韻が静かに引いていき、完全な静寂が訪れる。ペダルに軽く載せられた右足、品の良い革靴は丁寧に磨き込まれていた。天女が羽衣で岩を撫《な》でるかのごとく、そっと鍵盤《けんばん》に寄り添う両手。渦巻く諸々《もろもろ》の疑念をいったん忘れ、恭平は息を呑んでそのときを待つ。しかし――

いっこうに演奏は始まらない。アブさんは石像のように凍りついたままだ。

やがて、その身体が小刻みに震えだし、場内がざわつき始めた。

「どうしたんだろう？」

ミナエも席を立ち、不安そうな視線を壇上に送っている。だが、アブさんの痙攣《けいれん》は激しさを増すばかり。

「様子を見に行った方が――」

彼女の提案に、恭平が頷き返そうとした瞬間だった。

爆音とともにステージ奥の壁が壊れ、巨大な鉄の塊がホールに突入してきた。フロントガラスが粉々に砕け散り、脱輪したタイヤが観客席に飛び込む。高速バスだ。プロジェクト開始直後にもバスの事故の夢をみたが、何かの偶然だろうか。

「アブさん、逃げ――」

叫びかけた恭平だったが、それ以上言葉を継ぐことができなかった。

バランスを崩して傾く車体、ピアノもろともアブさんはその下敷きになる。ガソリン漏れのせいか、周囲で瞬時に火の手が上がった。

一瞬にしてホールは大混乱に陥った。飛び交う悲鳴と怒声、ステージから離れようとする観客の大群。はぐれないようにミナエの手を引きながら、恭平はその大波を逆走する。

「ちょっと、どいて！　道を開けてください！」

ようやく舞台の前に辿《たど》り着いた恭平は、その惨状に言葉を失った。鼻を突くガソリン臭、バスの乗客と思しき遺体の数々。そして——

「大丈夫、生きてるよ」

「でも、それ」

アブさんの左手を押し潰《つぶ》す巨大な鉄塊——どうみても、あの下で元の形状を保てているとは思えない。

「ちょっと待っててください！」

舞台へ上がった恭平は腰をかがめ、鉄塊の下に両手を突っ込む。だが、相当な重量があるのか持ち上がる気配はない。駆け寄ってきたミナエ、カノン、モミジさん、キヨーコさんが次々と加勢してくれたが、それでもびくともしない。

「それより、ちょっとそこをどいてくれないか」

アブさんの目は怯えたように見開かれ、唇がわなわなと震えている。

「こんなときに、何を」

「この目で確認したいんだ」

瞬間、恭平は気付いた。彼は「自覚」を失いかけているのだ。真っ白になった顔面。両目は真っ赤に血走り、口からは涎《よだれ》とも泡ともつかぬ何かが溢れている。アブさんのこんな姿を見るのは初めてだった。

「ごめんなさい！　ほら、見えますか？」

自分の身体がその姿を隠してしまっていたのだろう。脇に身をよけながら、ホールの天井を指し示す。

「あそこ！」

アブさんの目が「彼女」を捉え、焦点を結ぶ。すぐさま蒼白《そうはく》だった頬は紅をさし、口元には微笑みの欠片《かけら》が姿を見せた。何とか危機的状況は脱したようだ。

「ありがとう。助かったよ」

「良いんです。それより、このバスは——」

潰されていない方の右手を上げ、アブさんは続きを制した。力を取り戻した二つの瞳はただならぬ熱を帯びており、思わず恭平は気圧《けお》されてしまう。

「何ですか？」

「い、い、い、本当に死んでた」

ぶん殴られたような衝撃が走ると同時に、背後でその言葉の意味を察した女性陣のどよめきがあがった。

「どうしてそれを――」

「会社に電話してみたんだ。浅草の不動産会社で、社長の苗字《みょうじ》がナメリカワだろ？すぐに見つかったよ」

「そしたら？」

「それどころじゃないって、すぐに切られた。さすがにおかしいと思ったんで会社の前まで行ってみたら、通りがかった近所の人が教えてくれたんだ。二日前に社長が亡くなったって」

薄気味悪さすら覚える。この男は、どうしてここまで執着しているんだ。

「待って、それ本当なの？」

鬼の形相でモミジさんがアブさんに詰め寄る。

「本当に、夢の中で死ぬってわけ？」

振り返ると、貧血でも起こしたようにカノンが壇上にへたり込んでいる。彼女の頭を撫でるキョーコさんの表情も険しい。そして、その横でミナエは——

「ミナエ？」

見えない何かを追うように、彼女は視線を彷徨わせていた。

「どうしたの？」

呼ぶ声にも一切反応しない。見ると、彼女の姿が霞み始めている。

「助けて！　私はここにいる！」

次の瞬間、天に向かってミナエは叫び始めた。

「起こして！　お願い！」

しかし、消えるかと思われた身体はすぐに輪郭を取り戻し、そのまま舞台上に留まった。

こんな状況だし、目を覚ましたくなる気持ちは理解できる。だが、いったい誰に何を訴えていたのだろう。立ち尽くすことしかできない恭平は、今度は自分の姿が揺らぎ始めていることに気付いた。

どういうことだ。いったい、何がどうなってるんだ——

「それにしても」

午後の「桜の葉公園」は、あくびが出るほど平和ボケしていた。一年前に起きた事件のせいで、相変わらず人通りはほとんどない。見渡してみても、少し離れたベンチに男が一人座っているだけ。それでも、緑の丘とそれを囲むベンチを包み込むおだやかな空気は平穏そのものだった。

――それでは、良い一日を。

陰鬱《いんうつ》な目覚めだったせいか、いつも以上にCG女の人工的な笑顔が不愉快に思えたものの、午後の日差しはそれを補って余りあるほど柔らかだった。こんな日は薄暗い部屋に籠《こも》っていても仕方がないし、ぶらっと散歩すれば気が紛れるかもしれない。陽気に誘われたなどというと急に陳腐になってしまうが、今日くらい良しとしよう。そんな調子でいつものように「桜の葉公園」へとやってきた恭平だったが――

――「胡蝶」は飛んでない。

折に触れて確認してしまう。ここは夢か、それとも現実か。どうしたら見分けがつくだろう。抓《つね》ったら痛いのは《ユメトピア》も同じだ。走って息が上がるのも、怪我《けが》をしたら血が出るのも変わらない。いっそのこと、自殺してみたら――

思わず苦笑する。それで死ねたら、ここは現実だって? そんな結末を迎える海外の文学作品か映画があった気がするが、忘れてしまった。視線を転じると、例のゴミ箱が目に入った。隣に同じ型のゴミ箱を《クリエイト》しようと試みるが、何も起こりはしない。

「ま、そりゃそうだよな」

「何が?」

ギョッとして横を見ると、遠くのベンチにいたはずの男が隣に座っていた。丈の長い紺のトレンチコートにタイトなデニムパンツ。全体的にやや季節を先取りしすぎている感はあるが、シックで落ち着いた雰囲気はタキシード姿のときとそう大差ない。

「ようやく会えたよ」

清潔感のあるあごひげ、間違いなく見覚えがある。

「探したんだぜ、チョーチョくん」

いよいよ頭がおかしくなった気がして、もう一度天を仰ぐ。

しかし、抜けるような秋空に「彼女」の姿を見つけることはできなかった。

8

連れだって駅前のカフェに入った恭平だったが、いまだ状況がよく飲み込めなかった。全体的に《ユメトピア》での姿と比べると疲れが滲《にじ》んで見えるが、アブさんであることは疑いようがない。おまけに「チョーチョくん」という向こうでの恭平の呼び名を知っている。この期《ご》に及んで、目の前の男をよく似た別人と言い張るのは無理があるだろう。

「驚かせたよな」

注文したアイスコーヒーが二つ揃ったところで、アブさんが口火を切った。

「はい、ルール違反ですし」

「何も起こらなきゃ、俺だってこんなことはしなかったさ」

「どうして、僕がここに居ると?」

コーヒーを一口含むと、アブさんはふふっと小さく笑った。

「前に、俺が『君が一番安全だ』って言ったの、覚えてるかい?」

——この件を話すとしたら、君が一番安全だと思ってね。

ショータが謎の失踪《しっそう》を遂げる中、夕暮れの校庭でカノンとミナエの二人とキャッチボールに興じていたときのこと。アブさんに連れ出される形で校庭の隅に移動した際、第一声で言われたのを覚えている。

「あれ、どういう意味ですか？」

「この世界に潜む『悪意』――その正体は、おそらく君じゃないってことだよ」

本来は「犯人ではない」と言われたことを喜ぶべきなのだろうが、まっさきに候補から外されるとそれはそれで「底の知れた自分」を見透かされたような気がしてくる。

「どうして、僕じゃないと？」

そのせいで、やや険のある口調になってしまう。

そんな恭平の内心を汲《く》んだのか、アブさんは困ったように笑った。

「そうピリピリしないでくれよな」

「別にそういうわけじゃ――」

「簡単さ、君は素性を明かしすぎてる」

その瞬間、アブさんと出会った場所が「桜の葉公園」である理由がわかった。

「フルネームに年齢、いつも散歩してる公園。どれも全部、君自身が《ユメトピア》で言ったことだ。盗み聞きしてたみたいで申し訳ないが、ナルコレプシーの件や会社を辞めた経緯だって知ってるよ。バスの席でカノンと話してるのが聞こえてね」

脇の甘さに顔から火が出そうだった。隠し立てする必要なんかないと言えばそれまでだが、気付けば誰よりも赤裸々に素性を明かしていたのだ。中でも、咄嗟《とっさ》に求められたからとはいえ、初日の自己紹介で本名を言ってしまったのは不用意すぎただろう。思えば、今残っているメンバーで自分以外にフルネームがわかっているのは「タナカミナエ」だけじゃないか。

「そのミナエだって、本名かどうかわからない。カノンだって、キョーコさんだって同じだ。そんな中にあって、君だけは嘘をついていないように思えた。これに関しては理屈を超えた、ただの直感だけどね」

恭平の情報を集めたアブさんは、ショータ失踪以降、折を見て「桜の葉公園」に張り込んでいた。そして今日、ついに現実の蝶野恭平を見つけるに至ったというわけだ。

「この得体のしれない現状に立ち向かうには仲間がいるが、誰にするかは慎重を期さなければならない。この二カ月を振り返り俺が出した結論が、君だったというわけだ」

「ありがとうございます」

「さて、本題だが――」

「待ってください」

あることを思い出し、話を遮る。

「もう一つ、訊いておきたいことがあります」

「何だろう？」

「モミジさんの件です」

——あのモミジって女から目を離すな。

昨晩、不意に思い出した忠告。本題に入るのもいっこうに構わないが、その前に彼がこれまで自分に伝えてきた諸々の意味を説明してもらう必要がある気がした。

「『悪意』の正体が、モミジさんってことですか？」

アブさんは首を横に振ると、右手で何やらスマホを弄《いじ》り始めた。

「説明するより、これを読んでもらった方が良いかな」

差し出された画面に表示されていたのは、例の「桜の葉公園」の死体遺棄事件に関する記事だった。

事の発端は、昨年七月九日。公園で犬の散歩をしていた主婦が、ゴミ箱の中から身体の一部が入ったビニール袋を発見したのが始まりだ。この公園が「桜の葉公園」であるのは言うまでもない。時を同じくして、都内各所の公園から次々と同様の袋が発見されるのだが、DNA鑑定の結果、中身が同一人物であると判明。警察は死体遺棄事件から殺人事件へ切り替え、同月十一日に捜査本部を設置。情報統制の観点からどの公園でどの部位が発見されたかなどの捜査状況は大部分が非公開となったが、それでも連日連夜、猟奇殺人事件として各種マスメディアで大々的に報道された。

「これが何か?」

逮捕されたのは西村清美《にしむらきよみ》・四十六歳、銀座の高級クラブのママだった。仕事で知り合った男を痴情のもつれから殺害、隠蔽《いんぺい》のために死体をバラバラにして遺棄したという。解剖学の知識もない女性が独力で遺体をこれほどまでに「分解」できるのかという疑問はあったが、共犯者が見つかることはなかった。そして今年の二月、世間が注目した東京地裁の判決は無罪。犯行当時、西村は重度の心神喪失だったとされたからだ。もちろん検察側は控訴したが、あえなく棄却。そのまま行方をくらませた彼女は、現在消息不明。一説によると、ある大物政治家の別邸で囲われているという。その大物もまた西村の上客であり、今回の無罪判決に何らかの影響を与えたとか与えていないとか。

「笑っちゃいますよ。最後の方なんて、憶測が憶測を呼んだ三流ゴシップですし」

「気付かないか?」

「これがモミジさんだと？」

確かに、彼女には水商売の風情《ふぜい》がある。それも、どちらかというと高級クラブなんかにいそうな感じだ。四十代後半にはとうてい見えないが、これも《ユメトピア》特有の「理想の外見」を手に入れた結果と考えれば、実年齢はそれくらいなのかもしれない。でも、さすがに考えが飛躍しすぎてはいないだろうか。

「これが写真だ」アブさんが画面をスワイプすると、ワイドショーで流れた西村清美の写真がディスプレイに現れた。一枚目は逮捕時のもの。髪はぼさぼさに乱れ散らかし、血色も悪い。これだけ見せられたら、モミジさんだとは誰も思わないだろう。問題は、もう一枚の方だった。

「かなり似てないか？」

オールバックの和髪に着物、おそらく勤務時のものだ。そのすべてを見透かすような達観した笑顔には、確かに見覚えがある。

「これだけじゃ何とも言えませんよ」

そう言うのが精一杯だったが、アブさんだって確証は持てていないはず。どれだけそっくりでも、他人の空似である可能性は否定しようがない。そんな恭平の反論にひとしきり耳を傾けてくれたものの、やはり彼は「気付かないか？」と繰り返すばかり。

「記事をもう一度よく読んでみろ」

「何回読んだって変わらな――」

「ゴミ箱に捨てられていたのが『右腕』だって、何故彼女は知ってたんだろうな？」

瞬間、あの日の会話がフラッシュバックする。

――都内の公園で遺体の一部が発見された事件のことです。当時は大騒ぎでしたよ。

――ああ！　あれね、わかったわ。ゴミ箱に捨てられていた「右腕」を、犬の散歩をしていた主婦が見つけた。

あのとき初めて、自分は遺棄されていたのが「右腕」だと知った。あの場では単にニュースを見落としていたせいだと思っていたが、実は知らなくて当たり前だったのだ。捜査上の機密事項として報道規制がかけられていたのだから。

「本当に西村清美が心神喪失だったのか、俺はそこも怪しいと思ってる」

「どういうことですか？」

呆然《ぼうぜん》として動けない恭平をよそに、アブさんは淡々と続ける。

「詐病《さびょう》じゃないかと疑ってるってことだ。要するに、犯行時点で責任能力がなかったように偽装したんじゃないだろうか？」

「まさか」

「本当に心神喪失の人間が夢の中でどのような振る舞いをするのかは知らないが、少なくとも《ユメトピア》での彼女は正常そのもの。それに、判決を引っくり返すよりは診断結果を捏造《ねつぞう》する方が簡単だと思わないか？」

それは間違いないだろう。いくら大物政治家とやらが裏で手を回したとしても、判決そのものを変えることができるとは思えない。それよりはアブさんの言う通り、重要な判断材料の一つを捏造する方が容易だし、現実的だ。

「ここまでのことはあくまで憶測だし」

スマホをしまうと、アブさんは右手でコーヒーのグラスを手にする。

「『悪意』の正体が彼女だと言いたいわけじゃない。それはまた別の話として置いておこう。俺が言いたいのは、集められたメンバーの共通点について」

「『フェリキタス』を服用してるってこと以外に？」

アブさんは一度大きく頷くと、ぐっと身を乗り出してきた。

「おそらくここに集まった《ドリーマー》は全員、一癖も二癖もある『何か』を抱えている。西村清美の心神喪失に、君のナルコレプシー。間違いないと思う」

——よかった。やっぱり、みんな同じなんだね。

——だからこそ訊いてみようと思ったの。同じ香りのするチョーチョくんには、私がどう見えているのかなって。

脳裏に、いつかのカノンとの会話が蘇る。あのとき、彼女の瞳の中に見つけた例の〝屈折した光〟――同じものがアブさんにも見えた気がした。現実に居場所を持たない者の目にだけ宿る〝捻《ね》じれた希望の灯〟が。

「アブさんもですか？」

目の前の男をじっと見据える。一見、何かがおかしいようには思えないが、彼もまた同じなのだろうか。

「あなたは、何を抱え込んでいるんですか？」

質問を予期していたのだろう、アブさんはおもむろにトレンチコートを脱ぎ始める。

「君だけに教えてあげるよ」

何故かその動作はぎこちなかった。

「驚かないでくれよ？」

半ばもがくように脱ぎ捨てられた上着の下から現れたのは――

絶句するしかなかった。

不自然に萎《しぼ》んだロングスリーブシャツの左袖《そで》がぶらぶらと揺れている。

正確には、上着の下からは現れなかったのだ。そこに本来あるべきはずのものが。

「俺は、ピアニストだった。それなりに才能もあったと思う。でもね」

アブさんは右手で自らの左肩をさすった。

「事故に遭ったんだ。生き延びるには切断するしかなかった」

よく見る夢3

気付いたら、夜行バスに揺られていた。

――これより、車内は消灯させていただきます。

よく見る夢。それは、いつも決まってこの場面から始まる。

あのときと同じ、四列シートの窓際《まどぎわ》。車内前方のデジタル時計は、ちょうど二十二時を回ったところ。ということは――

急いで席を立とうとするが、シートベルトで固定された身体はびくとも動かない。

――今すぐ、止めるんだ！

声の限り叫ぶ。

――降ろしてくれ、頼む！

片側三車線の高速道路、前方の道は緩やかに右にカーブしていた。なのに、曲がる気配を見せずにバスは加速していく。やっぱりそうか。結局、今回も変えられないのだ。待ちうける凄絶な未来を想《おも》いながら、ぎゅっと瞼《まぶた》を閉じてその瞬間を待っていると――

今度は、ピアノの前に座っていた。煌々《こうこう》と照らすスポットライト、静まり返る客席。舞台袖を見やると、腕時計を指さすジェスチャーを繰り返す男。コンサートの主催者だろうか。

そこは、翌日に演奏するはずの市民ホールだった。大きくもないし、音響設備が整っているわけでもない。でも、この場所で演奏するのがずっと夢であり憧《あこが》れだった。ペダルに右足を添え、深呼吸を一つ。最前列には、固唾《かたず》を呑《の》んでこちらを見やる両親と恋人の姿。今の自分が彼らにできる、唯一《ゆいいつ》の恩返し。

しかし、鍵盤に両手を添えようとした瞬間、気付いてしまった。振り返ると、例の男が「まだか！」と焦《あせ》り顔で口をパクパクさせている。だが、弾けるはずがない。最も大切な「商売道具」が手元にないのだから。

――探してるのは、これですか？

知らぬ間に、青い手術衣の前面を鮮血で染めたメガネの男が立っていた。

椅子を蹴って立ちあがる。

――それを返せ。

――無理ですよ。

——返せって言ってるんだ！

男は手にしていた「左腕」を舞台上に投げ捨てた。瞬間、全身の血液が沸騰《ふっとう》し脳の血管が千切れる音がする。そんな風に扱うな。大切な「俺の腕」を——

——勝手なことしやがって！

詰め寄りながら右の拳《こぶし》を握りしめ、頰に一発叩《たた》き込む。続けて、下から顎《あご》を砕くようにもう一撃。そこから先は無我夢中だった。

——殺してやる！　殺してやる！

渾身《こんしん》の力を込めて殴打を繰り返すが、いっこうに効いている様子はない。やがてバランスを崩し、ステージに尻《しり》もちをついてしまった。腸《はらわた》が煮えくり返り、溢《あふ》れる涙で視界が滲む。客席に助けを求めるが、そこにはもう誰の姿もない。

——助けてくれ。

しかし、仁王立ちのメガネ男は悲しげに首を振るばかり。

そのとき、零《こぼ》れるようなピアノの音が場内に響いた。

振り返ると、鍵盤に手を添えていたのは紛れもなく「自分」——唯一違うことがあるとすれば、彼には両腕が生えている。

古くから二短調は、修羅場を表現する際にしばしば用いられてきた。その二短調が用いられたクラシックの名曲。モーツァルトの傑作のひとつと評価されることもある、その楽曲のタイトルは——

——あいつが本当の俺だ！　俺は偽物だよ！

美しくも、どこか哀《かな》しい調べ。

『怒りの日』は、狂ったオルゴールのようにいつまでも流れ続けていた。

第三章　生存者と首謀者

1

「わかってるって」

通話口に向かって吐き捨てる。

「じゃあ、また」

逃げるように切電し、そのままスマホをズボンのポケットにねじ込んだ。

「親？」隣で一部始終を聞いていた蜂谷が、憐《あわれ》みの視線を寄越す。

「ああ」

「心配してたか？」

「いつまでも無職なことをな」

購入したばかりの新幹線のチケットを目の前にかざす。

「要するに、世間体だよ」

——再就職の予定とかは、まだ特にないわよね。

恐る恐る訊《き》いてきた母親に、抑揚なく「うん」とだけ返す。もう、何度繰り返してきたかわからないやり取り。あくまで声が聞きたくなったからかけてきた電話のはずなのに、こう返事をすると決まって通話口から落胆の溜息《ためいき》が漏れてくる。結局、両親が気にしているのは疾患そのものではないのだ。それどころか、心のどこかで「そんな病気あるわけがない」とすら思っているに違いない。

——病気だって、仕事辞めたって、恭ちゃんのことは好きだよ。

ただ一人、そんな自分を受け入れてくれた人物との関係もぎくしゃくしっぱなしだ。

——ミナエって誰？

——寝言で言ってたけど、そんなに大切な人なの？

音信不通となっていた彩花から連絡が来たのは、日付が今日に変わってから五分ほど経過した頃。〇時ちょうどに送った「お誕生日おめでとう」に対する返事だった。

『ありがとう。この前は怒ってごめんね』

そのままやり取りを続けると、今日は有給休暇を取得し一路北へ向かうつもりだということがわかった。東京駅午前八時四十八分発の「やまびこ」に乗車する予定だという。そのことを蜂谷に連絡したのが深夜二時半過ぎで、東北新幹線の改札口で落ち合ったのがつい二十分前。四時間ちょっとしか寝ていないので「参加日数」はマイナス一になってしまうだろうが、今回ばかりはやむを得ない。

「どこで降りるか、注意して見てないとな」

自由席の乗車列に並ぶ彼女の十組ほど後ろに、二人は控えていた。万が一に備えて恭平はニット帽にサングラス、マスクという不審者丸出しの装《よそお》いだ。

アナウンスが流れ、乗車口の扉が開いた。他の乗客に紛れるように乗り込み、これまた彼女の十列ほど後方に座席を確保する。

「お前、今日あんまり寝てないだろ？」

駅弁のかに飯を座席のテーブルに並べながら、蜂谷が言った。

「休んでろよ」

言われなくてもそのつもりだったが、しばらくはここまでの一連の出来事を咀嚼《そしゃく》する時間に充《あ》てたかった。それくらい、いろいろなことが起こりすぎている。無論、思い起こされるのは一昨日の午後、駅前のカフェでのやりとりだ。

——調べてごらん、いろいろ出てくるよ。

言われるがままスマホで検索すると、いくつもその名前はヒットした。

虻川光隆《あぶかわみつたか》、三十四歳。元ピアニスト。名の知れたピアノコンクールで入賞したのが弱冠十五歳のとき。高校一年生ながら「卓越した表現力と、完成された技術」と評され、一躍脚光を浴びることになった。東京藝術大学大学院を修了後、アメリカのジュリアード音楽院に進学。その間も各種コンペティションで輝かしい成績を残し続け、将来を嘱望《しょくぼう》される若手ピアニストとしての地位を確たるものにする。帰国後もソロ・協奏を問わず幅広いステージで活躍、多忙を極める毎日だった。

しかし。

――目が覚めたら、病院のベッドの上だったんだ。

すべてが変わってしまったのは、四年前の冬。

命運を分けたのは、些細《ささい》な手配ミスだった。

――手違いで新幹線のチケットが確保できてなくて、やむなく夜行バスにしたんだ。

故郷での凱旋《がいせん》公演に向かうべく急遽《きゅうきょ》乗車することになったそのバスは、緩やかなカーブを曲がり切れず防音壁に激突。そのまま壁を突き破って斜面を転がり落ちた。乗員・乗客四十五人中、十八人が死亡。生存者も全員が重軽傷を負う大惨事となった。居眠り運転が直接の原因ではあったものの、その後の調べでドライバーの違法な長時間労働が常態化した中での事故だったことが判明。安全軽視を招いた政府の規制緩和路線を野党が国会で追及するなど、日本全土を揺るがす事態へと発展した。

——でも、そんなことどうだってよかった。

亡《な》くなった方がいることはわかっている。九死に一生を得たのだから、むしろ感謝すべき話ですらあるだろう。

——そう思えるほど、俺は人間ができてなくてさ。

目が覚めたのは、左腕が切除された後だった。朝から晩まで泣き喚《わめ》き、喉《のど》から血が出るまで叫んだという。チケットの手配ミスさえなければ、座っていた席が違えば、そもそも公演のスケジュールにもっと余裕があれば——しかし、何も変わらなかった。変わるはずがなかった。淡々と突きつけられる「左腕切断」という現実。それを受け入れることを拒み続けた結果、やがて奇妙なことが起きるようになる。

——時たま、左手の先が痛むんだよ。

幻肢痛、またの名をファントムペイン。あるはずのない欠損した四肢が痛みを感じる難治性の疼痛《とうつう》。手足の切断を余儀なくされた者の多くが経験すると言われ、いまだ決定的な治療法はない。

——信じられないんだ、この痛みが幻だなんて。

悪夢に苛《さいな》まれるようになったのも、ほぼ同じ頃。正直、幾度となく死のうと思ったという。けれども、その度に踏みとどまってきたのには理由があった。

――もう一度、弾きたかったんだ。

それは、二度と叶《かな》わない夢。願えば願うだけ、絶望が色濃くなるのは理解していた。でも、どうしても忘れられないのだ。指先の力を抜き、押し込められていた鍵盤《けんばん》がもとに戻る感覚。ペダルから足を離した後も漂う、こぼれるような音の余韻。世界にゆっくりと溶けていく、曲に乗せた想《おも》い。

だからこそ『プロジェクト・インソムニア』の打診を受けたとき、一切の迷いはなかった。何でも夢が叶う世界、なりたい自分になれる場所。目の前で無残にも破り捨てられた夢が、形を変えて叶うかもしれない。

――だから、もう二度と奪われてたまるか。

彼がナメリカワの件にあれだけ執着していた理由も、すべてはそこに収斂《しゅうれん》する。絶望の淵《ふち》でようやく手に入れたもう一つの現実であり、最後の希望。だからこそ、それを奪おうとする者がいるのなら容赦はしない。

――だけど、皮肉なもんだよな。

彼もまた、早い段階でナメリカワと同じく《ユメトピア》の裏ワザに気付いた。他人が起きているときに自分だけが眠ることで実現する「完全なる理想郷」——彼は幾度となくそこを訪れ、《クリエイト》したピアノを演奏しようとした。

——でも、怖いんだ。もし、ここでも弾けなかったらって思うと。

ピアノの前へ座る度に恐怖がよぎり、いまだ鍵盤に添えた両手を動かせたことはないという。

——音楽ホールで俺が正気を失ったの、覚えてるだろ?

——《エキストラ》しかいない世界で弾く勇気を持てない人間が、君たちを前に演奏できるはずなんてないよな。

困ったように笑う彼を前に、恭平は継ぐべき言葉を失った。

——今でも、強烈に覚えてるよ。「実験」初日のことを。

脱ぎ捨てたコートのポケットをまさぐると、アブさんは一冊のノートを取り出した。

——教室に着いたら、ミナエとショータが居たんだ。どこからどう見ても、そこはもう一つの現実。死ぬほど嬉《うれ》しかったなあ。

それはいわゆる「夢日記」——目を覚ます度、彼はその晩の出来事を可能な限り克明にメモしてきた。特に理由があったわけではない。ただ、この感動と興奮をどこかに残しておきたかったという。いつ、どこで、誰が、何を。だからこそ彼は早い段階で「人数がおかしい」ことに気付いたのだ。

——登場人物を数えれば、一発だったからね。

もしかすると、この「夢日記」が切り札になるかもしれない。素知らぬ顔で毎晩《ユメトピア》を訪れる「犯人」だが、何も証拠を残していないこともあるまいし。

事前にコピーしていたのか、アブさんはおもむろに紙の束を渡してきた。

——ぜひ、チョーチョくんの目でも見てくれ。

連絡先を交換し、この日はお開きとなった。

——また、折をみて連絡するよ。

渡された「夢日記」のコピーは、足元のリュックの中に入っている。長旅になりそうだし、暇つぶしにはなるだろう。だが——

果たして、彼は信用できるのだろうか？

諸々《もろもろ》の事情を勘案すると「敵」とも思えないが、手放しで信じられるわけでもない。

「とりま、寝るわ」

座席を目一杯倒す。後ろに誰もいなくて良かった。

2

「また戻ってきたのね」

ベンチの隣に腰掛けるキョーコさんが、溜息混じりに笑った。綺麗《きれい》にまとめられた白髪と和装はいつもと変わらないが、その声にはどこか無念が滲《にじ》んでいる。

新幹線で眠りに落ちた恭平が《ユメトピア》に降り立つと、そこにはキョーコさんの姿しかなかった。おそらく、他のみんなは目覚めてしまったのだろう。そんな「自分だけの世界」で、彼女が何をしていたかというと——

「試してみたかったの。この前のメッセージが本当なのか」

恭平は身震いとともに、背後に佇《たたず》む一本の木を見上げた。逞《たくま》しい幹から放射状にのびる枝の一つに、先が輪になったロープが括《くく》られている。そこへ首を通し、登ったベンチの上からまさに身を投げようとしていた彼女に飛びかかったのが、つい今しがたのことだ。

「もう、死んでしまいたかったから」

大粒の涙を浮かべる彼女の手を、恭平は黙って握りしめることしかできなかった。

彼女が患《わずら》っているのは、膵臓《すいぞう》がん。極めて進行が速いため早期発見が難しく、見つかった時にはほとんどが手術不可能な末期状態ステージ4に至っている。五年生存率は僅《わず》か数パーセント。そんな不治の病が見つかったのが、今から三年前だった。

「抗がん剤治療、重粒子線治療といろいろ試したわ。でもね」

無情にも病状の進行は続いている。上腹部と背面部を襲う激痛も弱まる気配がない。周囲に諦《あきら》めを口にする者はないが、先が長くないことは自分が一番よくわかっていた。

「そんなときに、この話が舞い込んできたの」

何でも夢が叶う世界、なりたい自分になれる場所。現実での肉体的・精神的な苦痛から解き放たれる理想郷。迷わず応諾したという。

「すぐに虜《とりこ》になったわ。あなただってそうでしょ?」

エメラルドグリーンに輝く海に着物のまま飛び込み、空飛ぶバイクの後部座席で異星人と銃撃戦を繰り広げる。健康な身体《からだ》、一緒に笑い合える仲間たち。いつしか毎日、眠るのが楽しみで仕方なくなった。

「だけど、この世界はやっぱり虚構なの。どれだけ元気に身体が動いても、どれだけ自由を謳歌《おうか》できても、帰る先の現実は決して変わらない」

目覚めた後の落胆もまた、日に日に増していった。その気持ちが痛いほどわかるからこそ、恭平は曖昧《あいまい》に相槌《あいづち》を返すしかなかった。この世界は偽物《にせもの》か、それとも本物か。捉《とら》え方はそれぞれだし、ここでそのことを争うつもりもない。

——でも、信じたいじゃないですか。

喉元まで出かかった一言をぐっと飲み込み、ただ握った手に力を込める。

「だから、試してみたかったの。どうせ、現実で死ぬ勇気なんて持てやしない。だったら、こっちの世界ならあるいは——」

身を引き裂くような激痛は、必ずしも治療によるものとは限らない。それは、これ以上息子夫婦に負担をかけられないという重圧であり、愛する孫の目に苦しむ祖母の姿をこれ以上焼きつけるわけにはいかないという叫びなのだ。

「あなたに言われて、ちゃんと息子夫婦にお願いしたの。次の誕生日プレゼントには、最新のシューティングゲームをあげてって」

——キョーコさん、シューティングゲーム向いてるんじゃない？

——孫の誕生日プレゼントが、いま決まったわ。

だが、恐らく「次の誕生日」は来ない。包装紙を力任せに破り、瞳《ひとみ》を輝かせながら箱を開ける彼の頭を撫《な》でるのは二度と叶わぬ夢。

「お孫さんは、おいくつなんですか？」

「今年、小学二年生。将来の夢はサッカー選手なんですって」

「なれますよ、きっと」

無責任な励ましなど、突如として牙《きば》を剥《む》いて襲い掛かってくる現実を前に何の価値もない。それを知りながら気休めなんか口にすると、自分が惨《みじ》めになるだけ。そうわかっているはずなのに自然とこう言えたのは、きっとここが《ユメトピア》だからだ。

「死期がわかるって、怖いと思う?」

ここで思いがけない問いが飛んでくる。普段の柔和な雰囲気からはほど遠い、明確な意志を纏《まと》った鋭い視線——恭平は、戸惑いながら答えを口にした。

「どちらかというと、怖いですかね」

「それじゃあ、毎年、交通事故で何人が亡くなるか知ってる?」

意図がわからず、首を傾《かし》げるしかない。

「約三千五百人よ」

その中に「自分が交通事故で死ぬ」と予感している者はいないだろう。だが、今この瞬間も普通に暮らしていながら、明日交通事故で死ぬ「誰か」は確実に存在している。その「誰か」は、それが自分だとは夢にも思っていないから、最愛の人に感謝の言葉を伝えそびれ、あの日の後悔を友人に謝れないまま死んでいくかもしれない。

「それと比べたら、向き合う時間が与えられているのはむしろありがたいこと。強がりじゃなく、心の底からそう思うの」

迫りくる死に怯《おび》える時間は、ありったけの愛を誰かに残すための猶予《ゆうよ》でもある。その意味では、もはや彼女に思い残したことなどなかった。だから、先夜のアブさんの言葉で決心がついたという。

――本当に死んでた。

そして、例の『夢の中でも、人は死ぬことがある』というメッセージ――間違いない。この世界には死ぬ方法がある。そう悟った彼女は、他の《ドリーマー》が目を覚ましているはずの時間に二度寝を試みた。自分だけの《ユメトピア》なら、誰にも邪魔されまい。そうして首吊《くびつ》り自殺を図ったところに、たまたま恭平が合流してしまったのだ。

「ごめんなさい」

何に対する謝罪なのか、自分でもよくわからなかった。自殺を止めたこと？　彼女の口から、変わることのない現実を語らせてしまったこと？　それとも、本当に死ぬ方法を知っているのに、それを黙っていること？

「あなたが謝ることじゃないわ」

「でも」

「私のことはいいから、あなたはあの娘《こ》を守ってあげて」

すぐさま、昨夜の《ユメトピア》を思い出す。プロジェクト六十九日目。舞台は、どこか静かな湖のほとり。遠くにアルプスと思《おぼ》しき峰々が連なっていたので、ヨーロッパの山間部だろう。

そんな心洗われる絶景を前に繰り広げられたのは、文字通りの惨劇だった。

——近寄らないで！

血走った眼で拳銃《けんじゅう》を構えながら、カノンはじりじりと桟橋へと後ずさりしていく。

——やめて！　私を殺さないで！

落ち着いて、といくら声をかけてもまったく聴く耳を持たない。この中にナメリカワを殺した「犯人」が紛れ込んでいると信じて疑わない彼女は、錯乱状態に陥っていた。死にたくない、死にたくない。そう口走りながら、警戒するように視線を走らせる。もちろん引き金には指をかけたままだ。

——いい子だから。いったん、それを置きなさい。

ぐずる赤ん坊をあやすかのように、モミジさんが彼女との距離を詰める。大丈夫、誰もあなたを傷付け——

銃声が湖畔に轟《とどろ》き、音に驚いた白鳥の群れがいっせいに飛び立った。肩口からほとばしる大量の鮮血——それでも怯《ひる》むことなく、モミジさんは一直線に詰め寄る。

——調子乗るなよ、小娘が！

刃渡り三十センチはあろうかという出刃包丁を、彼女はカノンの胸元に突きつけた。

——バラバラにしてやろうか？

咄嗟《とっさ》にアブさんと視線をかわす。もちろん、この発言自体は何の証拠にもならない。気遣ったつもりが銃撃され、逆上しただけの可能性は大いにある。しかし、結びつけずにいるのはもはや不可能だった。

——来ないで、来なっ……

刃先を見つめながら唇を震わせるカノンは、拳銃を構えたまま膝《ひざ》から崩れ落ちた。目は焦点を失い、引き攣《つ》った喉からは言葉が続かない。呼吸困難に陥ったかのように、ヒクッヒクッと震える肩。彼女に包丁を向け続けるモミジさんの顔は醜悪に歪《ゆが》み、普段の澄ました雰囲気が嘘《うそ》のようだった。

そのとき、最悪のシナリオが脳裏をよぎる。

もし、今のカノンに刃先が突き立てられるようなことがあったら——

——カノン！

声を張り上げる。続けて「上を見ろ」と指示を出そうとしたが、その前に彼女は自力で思い出してくれた。今や《ドリーマー》全員が身につけている《ユメトピア》での基本動作。天を仰いだ彼女の表情に安堵《あんど》の色が返ってくる。

——チョーチョくんはそっち側なの？

思いがけない横槍《よこやり》が入り、モミジさんが眉《まゆ》を寄せる。

——残念だな、私のお気に入りだったのに。

彼女は包丁の矛先を変えた。無論、こちらにだ。距離は五メートルほど離れているし、まだ自分は「自覚」を保てている。仮に何らかの攻撃を受けても死ぬことはないだろうが、用心するに越したことはない。恭平の手にも瞬時に拳銃が現れる。

——もう、やめないか。

割って入ってきたのはアブさんだった。

——悪かった、俺がナメリカワのことを言ったせいだな。

一昨日の異常な状況のせいでつい口走ってしまったが、冷静に考えればナメリカワの死と例のメッセージに関係があると考えるのはナンセンス。誰かの悪戯《いたずら》が偶然にも現実の状況と一致してしまったと考えるべきだ。彼は何度もそう繰り返した。それが本心でないことは明らかだったが、先の告発のせいでカノンが恐怖に駆られ、今の状況を引き起こしたのは間違いない。そのことに責任を感じたのだろう。

――だって、冷静に考えてごらん？

アブさんは作り物の笑顔をこさえて、肩をすくめた。

――夢の中で、人が死ぬはずないじゃないか。

「あの後、どうなったんですか？」

直後に恭平は目を覚ましてしまったため、結末を見届けていない。

「別にどうにもなっていないわ。ただ、もうカノンはみんなの輪に戻ってこないでしょうね。おそらく、モミジも。まあ、彼女は最初から一匹狼《おおかみ》だったけど」

ショータの失踪《しっそう》を皮切りに始まった《ユメトピア》の崩壊。立て続けにナメリカワ殺しが起きたのも、おそらく計算の内に違いない。徐々に《ドリーマー》の精神を蝕《むしば》み、恐怖が浸透するよう考え抜かれている。今回、仲間割れが生じたのだって作戦通りだろう。一見すると標的の警戒心を煽《あお》るのは悪手だが、ここ《ユメトピア》では必ずしもそうとは限らない。何故《なぜ》なら、想像を上回る驚きや恐怖、不安を感じると「明晰夢《めいせきむ》」状態が解けやすくなるからだ。まさに今朝、カノンが「自覚」を失いかけたように。そして、その瞬間を狙《ねら》えばもしかすると簡単に――

恭平は、堪《たま》らず辺りを見回した。緑の芝生と、その向こうに建つ白い外壁の病棟。ここから見える窓のどれかに、キョーコさんの現実が映っているのだろうか。

――ここに集まった《ドリーマー》は全員、一癖も二癖もある「何か」を抱えている。

だとしたら、なおさら意図がわからなかった。当の「犯人」だって、何らかの夢や希望を抱いて「実験」に参加したはず。にもかかわらず、何故このような凶行に及び出したのだろう。

「あら？」

素《す》っ頓狂《とんきょう》な声に意識を引き戻された恭平は、自身の姿が霞《かす》んでいることに気付いた。新幹線の揺れのせいだろうか、きっと眠りが浅いのだ。

「どうかしましたか？」

「あれ、見て」彼女が指さす先に、見慣れた紙切れが舞っている。

「嘘だ！　どういうことだ？」

でも、疑いようはない。両脚が消えてしまったため立ち上がれないが、幸いにもまだ声は出せるのでありったけの力を振り絞って叫ぶ。

「何て書いてあるか見せて！」

ベンチの前に落ちた「それ」をキョーコさんが拾い上げ、こちらに向かって広げる。

そこに書かれていたのは――

瞬時に拳銃を《クリエイト》し、引き金に指をかける。

会話を聞かれていたとしたら、かなりの至近距離だ。振り返ると、いまだロープが垂れたままの木の向こうに茂みがあった。あんなところに、最初からあっただろうか。覚えてないが、いるとしたらそこしかない。銃口を向け、ぴたりと狙いを定める。

「キョーコさん、逃げて！」

いや、それではだめだ。助かるためには、もっと肝心なことがある。

「何があっても、絶対に『胡蝶』から目を――」

鈍色《にびいろ》の空に舞う「彼女」を指さす。心臓が早鐘のように打ち、胸が苦しい。

そして、次の瞬間――

「大丈夫か？」こちらを覗《のぞ》き込む蜂谷と目が合う。「かなり、うなされてたぞ」

新幹線のスピードは徐々に落ち、アナウンスが次の停車駅を繰り返している。

「誰かいた！」

「は?」

「キョーコさんが危ない!」

3

その後、何度も寝ようと試みたが、こういうときほど何故か眠れないものだ。結局、一睡もできないまま新花巻《しんはなまき》駅に到着し、下車した彩花の後を追うしかなかった。

「ずいぶんと遠くまで来ちまったな」

ホームに降り立つや、冷たい外気に両手を揉《も》みながら蜂谷が呟《つぶや》く。その横で、恭平は気が気ではなかった。『お望みなら、殺してさしあげます』のメッセージ——直後、《ユメトピア》はキョーコさんと「犯人」の二人きりになってしまったのだ。

「心配すんな、緊急連絡は入ってない」

続いて乗り込んだのは、二両編成のローカル線だった。彩花はロングシートの右端に陣取ったので、恭平と蜂谷は反対の端へ。もちろん、蜂谷が彼女に近い側だ。

「緊急連絡?」

「チップから通信が途絶えたら一斉に入る速報のことさ。要するに、キョーコさんとやらはちゃんとまだ生きてる」

やがて、老体に鞭打《むちう》つかのごとく車輪を軋《きし》ませながら列車は動き出す。まるで「もう後戻りできないぞ」と囁《ささや》かれているみたいだったが、たとえ何かマズいことが起きていたとしても、今この瞬間の恭平にできるのは、窓の向こうを流れる灰色の空と街をただ眺めることだけだった。

そこから列車に揺られること、さらに一時間半弱。時刻はまもなく十四時になろうとしていた。

暇つぶしに眺めていたアブさんの「夢日記」のコピーをリュックに仕舞い込み、蜂谷の脇腹《わきばら》を小突く。

「着いたぞ、起きろ」

「お、一瞬だったな」

「ずっと寝てたくせに、よく言うよ」

幸いにも、彩花は周囲を一切警戒していない。当たり前だ。まさか、東京からこんなところまで尾行してくる暇人がいるなんて夢にも思わないだろう。

「にしても、こりゃとんでもない田舎だな」

駅名は「松浜《まつはま》」――確かに「ド」がつくほどの田舎町だった。駅前には辛うじてバスターミナルがあるものの、その先の商店街はシャッター通りになっていて、日中とは思えないほど閑散としている。やや潮の香りがするのは、海が近いからだろうか。改札の外で出迎えてくれたのは「ようこそ、松浜へ！」と書かれた看板。魚と思《おぼ》しきキャラクターが描かれているが、錆《さ》びているせいでよくわからない。あまりに居たたまれないので、恭平はスマホで写真に収めてあげた程だった。

「バスとか乗らないんだな」

蜂谷の言う通り、彩花は地図を見るでもなく確かな足取りで歩を進める。土地勘があるのだろうか。商店街を抜けて大通りを行くこと十分、見えてきたのは古びた三階建ての建物だった。アーチ状の屋根が小洒落《こじゃれ》ており、正面玄関に「松浜町立図書館」とある。

「浮気相手と落ち合う場所とは思えないな」

「同感だ」

自動扉をくぐる。彩花はというと、脇目も振らずに受付カウンターへ向かい、早速何やら小太りの女性係員に話しかけていた。

困ったように宙を仰いでいた係員が、裏手へと姿を消す。それをきっかけに、二手に分かれることにした。恭平は受付に背を向ける形で、町内活動掲示板の前に立つ。何の気なしにビラを物色していると、すぐに背後で女性の声がした。

「ありました、これですね」

掲示板を眺めるふりをしながら、耳をそばだてる。

「ありがとうございます」

背中越しに窺《うかが》うと、彩花はそのまま長テーブルの一席に腰をおろし、何やら分厚い本とにらめっこを始めていた。すぐさま無料広報誌を手に、少し離れた席へ。見ると、蜂谷も適当な本を抱えて彩花の二つ隣に座ったところだった。

頭から順に、彩花はパラパラとページを捲《めく》っていく。とても内容を読んでいるようには見えないが、何かを探しているような真剣さがあった。スマホに《お前の彼女、めっちゃ速読だな》とメッセージが届いたが、いったん無視する。

そのとき、息を呑《の》む気配とともにページを捲る彼女の手が止まった。何かに釘付《くぎづ》けになっているが、それも束《つか》の間《ま》、すぐさま彩花は本の間から便箋《びんせん》らしきものを取り出してみせる。

——なんだ、あれ？

しかし、不可解な行動はこれで終わらない。謎《なぞ》の便箋を鞄《かばん》にしまい、代わりに彩花が引っ張り出したのは薄水色の封筒――それを同じように挟み込んだかと思うと、そのまま席を立って本を返却してしまったのだ。

スマホがメッセージを受信する。

《お前は本を確認しろ》

駆け出すように図書館を後にする彩花と、それを追う蜂谷。二人の背を見送った後、おもむろに受付カウンターへと歩み寄る。

「あの、すみません」

「例の本」を手に振り返った係員は、眉を顰《ひそ》めていた。何ら変なことは言っていないはずだが、すぐに自分が不審者丸出しだったことを思い出す。苦笑を嚙《か》み殺しながらマスクとサングラスを取り、恭平は彼女が抱えている本を指し示す。

「それ、僕も見たいんですが」

「え、これを？」

「ダメですか？」

直前まで若い女性が眺めていた本を「自分も見たい」と言ってきた男――怪しさはあるが、別に不法行為ではない。同じことを思ったのだろう、係員は踵《きびす》を返すとしぶしぶといった様子でカウンター越しにその本を差し出してきた。礼を言って受け取り、すぐさま席につく。念のため、受付には背を向ける形で。

古文書のような年季の入った本だった。厳かな革表紙は擦り切れ、ページにも染《し》みや黄ばみが目立つ。アルファベットの羅列の中に、時折顔を出す馴染《なじ》みのない記号。ドイツ語だろうか。内容はさっぱりわからないが、読書とは無縁の生活を送る彩花にとって「最も遠い世界の書物」であることは間違いないし、だからこそこの本でなければならない明確な理由があるはずだ。

——あった。

目当ての品は裏表紙に挟まっていた。何の変哲もない、ただの封筒。丁寧に封が為《な》されているため、さすがに開けるのは気が引ける。

ブッと音を立てて、再びスマホが震えた。

《駅に向かってる。そっちの状況は？》

画面上部にひょこっと顔を出したバナー通知を一瞥《いちべつ》だけして、ごくりと生唾《なまつば》をのむ。

封筒の表には『かなたへ』と書かれていた。人名なのは間違いない。迷った挙句、恭平はそれを自らのポケットに突っ込んだ。人として最低な行為なのはわかっているが、ここにきて自制することは不可能だった。

「ありがとうございました」受付に戻り、例の女性に本を返す。「では——」

そそくさとそのまま立ち去るつもりが、「あの」と呼び止められる。

「はい？」

「この本、流行《はや》ってるんですか？」

そんなこと訊かれても、自分はどんな内容の本なのかすら知らない。恭平の戸惑いを察したのだろう、彼女は「出過ぎた真似《まね》をしてすいません」とでも言うように肩をすくめてみせた。

「いや、ここ最近でお兄さんが三人目だったんで」

「三人目？　この本を借りたのがですか？」

「書庫からほとんど出たこともないようなこんな古い本に、短期間でこれほどリクエストが入るのは少しおかしいと思って。しかも、最初の方もたぶんここ数日以内でした」

彼女の言うことが事実だとすれば、確かに妙だ。

「間抜けな質問で恥ずかしいんですが」

カウンターまで戻り、係員の手の中の本を指さす。

「それ、何ていう本なんですか？」

そんなことも知らずに「僕も見たい」なんて言ってきたのか、と嘲笑《ちょうしょう》されるかと思ったが、彼女は興奮気味に鼻の穴を膨らませて教えてくれた。

「フロイトの『夢判断』――原書ですよ。かなり古い版なので、相当貴重な一冊だと思います。もしかしたらマニアには高値で売れるかもしれません」

その書名は恭平も知っていた。夢とは「本当の自分」が潜む場所だと説いたオーストリアの心理学者ジークムント・フロイトの代表作だ。

「なるほど。ただ、さすがに流行ってはいないと思います」

「ですよね」

再びスマホが震え、蜂谷が《次の電車、あと十分だぞ》と急《せ》かしてくる。二時間に一本あるかないかのローカル線なので乗り遅れるわけにはいかないが、それを承知のうえで最後に一つ、どうしても確認しておきたいことがあった。

「ちなみに、もし覚えていたら教えてください。その一人目ってどんな人でした？」

「どんな、とは？」

「年恰好《としかっこう》とか、雰囲気とかで結構です」

うーん、と思案するように天井を仰ぐ係員だったが、やがて「ほんとはこういうのよくないんだけど」と肩をすくめつつ、こう答えた。

「確か女性でした。二十代くらいの」

「黒髪で、地味な感じで……そうそう、思い出してきました。筆談を求められたんです」

——二十代、女性。

「筆談？」

「最初は耳が不自由なのかと思ったんですが、どうも違うようで……」

「変ですね」

「変なんです。結局、一言も口をききませんでしたし」

いろいろありがとうございました、と頭を下げて、今度こそ図書館を後にする。

何一つ謎は解けていないどころか、むしろ深みにはまる一方だ。

何故、彩花は誕生日にわざわざこんな遠方の図書館を訪れたのか。何故、フロイトの『夢判断』なのか。挟まっていた便箋と、新たに挿し込んだ封筒の意味は。そして何より、つい数日前に同じ本を指名した女は何者なのか。

——まるで訳がわからない。

念のため頭上を仰いでみたが、鈍色の曇り空に「胡蝶」の姿はなかった。

4

『――元気印のショータとは対照的に、どこか翳《かげ》があるミナエ。服装は普通の女子高生なのに、持ち物が前時代的なのが面白い。ガラケーはまだいいとして、今どきMDプレーヤーなんて博物館にしかない。レトロ趣味なのだろうか。個人的には嫌いじゃないが。先に来ていた若者二人に対し、自分の次に現れたキョーコさんは気品溢《あふ》れる老婦人。七十八歳とのことだが、嘘みたいにピンピンしている。続くカノンは「奏《かな》」でる「音」と書くらしいが「名前負け」の意味はよくわからない。ほぼ同時に現れたモミジ（源氏名？）という女はどうも胡散臭《うさんくさ》いし、どこかで見たことある気がする。テレビだっただろうか、おいおい調べてみよう。男は二人だけかと焦《あせ》ったが、すぐにチョーチョくんが来てくれた。チョウノキョウヘイというらしい。本名だろう。躊躇《ためら》いなく素性を晒《さら》すとはやや不用心だ。最後にやって来たのはナメリカワテツロウ。浅草で不動産会社を営む自称社長。自己顕示欲の強さからいって、彼も本名だろう。二人続けてフルネームを明かすなんてとても正気とは思えない。何はともあれ、このメンバーで九十日過ごすことになるわけだ。不安もあったが、今は期待の方が大きい。

想像以上のリアリティ、正直信じられない。目が覚めた今も、あれは夢だったんじゃないかと思う。まあ、夢ではあるんだが』

気を紛らわせるべくアブさんの「夢日記」を最初から読み直してはみたものの、まったく集中できなかった。頭をよぎるのは無論、先程の女性係員の発言だ。

――ここ最近でお兄さんが三人目だったんで。

――確か女性でした。二十代くらいの。

ギリギリ飛び乗ったローカル線の上り列車内。横目で座席の反対端に座る彩花を捉える。出発して三十分経《た》つが、手元の便箋を見つめっぱなしなのが不気味だ。

「それ、なんだ？」

蜂谷が「夢日記」のコピーを覗き込んでくる。

「何でもない」

他の《ドリーマー》と現実世界で接触したことがばれかねないので、そそくさとリュックにしまう。

「それより――」

今のところ緊急連絡は入っていない。つまり、キョーコさんのチップは無事に稼働《かどう》しているということだ。謎が深まるばかりの現状において、唯一《ゆいいつ》の救いと言ってよかった。

「この際だから、正直なところを教えてくれ」

単刀直入に尋ねることにした。

「さっき、俺とキョーコさんがいたときに現れたメッセージは何だと思う?」

「悪戯だよ、何度も言わせんな」

「だけど――」

「何なら、キョーコさんとやらの自作自演って可能性だってあるぜ?」

「そんなわけないだろ!」

とは言ったものの、その可能性が排除できないのもまた事実。わかっているのは何の手がかりもないということだけ――要は手詰まりだった。

「例の封筒は開けないのか?」

スマホの画面に視線を落としたまま、蜂谷が話を変える。口調は平静を装っているが、興味津々《しんしん》なのが見え見えだ。

「さすがに、気が引ける」

「そうか、最後の最後で良心を取り戻したんだな」

軽口を無視し、宛先《あてさき》の「かなた」に思いを馳《は》せる。歳《とし》も、性別も、彩花との関係も、何もわからない。だが、時としてボーイフレンドをも上回る大切な存在——状況から言って、彩花が最初に手にした便箋は「かなた」からのメッセージに違いない。いくぶん変わった形式の文通か交換日記の類《たぐ》いと思われるが、メールだって電話だってある今の時代に、どうして本を媒介にする必要があるのだろう。

それからしばらくの間、沈黙が続いた。無人の踏切、街灯の無い道路。代わり映えしない単調な景色。車内に視線を移すと、ガタンゴトンという振動に合わせ仲良く揺れるつり革。やがてトンネルに入り、対面のガラス窓に映る自分と目が合う。

「なあ、教えてくれないか？」

先に口を開いたのは蜂谷だった。

「結局、何で水泳を辞めようと思ったんだ？」

思いがけない質問にたじろぎ、助けを求めて窓に反射する自分へと目をやる。が、同じくすがるような視線を投げ返されただけだった。

「今さら、なんだよ」

「今だから聞きたいんだ」

トンネルを抜ける。

窓の外に戻ってきたのは、あの日の河川敷でのワンシーンだった。

――本気で言ってんのか？

――ああ、もちろん。

――どうしてだよ？

投げかけられた質問の答えはいまだに見つかっていない。

「あの日、俺はお前を『臆病者《おくびょう》』呼ばわりした」

「ああ、そうだっけ」

「ごめんな」

予期せぬ謝罪に、思わず蜂谷を見やる。しかし、彼は正面を向いたまま、こちらを見向きもしなかった。

「ずっと心残りだったんだ。その後、何度も夢にみるくらい」

何かが胸の奥で揺さぶられ、少しだけ目頭が熱くなる。

「何のことだよ」

軽い調子で言ったつもりだが、多分うまくいっていない。あの頃とまったく変わらない自分が、何故かこのとき無性に愛《いと》おしく思えた。

「『夢を叶えられるのは、夢を追い続けた者だけだ』って、聞いたことないか？」

「似たようなのはある気がするな」

「間違ってはないけど、これには大前提がある」

蜂谷は、車窓に遠い目を向け続ける。

「『現実を直視したうえで』——当時の俺には、その勇気がなかった」

「別に、そんなこと——」

「だけど、お前は受け止めてた。ちゃんと、その足で現実に立ってたんだ。決して『臆病者』なんかじゃない。つまり何が言いたいかというと」

そこまで一息に言いきった蜂谷は、照れくさそうに鼻の頭を掻《か》いた。

「何だよ？」

「やっぱり、引き分けってことだ」

——俺は、蹴伸《けの》びが得意な「蹴伸ビー」だ。英語で習ったろ？

——bee は蜂。これで引き分けだな。

蜂谷が尾行の名のもとに二人旅を提案してきたのは、これを伝えたかったからなのかもしれない。理由は無いけど、なんとなくそんな気がした。あの日、河川敷で終わりを迎えた二人の夢。その続きを見ることは、もう二度とない。だけど、それでも前に進まないといけないのだ。そんな現実に、いま、確かに自分たちは立っているのだから。

「まあ、俺の百勝二分けだけどな」

「やっぱ、謝らなきゃよかったわ」

顔を見合わせた二人は、互いに今日一番の笑みを浮かべた。

「結局、図書館に十分間立ち寄るためだけにこの小旅行か」

あくび交じりで漏らす蜂谷の顔には、明らかな徒労感が滲んでいた。来た道をただ戻ること四時間強。車内アナウンスが「次は東京」と告げている。時刻はもう十九時だ。

「さすがに、今夜はぐっすり眠れそうだよ」

リクライニングを元に戻しながら、恭平は伸びをする。

「そりゃよかった」

「《ユメトピア》での滞在時間も延びるかな」

「滞在時間で思い出したけど、そういや《ユメトピア》での時間の体感速度の話ってしたことなかったよな?」

「ああ、ないな」

そうだったか、と興味もなさそうに呟いた蜂谷は指を二本突き立てた。

「およそ、現実の二倍速。つまり、五時間眠ってたら『むこう』では十時間だ」

「そうなのか」

「まさに革命だよ」

やがて新幹線は停車し、静かに扉が開いた。気だるい身体を引きずるように下車した二人は、いちおう最後まで彩花の後を追いかけることにする。

「いつか《ユメトピア》も、世間では当たり前になるのかね」

「日本で最初にスマホが発売されたのが二〇〇八年。それからたった十二年で、俺たちのライフスタイルは激変した。いまや、スマホがなかった時代なんてまったく思い出せないだろ？　うちの会社が目指してるのも、もちろん――」

そのとき、蜂谷が何かに気付いた。

「おい、あれを見ろ」

彼が指さす先。そこには東北新幹線の改札を抜け、東海道新幹線の券売機の前に立つ彩花の姿があった。

「は？　どうして」

言ってみたが、理由などわかるはずもない。

「悪いけど、お前の彼女どうかしてるぜ」

改札に吸い込まれる彩花を、二人はただ呆然《ぼうぜん》と立ち尽くして見送るしかなかった。

「確かに、どうかしてるな」

「どうする？　俺たちも尾行を続けるか？」

言いながら、蜂谷がズボンのポケットからスマホを取り出す。

「すまん、着信だ」

「会社？」

「ああ、何だろうな」

受話口に向かった彼の顔が、みるみるうちに青ざめていく。

「おい？」

「わかりました、すぐに向かいます」

駆け出そうとする蜂谷の腕を、恭平は咄嗟に摑《つか》む。

「待てよ、説明しろ！」

違っていて欲しい。いや、別件に決まっている。そう言い聞かせながら、摑んだ手に力を込める。顔面蒼白《そうはく》の蜂谷は振り払おうと抵抗してみせたが、すぐに無駄だと悟ったのだろう、力なく肩を落とした。

「二人目だ」

ぐらりと視界が揺れる。

「嘘だろ?」

「内村京子・七十八歳。今しがた病院のベッドで息を引き取ったらしい。死因はおそらく、睡眠中の心筋梗塞《こうそく》とのことだ」

5

「そんなに、自分を責める必要はない」

前回と同じ駅前のカフェの同じ席で、恭平はアブさんと向かい合っていた。普段と変わらない日曜日の昼下がり。東北への珍道中からは、既に二日が経過していた。

「でも、僕がみんなに言っておけば——」

「言わないという判断だって、正しいさ」

遡《さかのぼ》ること二日、プロジェクト七十日目。予想通り、その晩の《ユメトピア》にはキヨーコさんの遺体が《クリエイト》されていた。ショータやナメリカワのときとは違い、簡易ベッドに横たわっていただけなのがせめてもの救いだろうか。枕《まくら》もとには

『3人目』と書かれた例の紙——これも前回と同じだ。事前に夢の中で殺害し、直後の《ユメトピア》に「死体」と「○人目」のメッセージを《クリエイト》したのだろう。

恭平は激しい自責の念に襲われた。蜂谷から話を聞いた時点で、全員に言うべきだったのではないか。そうすれば、ナメリカワもキョーコさんも救えたのではないか。

——ちょっと、集まってもらえますか？

安らかなキョーコさんの寝顔を見つめながら、気付いたらそう言っていた。あまりに思いつめた様子だったからだろうか、バラバラになりかけていた《ドリーマー》たちが久しぶりに一堂に会する。

——言わなきゃならないことがあります。これ以上、誰も死なせないために。

蜂谷から他言無用と厳しく釘を刺されていた「殺しの条件」——恭平は、ついにそれを口にする。必要なのは明確な殺意と「自覚」の喪失、そして殺されるという認識。聴いている間、誰も口を開かなかった。何で黙ってたんだ、と罵《ののし》られてもいい。それを知っているお前が「犯人」に違いない、と糾弾されてもいい。だが、そんなことをしても何も変わらないことは、ここに居る誰もが知っている。だとしたら、いま考えるべきは次の犠牲者を出さないための対策——ただそれだけだった。

——でも、キョーコさんが実際に死んでいる保証はないじゃない。

腕組みのまま、モミジさんが痛いところを突いてくる。そう、自分以外のみんなは知らないはずなのだ。本当に現実世界で彼女が死亡したという事実を。

——いえ、本当に亡くなったそうです。

勢いで蜂谷との関係を暴露する。

ここまできたら嘘をつく理由も、隠し立てする必要もない。

——だから、もう一度言います。

最後の瞬間、キョーコさんに伝えそびれたメッセージ。

——絶対に、何があっても「胡蝶」を見失わないで。

そこで目を覚ました。

待ち受けていたのは十月三日、土曜日の朝。どんより沈んだ気持ちは払拭《ふっしょく》されていないし、自分が果たせなかった責任についてのふんぎりもついていない。だが、その日は昼過ぎから銀座で彩花と落ち合うことになっていた。もちろん、当日にできなかった誕生祝いをするためだが、そんなときにいつまでも冴《さ》えない顔でいるわけにもいかない。

——セッティングしてくれてありがとう。

待ち合わせの場所に現れた彩花はいつもと違い、妙に華やいで見えた。自分の誕生祝いなのだから当たり前と言えば当たり前だが、やや腑《ふ》に落ちない。

——それより、昨日はどこまで行ったの？

何気なく訊くと、彼女は意外にもあっさり「松浜」と答えた。しかし、続けて「何しに行ったのか」を訊いてもはぐらかすばかりで、東京に戻るとすぐに今度は西を目指したことも隠し通すつもりのようだった。

釈然としない想いを胸の奥で飼い殺しながら、その夜はそれなりに値の張るフレンチレストランでディナー。照明暗転とともにケーキ登場というありがちなサプライズの甲斐《かい》あってか、寝言で「ミナエ」と口走った件はもう怒っていないようだったが、今度は恭平の方に不信感が募るいっぽうだった。

——わ、これ欲しかったやつだ。

そんな胸中など知る由《よし》もなく、彼女はプレゼントの包装を解いて満面の笑みを浮かべる。ここでも直感的に、いつもと何かが違うと思った。浮足立っているというのだろうか、そわそわと落ち着きがない。

——どうしたの？

思わず尋ねたが、彩花は首を傾げるだけ。

——ん、何が？

——なんか、いつもと雰囲気違わない？

——いや、今年は嬉しいサプライズが多いからさ。

そんな怒濤《どとう》の週末の締めくくりがアブさんだった。

——もう一度、詳しく話を聞かせて欲しい。

その要請に応《こた》えるべく、前回と同じカフェで会うことにしたのだ。

「確かに、君が言っていたら救えた可能性があるのは否定しない。でも、それがあの時点で最善手だったかどうかは、誰にもわからないだろ？」

「それはそうですけど」

「おそらく『犯人』は殺しの条件を知ってる。でも、君がそう確信したのは二人目の犠牲者が出たからだ。ナメリカワの時点では、偶然殺せてしまった可能性だってあったわけだし、だとしたらそこで言うのは得策ではない。何故なら、それによって『犯人』は知ってしまうかもしれないから。条件さえ揃《そろ》えば、意図的に殺せるということをね」

言う通り、ナメリカワの死の時点では「敵」が条件を知っていると断定することはできなかった。蜂谷が唱えたように、たまたま条件が満たされた状況で行われた偶発殺人の可能性はあったし、むしろそうであるなら条件を知られてしまうことの方が圧倒的に危険なのだ。しかし、キョーコさんも殺害されたいま、これも偶発的に起きただけと考えるのはあまりに楽観的すぎるだろう。加えて、例の『お望みなら、殺してさしあげます』というメッセージもある。言うなれば、今回は宣言通りに殺人が実行されたのだ。

「キョーコさんは、殺されることを自ら望んだんですかね」

夢の中で死ぬには「他者の明確な殺意」が必要不可欠――つまり自殺は出来ないことになる。だから、キョーコさんが「殺された」のは間違いないだろう。しかし、それは現実に絶望した彼女の希望だったのではないか。

「それは『犯人』を捕まえて訊いてみるしかないさ」

コーヒーを口に含むアブさんの瞳には、ただならぬ闘志の炎が宿って見えた。

「ていうか、そもそも捕まえる必要ってあるんですかね」

恭平の弱気な発言に、アブさんが眉を顰める。

「どうして？」

「だって――」

自分が秘密を暴露したおかげで、いまや《ドリーマー》全員が身を護《まも》る術《すべ》を手に入れたのだ。殺意を持つ者がいたとしても、これ以上手が出せなくなったのは間違いない。だとしたら、余計な波風を立てずにこのまま最終日までやり過ごすのも一案な気がした。

「プライドの問題だよ」

「はあ」

「仲間を殺されたんだ。むざむざ引き下がれないし、それに」

アブさんがゆっくりと背もたれによりかかる。

「他の殺害方法が存在しないとも限らない。身の安全のためには、やはり『犯人』を早急に突き止めるべきだ」

「まあ、それは確かに」

——俺が、絶対に「犯人」を見つけ出してやる。

ナメリカワが死亡した直後、蜂谷に大見得を切ったことを思い出す。だが、いざとなったらこの有様。情けなくて、不甲斐ない自分——そう、やっぱりこれが「現実」だ。

「アブさんはどう思いますか?」

咳払《せきばら》いをして、気を取り直す。引き続き「敵」の正体を追うのであれば、ここで足踏みしている場合ではない。

「誰が『犯人』だと？」

天井を仰ぐ彼の右手中指がテーブルを叩《たた》く。考えるときの癖なのだろう。

「それについては、まだ何ともわからないが」

慎重に言葉を選びながら、アブさんは静かに自説を語る。

「『明晰夢』を解除しやすくする状況は意図的に作れると思う」

「どうやって？」

「想像を上回る驚きや恐怖、不安。これを与えればいいのさ。特に、今や俺たち《ドリーマー》は得体のしれない殺人鬼の影におびえ、ただでさえ心理状態は不安定になっているはず。そこを一押しすれば、意外と簡単にできるんじゃないか？」

鍵《かぎ》を握るのはもちろん《クリエイト》――この能力を駆使すれば、目の前の《ドリーマー》を恐怖の底に叩き落すことなど簡単だ。例えば、今のカノンであれば《クリエイト》した刃物で襲い掛かれば一発で「自覚」を奪えるだろう。

「それは、そうかもしれませんね」

「むしろわからないのは、どうしたらその状態を十秒以上持続できるか、だよ」

やはり行きつくところは同じようだ。

「例えば、『胡蝶』が見えなくなるくらい遠くまで移動する、とかだろうか？」

「いや、それは無理です」

何故なら《ドリーマー》は「胡蝶」から百メートル以上離れることができないから。

蜂谷から受けたレクチャーをそっくりそのまま繰り返す。

「そのハチヤくんっていう友人には、あまり自分の秘密を言わない方が得策だと思うよ」

一瞬だけ、アブさんは頬を緩めた。

「ただ、今の話は興味深いな」

恭平は、ここでポケットから一枚のメモを取り出す。

「先日、これまでにわかった情報を整理したんです」

もとはと言えば蜂谷との電話の最中に作成したものだが、その後いくつか加筆したうえで、何かに備えて持ち歩くようにしていたのだ。

1．ユメトピアに出現するもの
①《ドリーマー》本人　※死亡すると消える（死体は残らない）
②《ドリーマー》の潜在意識の投影　※《エキストラ》と同義

③《ドリーマー》が《クリエイト》したもの

2.「胡蝶」にまつわるルール
①消し去ること・殺すこと不可
②百メートル以上離れること不可

3.「殺人」にまつわるルール
①「自覚」を失っていること
②（①を前提に）「自分は殺される」と一定時間（十秒？）以上認識していること
③（①②を前提に）殺意を有する《ドリーマー》に殺されること

「こうして見るとやっぱり、2の『胡蝶』にまつわるルールが各所に立ちはだかるな」

「何かの陰に隠れてたまたま目視できなかった、というのが現実的な線ですかね」

「俺も同じことを思ったが、その場合ほとんど運任せだな。もちろん、意図的に相手を死角となる位置に追い込むことはできなくもないだろうが、個人的にはここまでのやり口を見てるともっとずっと周到な気がする」

ここまでのやり口――ショータ失踪に始まる一連の事件のことだろうが、場当たり的な犯行とは思えないのは同感だった。

「ただね、チョーチョくん。実は、俺が一番気になっていることは他にあるんだ」

「え？」

どういうことだ。ここまでの話を上回る謎など、にわかには想像がつかない。

「とんでもなく根本的な疑問だよ」

「何ですか？」

「夢の中で死ぬと、現実でも死ぬっていう都市伝説を知ってるかい？」

その瞬間、思い出す。

――聞いたことないか？　夢の中で死ぬと、現実でも死ぬっていう都市伝説。

いつだったか、不意に蜂谷の説明がよぎったことがあった。そのとき、何かが無性に引っ掛かる気がしたのだが、直感的にアブさんの疑問と「それ」は同じものだと確信する。

「ええ、知ってます」

「あの都市伝説はどう考えてもおかしいんだ」

「おかしい？」

「眠ったまま死んだ奴《やつ》が見てた夢の内容を、誰が証明できるんだ？」

思わず「あっ」と声をあげてしまう。

気付いたね、とでも言いたげにアブさんが頷《うなず》いてみせる。

「どうやら、そのハチヤくんとやらに直接話を聞く必要がありそうだな」

「ルール違反だぞ」

呼び出されたカフェにいた「見知らぬ男」に一瞥をくれる蜂谷——その声は怒気をはらんでいた。

「どこまで言った？」

「全部」

ちっと舌打ちしながら、蜂谷が腰をおろす。

「君が、蜂谷くん？」

追加注文のアイスコーヒーが揃ったところで、アブさんが口火を切った。

「はい、あなたは」

「虻川光隆、《ドリーマー》の一人です」

会釈《えしゃく》をする蜂谷の視線が、一瞬だけアブさんの長袖シャツの「左腕」部分に向く。

「これですか？」

「あ、いえ別に」

「事故で切断したんです」

自己紹介がてら、壮絶な半生を語るアブさん――口調は淡々としていたが、その背後に渦巻く自らの運命に対する怒りは、恭平に慮《おもんぱか》れるようなものではない。

「で、訊きたいことというのは」

話が一段落したところで、おずおずと蜂谷が尋ねる。

「まず、ナメリカワとキョーコさん。二人が亡くなったときの状況について、可能な範囲で教えてもらえないでしょうか」

極秘中の極秘情報――易々《やすやす》と口にできる内容ではないはずだが、全《すべ》てを知られてしまっている以上、誤魔化し続けるのは無理だと悟ったのだろう。諦めたように蜂谷は頷いた。

「わかりました。まず、滑川哲郎さんですが」

死亡時刻は九月二十七日の二十時四十五分。死因は睡眠中の急性心筋梗塞で、事件性なし。恭平が聞かされていた内容から特段変わりはなかった。

拍子抜けした様子のアブさんに、蜂谷が弁解混じりに肩をすくめる。

「ここまで調べるのだって大変だったんです。だって、我々と滑川さんには表向き何の関係もないわけですから。極秘プロジェクトであるが故《ゆえ》の弊害です」

続いて、キョーコさんこと内村京子について。こちらは十月二日の十九時五分に、ナメリカワと同じく睡眠中の急性心筋梗塞によって息を引き取った。

「ただ、彼女の場合は遺書がありました」

記されていたのは、家族に対するありったけの愛——自らの死期を知っていたかのような完璧《かんぺき》なタイミングに、病院関係者および遺《のこ》された家族は驚いていたという。

「やっぱり、そうか」

つまり、キョーコさんは「承諾殺人」だったとみて間違いないだろう。彼女は永遠の眠りに就くべく、自らの意思で殺人鬼の待つ《ユメトピア》に向かったのだ。

「ナメリカワはどうだったんだろうな」

アブさんが右手を顎《あご》に添えながら、頭上を仰ぐ。

「彼の場合も同じく、《ユメトピア》に向かったのには何か理由があったんだろうか」

「衝動的な犯行ではないとしたら、時間指定のうえ落ち合ったと考えるのが妥当でしょうね。だって、他の人がいつ眠るかなんて予想できませんから」

以前、恭平にしてみせた説明を繰り返す蜂谷。この点は、おそらく彼の言うことが正しいだろう。だとしたら、いかなる理由をつけて呼び出したのか。

「ということは、だぞ。ナメリカワに対して『犯人』は、以前から明確に殺意を抱いてたってことになる。だって、殺すつもりで呼び出したんだから」

アブさんが探るような視線を投げかけてくる。

「それって、誰があり得る？」

まっさきに浮かんだのはカノンだが、それはエルニドの印象が強すぎるだけかもしれない。また、これまでの事情を勘案するとおそらく「犯人」は一定条件のもと夢の中で実行した「殺人」が現実とリンクすることを知っている。だとしたら、ナメリカワが現実で死んだことを知って、あれほど狂乱状態に陥るだろうか。もちろん演技の可能性はあるが、湖畔で「自覚」を失っていた姿には真に迫るものがあった。

「わかりません」

「同感だ」

その後も三人で頭を捻《ひね》ってはみたものの、犯人像に迫れる気配はなかった。このままでは埒《らち》が明かないと思ったのだろう、いよいよ本日の本題をアブさんが放り込む。

「さて、蜂谷さん。実は、お忙しいところ無理言ってお呼びたてしたのは、もっと他のことを訊きたかったからなんです」

「他のこと？」

背もたれによりかかろうとしていた蜂谷の動きが止まる。

「都市伝説の矛盾に関する質問です」

要領を得ない蜂谷に、アブさんがぐっと顔を寄せる。

「『一定条件を満たすと夢の中で死ぬ』と言いましたよね？」

「ええ」

「あなたたちがそれを知ってるのは、どうしてですか？」

やられた、とでも言いたげに蜂谷が天を仰いだ。

「眠っている間に死んだ人が、『直前にどんな夢を見ていたか』なんて部外者にはわからないと思うのですが」

「〇番目のトイレには幽霊が出る」という噂《うわさ》を確かめに行った太郎くんは、便器から出てきた幽霊の手に引きずり込まれてしまう。恐ろしいことに、それから誰一人として彼の姿を見た者はいなかった――これと似たような矛盾だ。その後、誰も太郎くんと会っていないのに、どうして彼が便器から出てきた手に引きずり込まれたとわかるのか。

「そこまで辿《たど》りついてしまったのであれば、言うしかありませんね」

観念したように蜂谷が口を開く。

「当時を知る者には徹底した緘口令《かんこうれい》が敷かれているので、あくまで噂レベルでしか知りませんが」

アブさんが黙って続きを促すと、ついに覚悟を決めたのか、蜂谷は居住まいを正した。

「二年前、我が社の社員が一晩で四人亡くなったことがあります」

「何ですって？」

「社内でも有名なエリートたちでしたが、彼らには共通点がありました。社内の極秘プロジェクトへ抜擢《ばってき》されていたんです」

「まさか」

「通称『プロジェクト・ゴースト』――まことしやかにその存在が噂される、公式には存在しないもう一つの実験。毎晩共同生活を送っていた彼らは、ひょんなことから戦闘状態に陥ってしまった」

息を呑む。それが意味することは一つしか考えられなかった。

「もっと直截《ちょくせつ》に言うなら『殺し合い』です。夢と現実の区別がつかなくなった彼らは、狂気と混乱の中で互いを傷つけあった。このときの反省を踏まえて『プロジェクト・インソムニア』に導入されたのが」

全員がカフェの天井を見上げる。もちろんそこに「彼女」の姿はないが、彼の言いたいことは明らかだった。その前例があるから彼らは夢の中でも人が死ぬことを知っていて、それを防ぐために「胡蝶」システムを導入したのだ。

「察するに、その実験には生存者がいた？」

アブさんの問いに、蜂谷は頷く。

「たった一人だけ。それがどこの誰なのか、僕は知りません」

アブさんが、突如として恭平の方へと向き直る。

「謎が一つ解けた気がする」

「というと？」

「プロジェクト初日から架空の人間をメンバーに紛れ込ませただけでなく、誰も知らないはずの殺しの条件を知っている謎多き犯人――」

ここで、ようやく彼の言いたいことがわかった。

「そのときの生存者とやらが、『プロジェクト・インソムニア』にも紛れてるんじゃないか？」

6

気付いたら、海辺の工場地帯に立っていた。そびえ立つ鉄骨剝き出しのクレーン、無機質に並ぶ倉庫群。生臭さを含む潮の香りが立ち込め、あまりいい気分はしない。見上げると、灰色の空に「胡蝶」が舞っている。約束の時間にそれほど遅れず到着することができたようだ。

――ちょっといいかな。

昨日、蜂谷がトイレに立った隙《すき》をついてアブさんはこんなことを言ってきた。

――ずっと試したかったけど、これまで二の足を踏んでたことがあるんだ。

――君と現実での接点ができた今、やってみる価値はある。

――十四時に《ユメトピア》集合でどうだろう？

それは、二人同時に眠り《クリエイト》や「胡蝶」にまつわる各種ルールを検証しようという提案――もちろん罠《わな》の可能性も考えたが、最終的に「危険ナシ」と判断したのはこちらにも防衛手段があるからだった。仮に彼が「犯人」だとしても、常に

「胡蝶」を見失わないようにすればいいだけの話だ。

「待ってたよ」倉庫の陰からアブさんが現れる。「じゃあ、早速始めようか」

「先に来てたんですね」

「五分前行動って、今の若者は習わないのか？」

「待ち合わせ時刻に寝るのに慣れていないので」

「それ、笑えるよ」

「で、検証するといっても、何から――」

その瞬間、同じ倉庫の陰からもう一人のアブさんが現れた。「え？」

「すまんな、既に『実験』は始まってたんだ」

目の前に、二つの「同じ顔」が並ぶ。

「《クリエイト》してみたのさ。俺自身を」

「悪趣味ですよ」

「おかげでわかったことがある。まず――」

「待ってください」二人のアブさんを前に、恭平は話を遮る。

「どうした？」

「あなただって、『本物』である保証がありません」

ここ《ユメトピア》において常につきまとう「根源的な問題」――すなわち、目の前の人物が《ドリーマー》か、それとも《クリエイト》された偽物か、その見分けがつかないという例の問題だ。

「なるほど、意外とチョーチョくんも侮れないね」

おどけたように肩をすくめる「二人目のアブさん」だったが、その目は笑っていなかった。

「ただ、着眼点は素晴らしい。それくらい用心して然《しか》るべきだろう」

そう言われると悪い気はしないが、どうしたら証明できるかについては解がない。

それは、彼も同様かと思いきや――

「正直、今、この場で本物と証明するのは困難だが」

遡及《そきゅう》的に、であれば可能。それは目から鱗《うろこ》な発想だった。

「夢の中で互いに伝えるんだ。番号でも合言葉でも、なんでもいい。とにかく、相手に伝えたのと同じものを、起きたら現実世界でもう一度伝える。そうすれば証明できるじゃないか。自分が夢の中にいたことを」

確かに、夢の中での会話を現実でも相手が知っていれば証明できる。まさに現実で接点ができたことによる副産物――遂《つい》に納得した恭平は自身の「誕生日」を伝え、アブさんからは彼の「好きな楽曲」のタイトルを教えてもらった。

「ただ、あまりに紛らわしいので、これを着てください」

「偽物」と書かれたゼッケンを《クリエイト》すると、先に現れたアブさんへと手渡す。さすがにダサすぎる、と「偽物」は難色を示したものの、最後はしぶしぶながら応じてくれた。

「さて、ようやく本題だ。確か、既にいくつかわかったことがあるって話の途中だった気がするけどあってるよね？」

ゼッケン未着用のアブさんに向け、こくりと恭平は頷く。

「それじゃあ、まず」

《クリエイト》された人間が、どのように行動するのかについて。

「まさに思うがままだよ。見てもらった方が早いかな。何かこいつに話しかけてみて欲しい。その際、俺は一切の指示を出さないから」

促されるまま、ゼッケンを身につけた「偽物」と相対する。悩んだ末、一番の疑問をぶつけてみることにした。

「で、『犯人』は誰だと思います？」

「それを突き止めるために、わざわざ集まったんだろうが」

呆《あき》れたように笑う「偽物」——この場所で今日、二人が何を画策しているか知らなければ出てこない発言だが、難なくそれを口にしてみせる。おそらく《クリエイト》した《ドリーマー》本人が認識している前提などが自然と反映されているのだろう。

隣に立つ「本物」が満足げに頷く。

「すごいだろ？　ある種の自律行動だ。じゃあ、もう一度話しかけてみて欲しい」

意図がよくわからないが、言われた通り再び「偽物」と向かい合う。

「実は、アブさんが『犯人』なんじゃゃ？」

「バカ言え、激オコだぞ」

再び「偽物」が即答するが、先程との違いがまるでわからない。

「何なんですか、このやりとり」

「そりゃ、傍目《はため》には気付きようがないよな」

戸惑いを察したのか、「本物」のアブさんが肩をすくめる。

「今のは、『バカ言え、激オコだぞ』って答えるよう俺が頭の中で指示を出したんだ」

つまり、人間を《クリエイト》した張本人は、状況に応じてその人物の行動を使い分けられるということになる。あるときは野放しにして自律的に行動させ、またあるときは一言一句思い通りの発言をさせることも可能。では、ここから導き出されることは何か。

「自分から言い出せないことを、犯人はショータに語ってもらうこともできたんだ」

――とりあえず、お兄さんも簡単に自己紹介してくださいよ。

――次にまた「紳士協定」違反をしたら、運営に言いつけますよ。

――俺たちが地球を守るんだ。

次々と蘇《よみがえ》るショータの発言の数々。しかし、それが自律行動中の彼が口にしたものなのか、それとも「犯人」が意図的に言わせたものなのか判別はできないし、仮にできたとしても、それによって何らかの新事実が明らかになるとは思えない。正直にそう言ってみると、拍子抜けするほどあっけなくアブさんも同意を示した。

「いったんはそれでいい。まだ他にも、いくつか試したいことはあるんだ」

言うなり「偽物」のアブさんは《リセット》され、入れ替わりで彼の腕の中に一匹の子犬が出現した。ヨークシャーテリアだろうか。美しく手入れの行き届いた毛並みは黒を基調としつつ、ところどころに茶や銀の毛束が混じっている。

「ほら、行っておいで」

地面に下ろされた子犬は跳ねるように三メートルほど走ったところで立ち止まり、つぶらな瞳でこちらを振り返った。その愛くるしい一挙手一投足を見ていると、カノンがハリネズミに心を奪われるのもわからなくはない気がしてくる。

「それじゃあ、チョーチョくん。あの子犬を射殺してくれ」

「なんですって？」

予想外の注文に、思わず大きな声が出る。

「いいから、撃ってみろ」

「そんな、可哀想《かわいそう》ですよ」

「君が撃たないとダメなんだ」

あまりに頑《かたく》なので、渋りながらも恭平は拳銃を《クリエイト》し、銃口を子犬に向ける。くぅーん、とこちらを見つめる二つの目——偽物とわかっているのに、引き金にかけた指になかなか力が入らない。

「早くしないと、俺が君を撃ちかねないぞ」

「わかりましたよ」

「なら、早く——」

パァン、と銃声が轟いた。腕に伝わる重たい反動と、微《かす》かな硝煙の香り。間違いなく銃弾は標的を捉えた、はずだった。

そこには、何事もなかったかのように地面を嗅《か》ぎ回る子犬の姿があった。恭平は、自分の手の中の拳銃をしげしげと見つめながら思わず眉を顰める。

「面白いな」顎に手をやりながら、アブさんが曇天を見上げた。

「俺が《クリエイト》したのは『銃弾が効かない犬』――つまり、ここでは常識外れのスペックも許容され、あくまで《ドリーマー》の意向が最優先されるってことだ」

わざわざ人に引き金を引かせた理由がようやくわかる。要するに「ただの子犬」と思っている恭平と、現実には存在しない銃弾無効化特性を有する「不死身の子犬」――この場合、後者に軍配が上がるということ。だからどうしたと言われると困るし、これが「犯人」に迫る一助になるとも思えないけれど。

「ただ、今のでやっぱり俺はチョーチョくんが『犯人』じゃないと確信したよ」

「どうしてですか？」

「子犬を撃てない君に、人を殺《あや》めることなんてできない」

人間というのはつくづく不思議なものだ。

「わかりませんよ、そんなの」

「そうか。なら油断は禁物だ」

最後に「胡蝶」にまつわる実験をしてみることになった。

「まず、何よりも気になってるのは、本当に『胡蝶』は消し去ることも殺すこともできないのかってことなんだ」

アブさんの背に、異星人襲来時のショータと同じようなブースターエンジンが出現する。

「ちょっと、待っててくれ」

そのまま大空へ飛び上がったかと思うと、彼の手に火炎放射器と思しき物が現れる。なるほど、実際にやってみるつもりなのだ。想像通り、射出口から噴き出す炎。現実の蝶があんなものを喰らったらひとたまりもないが、しばらくすると「彼女」は炎の中から悠然とその姿を見せた。

その後も、アブさんの手に様々な武器が握られるが、どれもまったく通用する様子がない。やはり、消し去ることも殺すこともできないのは本当みたいだ。

「参ったな、びくともしない。ありゃ、無敵だ」

「やっぱり『胡蝶』の側に何か細工をするわけじゃない気がしますね」

恭平の意見に、アブさんはすぐさま首肯《しゅこう》してみせた。

「だとしたら、やはり《ドリーマー》のほうを死角に追い込むとかか」

「あ、例えば」目隠しをさせるのはどうか。素直に従ってもらえるかはさておき、アイマスクか何かで相手の視界を奪う。そうすれば、少なくとも「胡蝶」を確認することはできなくなり、時間の経過とともに「明晰夢」が解除される可能性は高まるのではないか。

「発想は面白いけど、それでは本人が『死ぬ』瞬間を認識できないのでは？」

「どういうことですか？」

「蜂谷くんの話によれば、遠くから狙撃《そげき》するのも背後から首を掻っ切るのも通用しないってことじゃないか」

それもそうか、と唸《うな》るしかなかった。確かに、視界を封じれば「自覚」を奪うことはできるだろうが、その後の殺害に当たって問題が生じる。すなわち、相手に「自分は殺される」と認知させることができないのだ。

いや、問題は他にもある。この方法では「明晰夢」の解除に長時間を要するのは想像に難くないし、そもそもアイマスクをさせるのだって一苦労のはず。こんなあからさまに危険な指示に従う義理が相手にはないし、無理強《むりじ》いすれば抵抗にもあうだろう。しかも、仮にうまくいったとしても、自然と「絵筆が乾く」のを待つしかないときている。

その後もしばらく「自覚」を奪う方法について議論が続いたが、これといった答えが出る気配はなかった。唯一、何らかの構造物を《クリエイト》して「彼女」の姿を視界から遮るという方法が挙がりはしたものの、これから「自覚」を奪おうという段になって、逆に夢の中という認識を強めてしまう《クリエイト》を行うのはイマイチだろう。

「あ、まずいな」

気付けば、アブさんの姿が霞み始める始末。残された時間が少ないことを悟った彼の手に、とぐろを巻いたロープの束が現れる。

「最後にこれだけ試そう」

「何ですかそれ？」

「百メートルのロープ」

なるほど、そういうことか。

「端を握っててくれ」

反対側を握りしめたアブさんとともに、今度は恭平も大空へ。背中にはショータや先ほどのアブさんを真似てブースターエンジンを生やしてみた。

「じゃあ、チョーチョくんはここで『彼女』と一緒にホバリングしててくれ」

眼前をゆらりゆらりと舞う「胡蝶」と、ロープを手にぐんぐん遠ざかるアブさん。

言うまでもなく、「彼女」にまつわるルール「百メートル以上離れること不可」を確かめるつもりなのだろう。これが事実なら《ドリーマー》は「胡蝶」を中心とした半径百メートルの仮想球体内から出ることができないので、自《おの》ずとその境界に達したところで身動きが取れなくなるはずだ。

予想通り、すぐにアブさんの動きが止まった。

しかし――

――気のせいか？

かなりロープがたわんでいる気がする。すぐ横を見ると、そんなことを意に介す素振りもなく漂い続ける「胡蝶」――同じことに気付いたのだろう、百メートル弱ほど離れたところに浮かぶアブさんもじっとロープに視線を落としている。バグか、それとも誤差の範囲か、そもそもロープは本当に百メートルあったのか。疑い始めたらキリがない。

「これは」どういうことですかね、と続けようとした瞬間、アブさんの姿が霧消する。目を覚ましてしまったのだろう。見ると、つい数秒前まで握りしめていたはずのロープも一緒に消滅していた。つまり《ドリーマー》が目を覚ますと、その当人が《クリエイト》したものも消えるということだ。そして、そうだとしたら――

胸騒ぎがする。それは予感というにはあまりに具体的な気配を伴っていた。

この前提で考え直すと明らかに「おかしい」ことがあるように思うのだが——

むくりと、恭平は身を起こす。寝ぼけ眼《まなこ》を擦《こす》りながら手に取ったスマホには、アブさんからのメッセージが一件。もちろん、記されていたのはつい先ほど《ユメトピア》にて彼が口にしたのと同じ「楽曲名」だ。自らの誕生日を打ち込みながら、恭平は必死に思い出そうとする。

——さっきの予感は、何だったんだろう。

しかし、いくらまどろみの底を浚《さら》ってみても、おがくず一つ見つけることはできなかった。

7

気付いたら、ビルの屋上から眼下の世界を眺めていた。街のそこかしこであがる炎と粉塵《ふんじん》、多重奏のように響くサイレン、怒声と悲鳴。見上げると、夜空の半分を占めようかという巨大な満月。地球に向かって落ちてきているのだろう。クレーターの一つひとつまで見えそうだ。

「地球最後の日ってやつだね」

並んで立つミナエがぽつりと呟いた。プロジェクト七十七日目。今宵の舞台は、いわゆるディストピアの詰め合わせのようだ。

「でも、サイレンって変じゃない？　地球最後の日くらい、警察も休めばいいのに」

「ねえ、ぶち壊しなんですけど」

そう言って、彼女は「ぷっ」と吹き出した。

「懐《なつ》かしいね、なんか」

アブさんの「夢日記」によると、異星人襲来はプロジェクト六十日目だったはず。あれから十七日が経過したのだ。「もう」と思うか、「まだ」と思うかは人それぞれだが、少なくともここ一週間の《ユメトピア》は一定の平穏を取り戻していた。

「チョーチョくんが、教えてくれたおかげだよ」

唯一変わったことがあるとすれば、誰もが「胡蝶」の庇護《ひご》下から出ようとしなくなったことだろうか。相変わらず誰にも近寄らず、膝を抱えてずっと「彼女」を見上げてばかりのカノンは、今宵も屋上の隅で体育座りを貫いている。反対の隅には、柵《さく》にもたれて同じく天を仰ぐモミジさん。アブさんはといえば、壊れかけたベンチに腰をおろし、いつものように腕組みしたまま何やら物思いに耽《ふけ》っている。要するに、すぐさま「彼女」の姿を確認できる位置から誰も動こうとしなくなったのだ。

「ところでさ、もしも明日が地球最後の日だったら、チョーチョくんは誰と過ごす？」

終末の世界を見下ろしながら、ミナエがぽつりと呟く。

「え？」

「目を覚ますと、本当に世界がいまと同じ状況だったとしたら？」

質問の真意を図りかねるが、真っ先に思ったことがあった。

――君に会ってみたい。

何でも夢が叶う世界、なりたい自分になれる場所。ここでの日々を振り返るにつけ、いつも思い出すのは彼女の姿だった。凛《りん》とした佇まい。冷めたような涼しい目元。不《ふ》貞腐《てくさ》れて膨らませる頰。「いろいろあるよね。人生には」と遠い目で呟く横顔。「胡蝶」を捕まえるべく奮闘する仲間たちへ向けた屈託のない笑顔。そして、ときたま顔を覗かせる例の微笑。時間を重ねるうちにゆっくりと、しかし着実に胸の奥で育《はぐく》まれた「芽」――喉元まで出かかった言葉をぐっと飲み込み、巨大な満月を見上げる。

「誰だろう」

「あれ、アヤカさんって言うと思ったのに」

「あ、確かに」

「そう言えば、誕生日どうだったの？」

隠すことでもないので、掻《か》い摘《つま》んで説明した。片道五時間ちかくかけて「松浜」なる田舎町まで行ったこと、図書館での一連のやりとり、そしてとんぼ返りするや否《いな》や東海道新幹線に乗り換えるという奇行。

「プレゼントあげないの？」

「あげたよ、誕生日翌日に」

「何？」

「言わない」

ふーん、と口元に笑みを浮かべた彼女は、すぐに懐かしそうに目を細めた。

「プレゼントと言えば、一つ忘れられない思い出があるんだ」

「どんな？」

「妹がまだ小学校低学年だった頃の話なんだけどね。誕生日に何が欲しいか訊いたの。そしたら、何て返ってきたと思う？」

さすがに想像もつかないので、肩をすくめる。

「拳銃。変わってるでしょ」

思わず吹き出してしまった。「変わってる」どころの騒ぎではない。

「お姉ちゃんを悪者から守るためだって。ちょうど、私が学校で男子と喧嘩《けんか》して泣いて帰った日だったから」

「いい妹だね」

「だから逢《あ》いたいんだ」

その瞬間、いつかの音楽ホールがフラッシュバックする。

――妹に逢いたい。

――伝えたいことがあるから。

それなら、伝えたらいいのに。あのときはそう思った。だが、もしかすると――

「離ればなれなの？」

はぐらかされることも覚悟していたが、意外にも彼女は「うん」と頷いてくれた。

「ずっとね」

「いつから？」

「もう、思い出せない」

そこで何かに思い至った様子のミナエは、足元の通学鞄を漁《あさ》り出す。彼女が取り出したのは、MDプレーヤーだった。接続されたイヤホン、その片方が差し出される。

「つけて」戸惑いつつ、言われるがまま右耳にねじ込む。「いくよ?」

流れてきたのは、映画『アルマゲドン』のエンディングテーマだった。歌っているのはアメリカのロックバンドだったろうか。目を閉じたくない、眠りに落ちたくない。サビで繰り返される訴えは、恭平の願いとは正反対。けれども、切実な想いを纏ったハスキーでパワフルな叫びは、そんなこと関係なく胸を打った。曲全体が醸《かも》す世界観も、今宵の《ユメトピア》にぴったりだ。

「映画、好きなの?」

聴きながら、ふと思った。これまで何度も経験してきたパニック超大作の設定に依拠していると思しき「世界観」は、もしかして彼女の潜在意識が反映されたものだったのでは、と。それもどちらかと言うと『インデペンデンス・デイ』や『ジョーズ』などの旧作だろう。そうだとすれば、ガラケーやMDプレーヤーを愛用するレトロ趣味とも整合する気がする。

「よくわかったね」

「男の勘ってやつだな」

「有名なのしか知らないけどさ」

この一週間、蜂谷は『プロジェクト・ゴースト』にまつわる情報収集のために水面下で奔走し、アブさんはアブさんで「犯人」に迫るべく「夢日記」の精読を繰り返しているという。もちろん、それくらい今の状況が予断を許さないものであることは理解しているつもりだが、そんな中にあってもまた一つ、彼女を知れた気がしたのは嬉しかった。残り十三日。これが終わったら、二度と彼女に逢う機会はないかもしれない。言い換えれば、想いを伝えるチャンスはもうそれほど多く残されていないということでもある。

「映画、行こうよ。すべてが終わったら、一緒に」

「うーん、考えておくね」

ＭＤプレーヤーを片づけながら、彼女は思わせぶりに言った。

「映画じゃなくてもいいよ、ただカフェに行くだけとかでも」

「結構、予定一杯だからなあ」

続いて、スカートのポケットから携帯電話を取り出したミナエは、わざとらしくそう呟く。せわしなくボタンを押しているのは、予定を確認するふりだろうか。

「前から思ってたんだけど、スマホにしないの？」

「スマホ？」

「親が厳しいとか？」

「それより」

何故か、彼女はそそくさと話題を変える。

「デートの待ち合わせは『桜の葉公園』？」

「え？　まあ、うん」

彼女については、まだまだわからないことばかりだ。例の微笑の意味に、妹との関係。他の《ドリーマー》と同じく彼女だって抱えているはずの、この世界に希望を見《み》出《いだ》さざるを得ない「何か」――すべてを知るには時間が足りなすぎる。だからこそ、心の底から願った。このまま何も起きず終わってくれ、と。一度は完全に崩壊しかけた《ユメトピア》だが、ギリギリのところで張りぼての平和を取り戻してくれたのだから。

沈黙を楽しみながら、夜空を振り仰ぐ。先程よりも、満月はさらに大きくなった気がする。その前を横切る「胡蝶」の影。

――残された時間で、どこまで彼女のことを知れるだろう。

むくりと、恭平は身を起こす。ちゅんちゅんと戯《たわむ》れるスズメたちの鳴き声と、カーテン越しに漏れてくる穏やかな秋の日差し。あくびが出るほど長閑《のどか》で平穏な日常。少なくとも地球最後の日ではなさそうだ。

『おはようございます。今日で七十七日目。今朝の気分は如何《いかが》ですか？』

「悪くありません。少し、幸せな気がするくらいです」

『非常に有意義な時間だったみたいですね』

CG女は満面の笑みを浮かべる。

『それでは、良い一日を』

定型文の締めくくりさえ、どこか心地よく感じられた。確かに、こんな日は何か良いことがあるかもしれない。ささやかな充足感とともにアプリを切断する。

西村清美死亡の一報が飛び込んできたのは、その日の夕方のことだった。

8

時刻は十六時十五分、不意にスマホが受電を告げる。発信者はアブさんだ。

「テレビを点《つ》けろ、チャンネルは問わない」

「はい？　問わないって――」

「どのチャンネルも同じだ。いいから、早くしろ」

切迫した口調から、すぐに非常事態だとわかった。

言われるがまま、テレビの電源を入れる。

『現場上空から中継です。現在死亡が確認されているのは、乗用車を運転していた西村清美さん、四十七歳。地上では今も負傷者の救助活動が続いており──』

スマホを握りしめたまま、恭平は言葉を失って凍り付いた。

ニュース速報によると、事故が発生したのは本日十四時五十分。首都高速湾岸線の東扇島《ひがしおおぎしま》出口付近、東京方面に向かっていた乗用車が中央分離帯に突っ込み大破。そのまま反対車線に吹き飛び、対向車を次々と巻き込んだ挙句、爆発炎上したという。十六時現在で死亡が確認されているのは乗用車を運転していた西村のみだが、重軽傷者多数の大惨事であることには違いなかった。

『現場は直線が続く見通しの良い場所だったことから、警察は居眠り運転の可能性もあったとみて捜査を続けています』

ぎくりとして、画面に釘付けになる。

──居眠り運転？

そんなはずはない。そんなことは、絶対にあり得ないのだ。

「どうやら、見てるニュースは同じようだな」

電話越しのアブさんの声も、心なしか震えている。

「居眠り運転、だとさ」

「でも、同姓同名って可能性もあります。それに、そもそもモミジさんが西村清美であるかだって、僕らにはわから――」

瞬間、スマホがメッセージを受信し再び震える。

《不在着信　蜂谷》――どうやら、確定のようだ。

「すいません、蜂谷からも電話がありました」

「わかった、いったん切る」

「すぐに折り返します」

アブさんとの通話を切ると、震える指で「リダイヤル」をタップする。

「誰と話してた?」すぐに電話は通じ、押し殺したような蜂谷の声が聞こえた。

「アブさん」

「ということは、既にニュースは知ってると考えていいな?」

「ああ」

「今から、事実だけ伝える」

手や脇に尋常ではない量の汗を掻き、心臓が破裂しそうなほど激しく脈打つ。彼の口から放たれる一切の言葉を受け入れる自信がなかった。

「報道にもある通りだが」

西村清美の運転する乗用車が大破し、反対車線に突っ込んだのが十四時五十分。これは同時刻に走行中だったその他の車に搭載されたドライブレコーダーの映像からも間違いない。その後すぐに爆発炎上し、遺体となった彼女が発見された。

「当然、チップからの信号が途絶えたよ」

だが、彼が言いたいのはそこではない。

「それで？」

「問題は、その時刻」

ありえない。そんなこと、絶対に。

「十四時四十九分。事故の直前だ」

「バカな！　そんなはずあるか！」

大声で叫んでいた。

「だって、考えてみろよ！」

ナメリカワやキョーコさんのときとはまったく状況が違う。殺されることを予期していたか否かという差はあるにせよ、おそらく彼らは指定された時間帯に「犯人」と落ち合った。というより、そうでもしない限り望みの相手と《ユメトピア》で出くわすなど至難の業だろう。だが、今回は運転中。それも、たまたま居眠りした一瞬を狙って「犯行」に及んだというのか？

「俺は、事実だけ伝えてる」

「ありえない、そんなの絶対に」

「それならそう信じればいい。だが、上層部は本件を『ただの事故』として処理するつもりみたいだってことも伝えておく。要するに、『実験』は継続するんだ」

「正気か？」

「異常だ。でも、俺が声を上げたところで今さら中止には出来っこない。だから、俺は俺なりに自分の直感を信じて動こうと思う」

「そりゃ頼もしい。で、どうするつもりだ？」

「例の『プロジェクト・ゴースト』を知る一人に辿り着いた。既にうちを退職し、今は別の創薬ベンチャーに勤務している男。どこまでそいつが知っているかは不明だが、明後日《あさって》会いに行ってくる」

「明後日――」

恭平がその言葉を繰り返した意味を察したのだろう。蜂谷の声に悲痛の色が混じる。

「それまで、絶対に生き延びてくれ」

不謹慎だぞ、と笑う余裕はなかった。それどころか、これ以外に言いようがない状況に追い込まれているのが事実だ。居眠り運転の件に気を取られがちだが、本件にはもう一つ看過し難い不可解な点がある。

――絶対に、何があっても「胡蝶」を見失わないで。

この忠告は、確かに《ドリーマー》全員に届いていたはず。だからこそ、不思議でならなかった。どうして、モミジさんは「自覚」を失ってしまったのか。

「正直、どうしたらいいかわからない」そう漏らすのが、精一杯だった。

「どうしたら、とは？」

「他言無用って釘を刺されてたけど、実はみんなに教えたんだ。何があっても『胡蝶』を見失うなって。さもないと条件を満たしてしまう可能性があるから」

それを聞いた蜂谷が「ルール違反だぞ」と声を荒らげることはなかった。

「だとしたら、なおのことヤバいな。条件を認識していたはずの相手から『自覚』を奪えるうえ、神出鬼没に《ユメトピア》に現れる殺人鬼がいるってことだ」

「そんなやつから、どうやって身を守ったらいい？」

答えが返ってこないのはわかっていたが、言わずにはいられなかった。

「残念ながら、俺に知恵はない。というより、そんな敵がいるなんていまだに信じられない。まともに考えたら、そんなやつから逃げるのは不可能だろう。ただ――」

そこで蜂谷は一呼吸置く。直後に彼が口にしてみせたのは、決して目を背けてはならない事実だった。

「いよいよ絞られてきた。お前を含め、残るは四人」

すぐに彼らの顔が脳裏に浮かぶ。アブさん、カノン、ミナエ――この中の誰かが、これら一連の「おぞましい悪夢」の首謀者。

「いいか、蝶野。あの虻川って男も含め、ここからは誰一人、信用するな」

第四章　悪夢の終点

1

「この先を曲がったところだよ」

前方を指さすアブさんの隣で、恭平は沈黙を貫いていた。

――明日、ナメリカワ夫人のもとへ行かないか？

プロジェクト七十八日目、首都高速湾岸線事故当日の夜。予想通り《ユメトピア》に出現したモミジさんの死体――顔の右半分が潰《つぶ》されてはいたが、紛れもなく彼女だった。当然、そのすぐ脇《わき》には『4人目』と書かれたいつもの紙切れが置かれていた。

――無理にとは言わないが、その日の状況を聴いてみる必要がある気がするんだ。

死体を見下ろしながら、すぐには返事ができない自分がいた。

本当に、この男は信じていいのか？

蜂谷が忠告してきた通り、今は誰一人として信用できないが、だからと言って独りでいるのが得策とも思えなかった。

――西村清美についても、情報が氾濫《はんらん》してたよ。

事故の一報から数時間。既に匿名《とくめい》掲示板を中心に、彼女が一年前のバラバラ殺人の容疑者とされながら、心神喪失を理由に無罪を勝ち取った張本人であることが騒がれているという。

――ネット社会ってのは、恐ろしいもんだよな。

事件の話題だけに留まらず、そこには彼女のプライベートな情報も野ざらし状態で掲載されていた。

――十年以上前、西村清美は離婚している。夫に対するDVが理由でな。

堪えかねた夫はある晩、一人娘を連れて家を出た。おそらくその娘というのが、彼女の手によって「桜の葉公園」で《クリエイト》された少女とみて間違いないだろう。母娘《おやこ》の年齢を勘案すると比較的遅くに授かった子供なのかと思っていたが、この点もアブさんの報告を聞いたことで合点がいった。つまり、彼女が《クリエイト》したのは生き別れになった当時の娘の姿――歳《とし》の差があるように思えたのはそのせいだ。それ以来会っていないのであれば、十年後の姿など彼女にわかるはずもない。

——過去に西村清美がしてきたこと。その真相は俺たちにはわからないし、別に今更知りたいとも思わない。

でも、とアブさんは眼下に転がるモミジさんに憐憫《れんびん》の眼差しを向ける。

——彼女には、娘のことが唯一《ゆいいつ》にして最大の後悔だったんじゃないかな。

その刹那《せつな》、あの日のモミジさんの言葉が蘇《よみがえ》る。

——私、《ユメトピア》の限界がどこにあるのか知りたくてね。

——だから、いろいろ個人的に試している最中なの。

音に聞くほど何でもできるわけじゃない《ユメトピア》に、それでも彼女が求めた希望。

それはもう一度、愛する娘と過ごす時間を取り戻すことだったのかもしれない。

——いずれにせよ、もう悠長に構えてはいられない。

ここで本題に戻るが、さすがのアブさんもお手上げの様子だった。

——だって、居眠り運転なんてせいぜい数十秒だろ？

しかし、その数十秒——《ユメトピア》における時間経過の体感速度を勘案しても、せいぜい一、二分程度のうちに犯行は完遂された。その瞬間、その場所に「犯人」が居合わせたのは偶然か、はたまた必然か。どちらにしても、今の自分たちが置かれている状況は最悪だろう。何せ「犯人」は、たった数十秒あれば《ドリーマー》から「自覚」を奪い去り、そのまま殺害できるのだから。

——もちろん、君が俺を信用できないのならそれはそれで構わない。

——でも、もし信じてくれるのなら、明日十一時に浅草駅。

——十分待っても来なければ、一人で勝手に行くよ。

目を覚ました後も悩みに悩んだ末、同行することに決めた。彼が味方という保証はどこにもないが、少なくとも現実世界で行動を共にするのが危険とは思えないし、むしろ避けるべきは《ユメトピア》で二人きりになることだろう。

「でも、いきなり話してくれますかね？」

素直に懸念《けねん》を口にする。どう考えても、急に現れた得体のしれない二人組に軽々と話してくれる内容とは思えなかった。

「どれだけ可能性は小さくても、チャレンジしなければいつまでも『0』だ」

「まあ、それはそうですが」

大通りから一本入った裏通りを行くことおよそ五分。間もなく見えてきたのは、青地に白文字で「滑川不動産」と書かれた看板だった。二階建ての小さなビルで、オフィスになっているのは一階部分。人の気配がするので、特に休業中ではなさそうだ。

見ると、建物の外壁に沿うようにして階段が上へと延びている。踊り場に傘立てやら観葉植物やらが並んでいることから察するに、おそらく二階が自宅だろう。

事務所の扉をくぐると、すぐに事務員と思《おぼ》しき女性が出迎えてくれた。

「いらっしゃいませ、物件をお探しでしょうか？」

「いえ」アブさんが目を伏せる。「お線香を」

「ああ」とすぐに察した様子の女性が、デスク備え付けの電話の受話器を取る。二言三言やり取りをした後、彼女は神妙に微笑《ほほえ》んだ。

「二階にご案内しますので、どうぞ」

連れられて階段を上がると、すぐさま玄関扉が開いた。顔を覗《のぞ》かせたのは、やつれた中年の女性。ナメリカワ夫人だろう。

「それじゃあ、私はここで」

案内してくれた事務員女性が階下に姿を消す。開いた扉の向こうからこちらを窺《うかが》っていた夫人は、彼女がオフィスに戻ったのを確認すると静かに口火を切った。

「見慣れない顔ね。うちの人とはどこで？」

案の定、警戒されている。そりゃそうだ。年恰好《としかっこう》からいっても、自分やアブさんがナメリカワと日常的に付き合いがあったようには見えないだろう。

「実は、あるセラピーでテツロウさんとお会いしたことがあります」

飄々《ひょうひょう》とアブさんは出まかせを口にする。この程度は想定済みのはずだ。

「セラピー？」

「内容は『不眠症』に関するものです。ご主人様は『フェリキタス』を服用されていませんでしたか？」

「してたようですが、そんなセラピーに行っていたなんて聞いたことありません」

「ご家族には内緒にしていると言っていました」

だが、それでも夫人の不信感は拭《ぬぐ》えない。

「失礼ですが、お名前は？」

「私は虻川光隆、こちらの彼は――」

「蝶野恭平です」

気まずい雰囲気に耐え切れず、深々とお辞儀する。頭頂部に射るような視線を感じ、顔をあげるのが少し躊躇《ため》われるほどだった。

「悪いけど、今日はお引き取り願えますか？」

ほら見ろ、思っていた通りだ。

「でも」

「ごめんなさい、ちょっと主人とあなたたちの関係がわからなすぎて」

「私たちは事件だと思っています」

その一言で夫人の目つきが変わる。なるほど、ちゃんと切り札を用意していたということか。

「だから、奥さまから直接話を伺いたくて」

辺りを窺うように、夫人が声を落とす。

「あがってください。そういうことなら、私からもお伝えしたいことがあります」

思っていたよりも、彼女の話は異常だった。

「正直、私は納得いっていません」

それはそうだろう。聴き終えた恭平は、アブさんと顔を見合わせることしかできなかった。

「警察も『事件性なし』とのことで、本気で捜査なんてしていないでしょうし」

確かに、死因が睡眠中の心筋梗塞である限り、本件に事件性を見出《みいだ》すのは困難だ。

「確認ですが、その日テツロウさんが不可解な出張に向かったのは、昼寝から目覚めた後ということでしたね？」

「はい。うちの人はいつも十五分ほど仮眠をとるのが日課でしたので」

アブさんが意味ありげに視線を向けてくる。おそらく考えていることは同じだ。十五分間の昼寝——そこでナメリカワは「犯人」から何かを唆《そそのか》された。当初の予定に無かった出張を急遽《きゅうきょ》決めたことからして、まず間違いない。

「絶対に、ロッカーの中身を持ち去ったそいつが何かを知ってるはずなんです」

彼女の言う通り、その何者かが鍵《かぎ》を握るのは間違いなさそうだが、正体に迫るヒントは無いという。

「監視カメラの映像は見ましたか?」

アブさんが問うと、彼女は「ええ」と力なく項垂《うなだ》れた。

「もちろんです。でも、粗くてよくわかりませんでした。たぶん、若い女性だろうということくらいしか」

——若い女性。

思い当たる人間が二人。そして、その二人は共にまだ生き残っている。

「ということは、テツロウさんがお預けになったのは番号で開けるタイプのロッカーだったということですか?」

思いがけない角度から、アブさんが切り込む。

「どうして？」

「ほら、今って交通系のＩＣカードをかざすだけで開閉できるロッカーも増えてるじゃないですか。その場合、同一のカードを持っていなければ開けることはできない。でも、本件では別人が中身を持ち去ることができた。それはおそらく、番号式のロッカーだったから。しかも、相手はその番号を知っていた」

「確かにそうですね、でもそれがどういう――」

「何かを受け渡したんじゃないかってことです」

思わず唸《うな》ってしまった。言う通り、その可能性は高いだろう。

「ところで、テツロウさんの携帯電話ってお手元にありますか？」

「え、はい」

「差《さ》し支《つか》えなければ、中身を拝見したいのですが」

なかなか思い切った要望だったが、アブさんの気迫に押されたのか、夫人はすぐに応じてくれた。

「特に何も弄《いじ》っていないですか？」

「はい、そのときのままです」

何やら画面を操作したアブさんは、真顔のまますぐにそれを返す。

「何かわかったんですか」

「いえ、特に。ありがとうございました。それより」

続いて彼の口から発せられたのは、衝撃的な問いだった。

「遺留品に、銃はありませんでしたか?」

夫人の目が驚愕《きょうがく》に見開かれるが、様子から言って「当たり」だったのだろう。

「どうして、それを?」

「ご本人が前にチラッと仰《おっしゃ》っていたので」

その瞬間、思い出す。水着姿で拳銃《けんじゅう》を構えるカノンに、彼はこう言ったのだ。

――今度、撃ち方を教えてやるよ。何せ、俺は現実では本物の銃を持ってるんだ。

――嘘《うそ》ばっかり。

――本当さ。手取り足取り、優しいレッスンだよ。

一見とんでもない当て推量に思えたが、よくよく考えると納得感はあった。本物の銃を持っているなど大のオトナがつく嘘としてはあまりに幼稚だし、むしろ気が大きくなってしまったがために真実を口走ったと考えた方が筋は通る。

「そういうことなら、お伝えしないといけないことがまだあります」

枕《まくら》もとに置かれていた一丁の拳銃と、スーツケースに入っていたそれとは口径の異なる大量の銃弾。想像もしていない展開だったが、何となく全体像が透けて見えるような気がした。ポイントは撃つことのできない弾を持ち歩いていたということ。

その後、夫人の思い出話にしばし耳を傾けたところでお暇《いとま》する運びとなった。

「お二人は、私以上に本当の主人を知っている気がします」

立ち去り際《ぎわ》に彼女が放った一言が、恭平には妙に印象的だった。

「さて、どう思った？」

浅草駅前のカフェで、席に着くなりアブさんが訊《き》いてきた。

「ロッカーから中身を持ち去ったのは、ミナエかカノンでしょうかね」

「その可能性は高そうだな。他には？」

「現場に残されていた『1002』というメッセージの意味がわかりません」

「安直に言えば、日付かと思ったが？」

「僕の彼女の誕生日です」

「なるほど、興味深いな」

興味なさそうにアブさんがぼやく。が、夫人の口からそれを聞いたときに、一瞬どきりとしたのは事実だった。偶然だろうが、それでも日付だとしたら三百六十六分の一の確率――なかなかあるものではない。

「それより、途中でナメリカワのスマホを確認したのは何だったんですか？」

グラスの氷をストローでかき混ぜながら、アブさんはにやりと笑った。

「アラームの設定時刻をチェックしたんだ」

「アラーム？」

「二十一時に設定されていたよ。もちろん、それがあの日に設定されたものかは確かめようがないが、もしそうだとしたら」

ホテルのベッドで、知らないうちに寝落ちしてしまったわけではない。明確にその後すぐ起きるつもりで眠りに就いたことになる。そしてその際にバリケードを設営し、枕もとに弾丸をフル装塡《そうてん》した拳銃を置いていたのは――

「かつてチョーチョくんが問題提起してくれた通りさ。おそらくそのとき、ナメリカワは寝込みを襲われることを危惧《きぐ》していたんだ」

ショータが殺害された直後の「学級会」でのこと。順に問いつめるナメリカワに、恭平は言った。第一の殺人が《ユメトピア》で起きたからと言って、次も夢の中で起きるとは限らない。現実世界で寝込みを襲われる可能性だってあるということを。当時と事情が変わったいま、その考えは頭の片隅で埃《ほこり》を被《かぶ》っていたが、まさかこんな形で再び日の目を見るとは思わなかった。

「だが、それにしては異常な警戒っぷりだと思わないか？　ミナエとカノンのどちらが黒幕であるにせよ、相手は腕力でなら優に勝ることができる若い女だ」

「つまり？」

「ここで思い出して欲しい。彼がスーツケースに入れて持ち歩いていた撃つこと、の、できない弾の存在を」

ピースの一つが、カチリと音を立ててはまった。

「ロッカーに預けたのは、もう一丁の銃だったと？」

「取引だったんじゃないか？　例えば、ロッカーに入れた方には銃弾を数発だけ入れておく。受け取った側はどこかで試し撃ちをし、それが本物であることを確認した後、ナメリカワの部屋を訪れる。そこで残りの弾丸を受け取る手筈《てはず》だったとしたら」

「銃を手にした人物が客室にやって来ることになる」

「警戒するのは当然じゃないか？」

「見事に状況の説明が付きますね」

「ナメリカワがホテルの部屋で眠ったのは、おそらくロッカー解錠の番号か、もしくは宿泊先のホテルの部屋番号を伝えるため。だが、そこで彼は殺されてしまった」

「ちょっと待ってください、もしそうだとしたら」

「ああ、気付いたな?」アブさんがぐっと顔を寄せてくる。

「ミナエかカノン――二人のうちどちらかは、本物の銃を手に入れた可能性がある」

2

缶ビールとつまみの入った袋を提げて、足早にコンビニから出る。酒を呷《あお》りたくなったのは考えることを止《や》めたからではなかった。むしろ、逆だ。ひっきりなしに車が往来する大通りを行く間中ずっと、先ほどのアブさんの言葉が頭から離れなかった。

――二人のうちどちらかは、本物の銃を手に入れた可能性がある。

もちろん確定ではない。推論の上に推論が積み上がっただけの、終盤戦のジェンガより危うい土台の上に辛うじて成立している仮説。しかし、そこには理屈を超えた手触り感があった。

ただ、そのこと以上に引っかかっていたのは、例の「1002」というメッセージだ。そんなにこだわるようなポイントじゃないことは重々承知している。そもそも日付かどうかだってわからない。しかし、嫌な予感がする。そんなことを考えながら、何気なく空を見上げたときだった。

――は？

目を疑った。舞っていたのは紛れもなく「胡蝶《こちょう》」――心臓が波打ち、慌《あわ》てて周囲を見回す。何の疑いもなく歩いていたが、よくよく考えるとこんな道に覚えはない。

必死に頭を捻《ひね》った。ナメリカワ夫人を訪ねた後、駅前のカフェにアブさんと入ったのは間違いない。そこから先の記憶がないので、店内で発症したのだろう。

ドクンと脈打つ心臓――もう一度、辺りを見渡す。見える範囲に他の《ドリーマー》の姿はない。これまでも何度か日中に昼寝した際、自分だけの《ユメトピア》が実現したことはあったが、そうなりそうな時はいつも強く自分に言い聞かせてきた。

――絶対に、それだけはしない。

他に誰もいなかったとしても、それに手を染めてしまったら人として大切な何かが壊れてしまう気がして、命がけで扉を押さえつけてきた。

だが、今回は違う。その覚悟を持たぬまま、自分だけの世界に来てしまったのだ。いつかの衝動がむくりと鎌首《かまくび》をもたげるのがわかった。

――この世界を独り占めするんだ。お前にだけ、こっそり教えてやるよ。

ずっと、胸の奥に押しやり続けてきたはずの悪魔の囁《ささや》き。

——誰の目も気にする必要が無い。まさに「やりたい放題」だ。

押し寄せてくる欲求は、もはや食い止めようがなかった。手に提げた袋を投げ出し、
適当な場所を見繕うべく走る。お願いだ、まだ目覚めないでくれ——

辿《たど》りついたのは、人気《ひとけ》のない公園だった。何となく「桜の葉公園」に似ているが、遊具の配置や周囲の景観は明らかに別物だ。

——ダメだ、絶対に。

そう言い聞かせるが、もはや引き返すことはできなかった。

すぐさま、目の前に「ミナエ」が出現する。もちろん、彼女本人ではない。恭平自身が《クリエイト》したのだ。

「あれ、チョーチョくん？　どうしたの？」

目の前の男が胸の奥で飼い続ける欲求を知るはずもない純粋無垢《むく》な少女は、悲劇的なほど無防備だった。

——ダメだ。

一歩、また一歩、彼女との距離を詰める。

「え、なに？」

怪訝《けげん》そうに後ずさる「ミナエ」——二人の間の距離は着実に縮まっていく。手を伸

ばせば届いてしまいそうになったところで――

「何してるの？」

背後から同じ声がした。

即座に《リセット》し、振り返る。立っていたのは今しがた世界から抹消《まっしょう》されたはずの少女だった。尋常ではない汗が噴き出し、眩暈《めまい》と動悸《どうき》がする。彼女は気付いてしまっただろうか。自分と同じ容姿をした人間が、つい一瞬前までそこに居たことに。

「ミナエこそ、どうして《ユメトピア》に？」

「どうしてって、勉強に飽きて昼寝したからだけど」

こちらを見つめる彼女の瞳《ひとみ》は身震いするほど冷たく、まるで獲物を狙《ねら》う猛禽《もうきん》類のような鋭さがあった。

「いま、誰かそこに居たよね？」

「居ないよ」

その刹那、彼女の手に拳銃が出現した。

「チョーチョくんが『犯人』なの？」

まっすぐ左胸に定められた照準。

咄嗟《とっさ》に頭上を仰ぎ、空を舞う「彼女」を確認する。

「いま、殺したんじゃないの？　だから、すぐにその場から姿が消えたんじゃ――」

どうやら彼女は誤解しているようだ。恭平がカノンかアブさんのいずれかを殺した現場に、たまたま居合わせてしまったと思っているのだろう。

「俺がそんなことするわけないだろ」

「どうして、そんなこと言えるの？」

「もちろん、証明することはできない。でも、君も知ってるだろ？　昨日のあのニュース」

「ニュース？」

「首都高速湾岸線の事故だよ」

それでも得心がいかない様子の彼女を前に、はたと気付く。そもそも彼女はモミジさんが西村清美と同一人物という前提に立っていないのだ。それならば、あのニュースを見てもピンとこないのは頷《うなず》ける。

「私、テレビあんまり観《み》ないから」

頷けるが、今やテレビ以外から幾らでも情報は入ってくる時代だ。それこそ、SNSなんかお祭り騒ぎとしか言いようがない。ガラケーの彼女はそういう類《たぐ》いを一切やっていないのかもしれないが、だとしたら、いささかレトロ趣味が過ぎやしないだろうか。そんなモヤモヤを抱きつつ、一から事故の説明をした恭平は話をこう締めくくった。

「ね？　こんな不可能殺人が、俺に出来るはずがないんだ」

聴き終えたミナエは、それでもかぶりを振る。

「わかってるよ、そんなこと！　わかったうえで訊いてるの！」

「どういうこと？」

「逆に、誰ならこんなことできるわけ？」

彼女の声が震え、瞳に大粒の涙が溢《あふ》れる。

「教えてよ。誰だったら、こんな恐ろしいこと――」

その手から拳銃が消え、彼女はそのまま膝《ひざ》から崩れ落ちた。

その通りだ。誰が何の目的で、こんな恐ろしいことを始めたのだろう。

さめざめと泣き続けるミナエを見守りながら、恭平はただの一言も発することができない。だが、そのとき胸に溢れていたのは、目の前でへたり込む彼女への慈愛ではなく、図らずも噴出した自らの欲望を実行に移さずに済んだ安堵《あんど》だった。

「驚きだな」

目を覚ますと、気の毒そうにこちらを見やるアブさんの顔があった。

「発症してしまったみたいですね」

「店員を呼ぶために目を逸《そ》らした一瞬だったよ」

「これが、ナルコレプシーです」

「確かに、会社勤めにはあまり向いてなさそうだ」

「あっちでミナエに会いました。たまたま彼女も昼寝していたみたいで」

「生きて帰ってきてくれて何よりだよ」

彼女を「犯人」呼ばわりするような言い草にムッとするが、残念ながら彼が正しかった。ナメリカワのロッカーの件が推論通りだとすれば、彼女かカノンのどちらかが「犯人」なのは、まず間違いないと言っていいだろう。だとすれば、そんな被疑者の片方と《ユメトピア》で二人きりになるなど危険なことこの上ない。

「そう言えば、明日の夕方、蜂谷が『プロジェクト・ゴースト』について知る人間に会うそうです。その後フィードバックを貰《もら》いますが、一緒にどうですか？」

当然、目の前のこの男を百パーセント信用しているわけじゃない。だが、ナメリカワ夫人に接触した際の本気度は、隣にいた自分が一番よく知っている。

「もちろん、行こう。蜂谷くんがそれを許してくれるなら」

なかなか鋭い。

「それは、僕から言っておきます」

「ありがとう。ところで――」

そこで一呼吸挟むアブさんに、思わず身構える。

「この前、俺が目を覚ました後、ロープはどうなった？」

生唾《なまつば》を飲み、こちらを見やる二つの瞳を覗き返す。彼が言っているのは、間違いなく《ユメトピア》にて数々のルール検証を行ったあの日のことだ。

「消えましたよ、アブさんが目を覚ますのと同時に」

あの後まどろみの底を浚《さら》ったけれども見つからなかった胸騒ぎの理由。それが思いがけず見つかるかもしれないという期待と畏怖《いふ》が押し寄せる。

「やっぱり、そうだよな」

「え？」

「『産みの親』が目覚めると『子』は消える」

その意味を問い質《ただ》そうかと思ったが、それ以上踏み込むことを許さない意固地な視線を前に、恭平はただ口をつぐむしかなかった。

3

気付いたら、雨の中に立っていた。

「近寄らないで！」

プロジェクト七十九日目。舞台はだだっ広い夜の駐車場。どこかのアウトレットだろうか。振り返ると、銃を構えるカノン――運悪く、彼女の前に出現してしまったようだ。

「大丈夫、何もする気は――」

降参の意を示すべく両手を挙げたものの、瞬時に彼女の両脇にボディガードと思《おぼ》しき屈強な男たちが出現した。ぴったりと固められた黒髪に、漆黒のサングラス。筋骨隆々の身体《からだ》はスーツがはち切れそうだ。そのうえ、彼らの手にはサブマシンガンらしきものが握られている。ここまで徹底して警戒されると、笑うしかなかった。

「それ以上近寄ったら、撃つから」

念のため頭上を振り仰ぐ。月は分厚い雲に隠れていたが、並んだ常夜灯のおかげで「彼女」の姿は確認できた。

害意がないことを示すべく、ひとまず恭平はその場に座り込む。硬いアスファルトの反発と、ズボンの尻《しり》に染《し》みる雨水の感触が妙にリアルだ。

「そのままでいいから、少し俺の話を聴いて欲しいんだ」

もちろんカノンが「犯人」の可能性もあるが、この瞬間「自覚」がある自分を殺すことはできない。だとしたらむしろ、対話を通じて真相に迫る絶好のチャンスとも言えた。

「覚えてる？　初めて俺たちが喋《しゃべ》った日のこと」

夜行バスで偶然隣り合わせになり、互いに身の上話をした。彼女は飼っているハリネズミのこと、恭平はナルコレプシーにまつわる諸々《もろもろ》の経緯について。

「それだけじゃない。カノンは恩人でもあるんだ。浜辺で『自覚』を失って、錯乱状態になった俺にハリネズミを《クリエイト》してくれたっけ」

「やめて、それ以上続けないで」

いまだ銃の構えを解かない彼女だが、その声は明らかに動揺していた。

「なんで？」

「私は、チョーチョくんかアブさんのどちらかが『犯人』だって確信してる。だから、そうやって善い人を演じるのは止《や》めて」

おや、と思った。この状況で自分が「犯人」候補に挙げられるのはいたしかたない。むしろ気になったのは、そこに一人だけノミネートされていない人物がいることだ。

「ミナエは違う、と?」

「うん、あの子は絶対に違う」

「どうして?」

「誰よりも、人の痛みをわかってくれる子だから」

しとしとと降り続ける雨粒が頰を打つ。

——よかった。やっぱり、みんな同じなんだね。

夜行バスの車内で、彼女の瞳の中に見つけた〝捻《ね》じれた希望の灯〟——その正体に迫ることができるタイミングは、今この瞬間しかない気がした。

「君は、何を抱えているの?」

「何って?」

「前に言ってなかった? この世界を奪われたくないって。その理由さ。俺の場合はナルコレプシーだし、キョーコさんは膵臓《すいぞう》がん」

夫人によると、ナメリカワは二年ほど前から家族に内緒で鬱《うつ》病の治療に通っていたそうだ。モミジさんの心神喪失も真偽不明ながら、一応「実験」への参加趣旨に沿っているだろう。アブさんの件を言うかは迷ったが、あの日のカフェで「君だけに教えてあげるよ」と言われたことを思い出し、黙っておくことにした。

「これが、ここに集められた者たちの共通点」

「そんな――」

「ずっと、自分だけがはみ出し者だと思ってた。自分にだけろくでもない現実が降りかかってきてるんだと、勝手に悲劇のヒーローを気取って自棄《やけ》を起こしてたんだ。でも、全然そうじゃなかった」

しばらく言葉を失って立ちつくしていた彼女は、やがて構えていた銃を下げた。それと同時に、ボディガードたちの姿も消える。

「いいよ、教えてあげる」

先刻とは打って変わって、その声には悲哀が満ちていた。恭平は「ありがとう」と頷くと、彼女の口から語られる真実に耳を澄ます。

「私はね――」

場面緘黙症《かんもくしょう》。

耳慣れない言葉に、思わず聞き返してしまった。

「学校とか『特定の場所』で声が出せなくなる不安症状の一種。わかる？　喋らないんじゃなくて、喋れないことの辛《つら》さが」

発症のメカニズムは不明だが、生物学的要因と心理学的要因・環境要因が複合的に影響していると考えられている。要は、何もわかっていないのだ。そんな場面緘黙症の最も不可解な点は、喋れる場所と喋れない場所の線引きが恐ろしいほど明確なことだという。

「不思議でしょ？　家だといくらだって話せるの。だけどね」

玄関を跨《また》いだ途端、頭が真っ白になり、水中に突き落とされたかのように喉《のど》が詰まってしまうのだ。通学路でも、学校の廊下でも、教室でも。一切声を出せず、そのせいで心無い言葉を投げつけられた回数は一度や二度ではきかなかった。どうして喋らないの？　あいつ、ちょっと変じゃない？　かまって欲しいだけだって、放っとけよ。

「ずっと独りぼっちだった。誰も私の苦しみをわかってくれなかった。同級生だけじゃない。教師も、親さえも」

――カノンちゃんは、ちょっと恥ずかしがり屋なのかな？

――家でしてるように、学校でも話しなさいよ。

いつしか家を出るのが怖くなり、自室に閉じこもるようになった。完全に外界との接触を遮断し、自分だけの世界に籠《こも》る日々がどれだけ続いただろう。

ある日、思いがけず辿り着いたネットのサイトに「場面緘黙症」の文言を見つけた。全身がカッと熱くなり、血眼《ちまなこ》になりながら全文に目を通す。そこに書かれていた症例は、まさに自分そのもの。

「そのとき、知ってしまったの。症状改善のための支援団体とか、クリニックや発達センターがいくつもあったってことを。だけど、私は見過ごされてきた。もし、早期にそういうところに相談に行ってたら」

ここまでの人生でありえたかもしれない、無限の「もし」――それらが、脳裏に点滅しては消えていった。知らないうちに通過した分岐のどこかで曲がっていたら、何かが変わっていたかもしれない。いや、変わっていたに決まっている。

「私だって、みんなみたいに部活をして、文化祭や体育祭で盛り上がって、先生の文句を言い合って、人並みに恋愛して、目一杯お洒落《しゃれ》してショッピング行って、とにかくやりたいことだらけだった」

失われた青春を嘆き、絶望した彼女は死ぬつもりで家を飛び出した。ビルから身を投げるか、電車に飛び込むか。できるだけ多くの人の目に留まる場所で散るつもりだったという。埋もれ、無視され、見逃されてきた居ないはずの人間が、その存在を残酷なまでに世界に知らしめ、意義を問うことのできる唯一の方法。それにふさわしい、最高のステージを探していると——

「たまたま通りかかったペットショップの店頭にウニがいたんだ」

途端、荒ぶる心が平静を取り戻したという。理由はいまだによくわからない。だが、本能の赴くままケージを這《は》い上がろうとする姿にひたすら心を奪われたのだとか。

——彼の生きる世界には悪意や欺瞞《ぎまん》なんてものはない。

——だからウニが部屋を駆け回ってくれると安心するんだよね。

「馬鹿げてるよね。私、ハリネズミに命を救われたの」

あの日、夜行バスの車内で彼女はこうも言っていた。

——私、この世界でみんなとこうして話ができることが嬉《うれ》しくて堪《たま》らないんだ。

それを聞いた当時の自分は、暢気《のんき》に「変わってますね」なんて思ったりもした。けれども、彼女は本当に嬉しかったのだ。意のままに自分語りができる自分——それは、現実では決してありえないこと。だからこそ、いちいち「胡蝶」の姿を確認せずともわかっていたのだろう。バスの残骸《ざんがい》が転がるあの砂浜が夢の中だって。

「覚えてる？　私の名前は『奏《かな》』でる『音』——だけど、私は自分の想《おも》いを声にすることができない。心の中には伝えたい言葉が溢れているのに、奏でることができないんだ」

「だから『名前負け』って言ってたんだね」

「うん」彼女は寂しそうに頷く。「ごめんね、また喋り続けちゃって」

「いいよ、むしろありがとう」

「長くなっちゃったけど、要するに、ミナエはそんな私にこれまでの人生で出逢《であ》ってきた誰よりも親身に寄り添ってくれたの」

「寄り添ってくれた？」

「『一つずつ、小さな成功体験を積み重ねることが大切だよ』って」

「それは」どういう意味、と尋ねようとしたところで背後から声をかけられる。

「何か、私の話してた？」

振り返ると、案の定ミナエだった。

「ううん、なんでもない」

首を振って、小さく微笑むカノン——そのとき、ふと気付く。もうかなり長い間、彼女の笑顔を見ていなかったということに。

「ねえ、チョーチョくん」

「ん？」

「もし、無事に『実験』が終わったら現実で会おうよ」

「え、どうしたの急に。二人の間に何があったわけ？」

ミナエが驚きの声をあげる。

「そうだね、会おう」

「たぶん、私だと気付かないと思うけどね」

「どうして？」

「え、だって」カノンは気恥ずかしそうに、ぐるんぐるんにカールした金髪を右手の人さし指に絡《から》み付ける。湿気のせいか、今日もやや巻きは弱いように見えた。

「現実の私は、黒髪で服装もダサい地味な女子だから」

そのとき、何かが無性に引っかかる気がした。

別に、彼女の発言に不可解な点があったわけではない。ここ《ユメトピア》では「理想の外見」を手に入れるのだから、実物がどうであれ、普段から彼女が憧《あこが》れる「自分」が体現されているのは当たり前だ。

――違う、そこじゃない。

降りしきる雨は、すべてを洗い流すつもりかというくらい、どんどん強さを増していた。

4

目を覚ましてからも、恭平はもどかしさに身悶《みもだ》えし続けていた。

――間違いなく、あらかたのピースは揃《そろ》ってる。

問題は、最初の一ピースを正しい位置に置くことができるか。勝負のカギはそこだ。

あと一つ、何か決定的な一打があればいいのだが。

そうこうしているうちに、また今日という一日は過ぎていく。

――待ち合わせの十分前に、お前独りで来てくれないか。

蜂谷から電話があったのが、二時間前。理由を尋ねても「いいから」の一点張りで、まるで埒《らち》が明かなかった。渋々ながら、言われた通り十八時五十分に待ち合わせのカフェに到着した恭平は、一番奥のテーブル席に彼の姿を見つける。

「どうしたんだ」軽い調子を装《よそお》いながら、対面に腰をおろす。

「気付いたことがあるんだ」

「気付いたこと？」

「『浮気調査』の件だ」

「は？」

予想外の展開に面食らう。

「調べてみたんだ、あの町について」

「町って──『松浜』のことだよな？」

戸惑いを隠せない恭平に、蜂谷がぐっと顔を寄せてくる。

「どうしてあんな辺鄙《へんぴ》な場所に、往復十時間も費やして向かう必要があったのか」

「そしたら、びっくりするような事実が出てきた、と？」

冗談めかしてみたが、即座に肯定される。

「そうだ。覚えてるだろ？　十五年前の列車事故」

いつかの情報番組が脳裏をよぎり、すぐに察しがついた。

「まさか」

「『松浜』から『新花巻』方面へ、北に二キロ──そこが事故現場だ」

「俺たちが乗ったあの列車ってことか？」

「その通り。でも、話はこれで終わらない。当然、事故についても調べてみた」

結果、彼は気付いてしまったという。

「日付だよ」

再度、記憶を手繰り寄せる。スタジオからVTRへと映像が切り替わる直前だったろうか、神妙な顔のキャスターはこう言っていた。事故が発生したのは十月二日、午前六時十五分――

絶句するしかなかった。

「まさに、あの日だったんだ」

「そんな」

「彼女の誕生日と、同じ日さ」

また一つ、収まる位置のわからないピースが手の中に落ちてきた。

「待たせたね」

約束の十九時ちょうどに姿を見せたアブさんが、恭平と蜂谷の間に腰をおろす。

「いえいえ、今来たところです」

「じゃあ、聴かせてもらおうか」

すぐさま本題に入ろうとする二人をよそに、恭平の意識は別世界にあった。

――誕生日の当日は、どうしても会えないの。

その彩花が自分の誕生日当日に向かったのは、奇《く》しくも十五年前の同じ日に列車事故があった町。偶然であるはずがない。あの事故と彼女との間には、間違いなく何か関係がある。では、それはいったい——

「おい、蝶野。聴いてんのか？」

眉《まゆ》を顰《ひそ》める蜂谷——その横でアブさんも同じ表情だが、無理もない。これから『プロジェクト・ゴースト』に関する新情報が明らかになろうとしているのだ。

「ああ、聴いてるよ」

取り繕ったものの、考えれば考えるほど迷宮の奥深くに導かれていく。思い起こされるのは、ナメリカワの客室に残されていた「1002」——どうしてこの数字がつきまとうのだろう。誰のどんな思惑が絡んでいるのだろう。

「結論から言って、今日会ってきた男はほとんど何も知りませんでした」

疑念の数々をグッと飲み込み、会話に集中する。

そうだよな、と落胆するアブさんに対し、そこはかとない自信が窺える蜂谷の表情——きっと何か隠し玉があるのだ。

「たった一つの情報を除いては、ですが」

ほら見ろ、と苦笑する。

「『端くれ』とはいえプロジェクトの一端を担《にな》っていた彼は、昼夜を問わず膨大なデータと向き合っていたそうです。脳波に心電図、血圧──」

その分析のため、彼には被験者の基本情報が与えられていた。といっても、個人の特定に繋《つな》がるものは一切含まれていない。年齢、性別のほか身長、体重くらいだ。門外不出の極秘実験なのだから当たり前だろう。

「そんな男が大した情報を握っているとは思えないのだけど」

「ええ。普通なら、そんな情報に価値はありません」

だけど、と蜂谷が腕組みのまま背もたれに倒れ込む。

「今は状況が違います」

「どういうことだ？」

「もしも、虻川さんが仰っていた通り『犯人＝生存者』だった場合、その情報だけでも十分だってことです」

空気が張りつめ、世界中が聞き耳を立てている気配がする。早鐘のように打つ心臓は胸骨を突き破って飛び出してきそうだ。

「生き残った被験者は二十代・女性」

咄嗟にアブさんと顔を見合わせる。

い、い、い、い、い、い、
あてはまる人物はただ一人。

「しかも、とどめの一撃付きです。なんと被験者には、それぞれコードネームが割り当てられていたんだと」

「コードネーム？」

「個体を識別するためです」

知りたいけど、知りたくない。聞いてしまったらもう後戻りできなくなるから。

「彼女は『K』——おそらく、名前のイニシャルからとったものだそうです」

最後に一つ、動かしようのないほど重たいピースが盤面の上に落とされた。


しばらく、誰も口を開かなかった。

いや、開けなかったというのが正しいだろうか。

「これまでの労力がバカみたいだな」

やがて、アブさんが自嘲《じちょう》気味に笑った。

「決まりじゃないか、ほぼ」

もちろん、そのときの生存者が混じっている保証はない。言ってしまえばただの仮説に過ぎないが、時としてたった一つの事実がその仮説を正しいものたらしめてしまうことがある。

「ただ、そうだとして、どうやってそれを立証するつもりですか？」

あくまで蜂谷は現実的だが、彼の言う通り、ただの一人も目撃者がいないうえに現場は夢の中ときている。よくある現実の殺人とはわけが違う。

「何か手がかりを残しているはずだ」

アブさんはそう言い切るが、恭平は懐疑的だった。少なくとも、ありがちなサスペンスドラマのように、数々の動かぬ証拠を論《あげつら》ってぐうの音も出ないほどに真相を突きつけるのは不可能だろう。

「自供させるしかないんですかね」そう呟《つぶや》くしかなかった。

「いずれにせよ、二十二時まではまだ時間がある」

店内の掛け時計に目を向けながら、アブさんが言う。

「何か作戦を考えるけど――」

「けど？」

「最後は『出たとこ勝負』しかない」

5

プロジェクト八十日目。舞台は、どこか海沿いの断崖《だんがい》絶壁。打ち寄せる荒波が遠くで響き、凍《い》てつく海風が身を切る。鈍色《にびいろ》の空には、いつもと同じく「胡蝶」が舞っていた。

崖《がけ》の縁に独りで腰掛けるカノンの背を見つめながら、アブさんの到着を待つ。

——最後は「出たとこ勝負」しかない。

アブさんはこう言ったが、やはり無策に突入するのは避けるべきだろう。何故《なぜ》なら、その告発によっていよいよ《ユメトピア》は完全に瓦解《がかい》するから。たとえ正解であれ不正解であれ、一度誰かを「犯人」と名指ししたら、二度とかつての平穏には引き返せない。

「カノンのことが気になるの？」

いつの間にか隣に来ていたミナエが小突いてくる。

「え、どうして？」

「見つめてるから」

――もし、無事に「実験」が終わったら現実で会おうよ。

こんなことを言われた翌日に、その背中へと熱視線を送っていたら誤解されるのも無理ないが、それにしても何故ミナエはこんなに落ち着いているのだろう。目の前の男が「殺人鬼」という可能性もあるというのに。

「ミナエは、怖くないの？」

「何が？」

「俺が『犯人』の可能性だってあるんだよ？」

「やっぱりチョーチョくんが『犯人』なの？」

「違うけどさ」

「だって、見失わなければいいだけでしょ？」

彼女は空を指さす。それはそうなのだが、モミジさん、もとい西村清美殺害によって、たった数十秒あれば「犯人」は「自覚」を奪い去り、そのまま殺害可能だということが明らかになったのだ。少なくとも恋バナは場違いすぎるだろう。

「だけど――」

言いかけたところで陽炎《かげろう》が出現し、すぐにそれは人の貌《かたち》になった。

「いよいよだな」

《ユメトピア》に降り立ったアブさんは、すぐさま岸壁の彼女へと目を向ける。

「作戦は？」

「なしだ」

ということで「出たとこ勝負」を挑むことになった。てっきり、武器の一つでも《クリエイト》するかと思いきや、どうやら丸腰で向かうらしい。

「じゃあ、行こうか」

いつも通り深紅のオフショルカットソーを纏《まと》った姿は、まるで果ての大地に咲く一輪の薔薇《ばら》。その赤は、隠し持つ棘《とげ》から滴《したた》る返り血で染められたものなのだろうか。

「話がある」

警戒の面持ちで振り返ったカノンの手に、すぐさま拳銃が出現する。

「何？」立ち上がった彼女は、慣れた手つきで銃口をアブさんに向けた。

「もう、やめないか」

「何の話？」

「もちろん『殺人』の話さ」

「私だっていうの？　それなら言うけど、こっちはあんただと思ってる」

引き金にかけられた彼女の指に、目に見えて力がこもる。

上を見て、と続けようとしたが、その前に「わかってる」と彼は頷いた。

「君を『犯人』だと思っている理由を言うよ」

初日からショータを紛れ込ませるほど《ユメトピア》を熟知し、誰も知るはずのない殺人の条件を知っていたであろう「犯人」――何故そんなことが可能だったかと言えば、それは二年前に実施され、その悲劇的な結末により闇《やみ》に葬《ほうむ》られた「もう一つの実験」にも参加していたから。そのたった一人の「生存者」は二十代・女性、通称「K」――

「『奏音』の『K』だ」

聴き終えたカノンは、呆《あき》れたというようにアブさんの説を鼻で笑い飛ばす。

「バカみたい。第一、その『生存者』とやらがここに紛れているっていう証拠は？」

アブさんに返す言葉はない。

「それだけじゃない。例えば」

動機。どうして、三人も殺す必要があったのか。

「まだある。肝心の殺害方法は？　チョーチョくんのおかげで『自覚』を失わないように誰もが警戒してる中で、どうしたらそんなことができる？」

やはり「出たとこ勝負」が過ぎたようだ。あまりにこちらのカードが脆弱《ぜいじゃく》すぎる。これら当然予想される反撃に対して、何一つ証拠を突きつけることができないのだから。

「私に言わせたら、あんたが私を疑うのと同じくらい、あんたも怪しいから」

そう吐き捨てると、彼女は固唾《かたず》を呑《の》んで事態を見守るミナエの方へと向き直る。

「ミナエからも言ってやってよ、あんたが『犯人』だろって」

しかし、ミナエは胸の前にぎゅっと鞄《かばん》を抱きながら、ただ首を振るばかり。その瞳には好奇心が宿っているようにすら見える。

ミナエが静観を貫くつもりだと悟ったのか、カノンはいまだアブさんの左胸に照準を合わせたまま反撃を始めた。

「逆に、あんたはいつだって取り乱さなかった」

「そんなことないさ」

「いや、そうだよ。あんたが取り乱したのは、たった一度。音楽ホールにバスが突っ込んできたあのときだけで、『殺人』が起きたときは平然としてた」

「それは、チョーチョくんもそうだろ」

思わぬ流れ弾が直撃するが、彼の言うことも一理ある。蜂谷から事前にいろいろ知らされていたせいで、一般参加の皆と比べると殺人を前にした動揺は控えめだっただろうし、だからこそ今の理屈をもって「犯人」をアブさんに絞り込むのは乱暴すぎると言わざるを得ない。要は、彼女がアブさんを疑う理由だって大した根拠に立脚していないということだ。きっと、本人もそれはわかっているのだろう。派手にカールした金髪を掻き上げた彼女は、挑戦的な視線を寄越しながら話題を変える。

「それより、教えて欲しいんだよね。音楽ホールで我を忘れたのは、どうして？」

途端に、目に見えてアブさんが狼狽《うろた》えた。

「ピアノが怖いの？　それとも、バスにまつわる嫌な思い出でも？」

「君には関係ない」

「別に、あんたが背負ってるものが『何か』なんて、私はこれっぽっちも興味ない」

「それは、お互い様だ」

「何が望みなの？　この世界は、私たち《ドリーマー》の最後の希望。それはあんただって同じはず。どうして奪おうとするの？」

そのとき気付いた。これは彼女の作戦だ。挑発によって揺さぶりをかけ、ボロを出させようという魂胆だろう。だとしたら、比較的上手《うま》くいっているといっていい。事実、あのアブさんが売り言葉に買い言葉状態なのだから。

「そっくりそのまま、同じ質問を返すよ」

「正直、話にならないね」

彼女の手から拳銃が消える。恐怖より嘲《あざけ》りが上回ったのだろう。

「全部、私の演技だったと思うの？　湖畔でモミジさんに刃物を向けられて喋れなくなったのも、サメに食べられるナメリカワを見て気絶したのも」


その瞬間だった。


不意に、明確なイメージが浮かぶ。コピー用紙の束——「夢日記」だ。上から順に次々吹き飛ばされていき、最後に残ったのは「1日目」のページ。

——この前、俺が目を覚ました後、ロープはどうなった？

——消えましたよ、アブさんが目を覚ますのと同時に。

カチリと音がして、ピースの一つがあるべき場所に収まる。

——そういうことか。

ついに胸騒ぎの正体を突き止める。注目すべきは「1日目」の記述——素知らぬ顔で毎晩《ユメトピア》を訪れる「犯人」は、確かに証拠を残していたのだ。

「どうした？」

気付けば、全員の視線が自分に向けられている。

「固まってたぞ」

それはそうだろう。だって——

「わかったんです。僕たちが最初に直面した謎《なぞ》の答え。起きたら、もう一度確認してみてください。例の『夢日記』の『1日目』——注目すべきは順番です」

6

目を覚ました恭平は、ベッドから半ば転げ落ちながら部屋の隅に放置していたリュックサックのもとへ向かう。

——記憶違いであってくれ。

叶《かな》わぬ願いであることは、薄々予感していた。東北への珍道中以来、封印されていたアブさんの「夢日記」——その一ページ目を読み返す。そこには最初から、残酷なほど克明に記されていたのだ。

ショータを《ユメトピア》に紛れ込ませた人物の正体が。

パーカを羽織り、運動靴をつっかけるとアパートを飛び出す。殺人の「犯人」は別に居る。いや、居て欲しい。そう祈りながらひたすら走った。闇雲に、無我夢中で、何もかもかなぐり捨てるかのように。運動不足の身体は悲鳴を上げ、両膝の関節が軋《きし》みだす。肺に送られる酸素が足りないからか、いつの間にか下腹部には鈍痛が巣くっている。それでも歯を食いしばって一心不乱に走り続けた末、辿り着いたのは——

ポケットの中で、スマホが震える。

「どこに居る？」

「わかりません」

「そこに今から合流していいか？」

「アブさんもわかったんですか？」

見知らぬ街角に佇《たたず》みながら、恭平は天を仰ぐ。千切れ雲がちらほらと浮かぶ、絵に描いたような秋晴れ。そこに「彼女」の姿はない。

「ああ。何なら、君に言われて全ページ読み返した」

「そしたら？」

「疑う余地はない。そして、もしもすべてが俺の推理通りだったとしたら」

悲痛な吐息が通話口から漏れてくる。

「真相は想像を絶するものだよ。詳細は直接会ったときに伝えるが、おそらく全貌は

――」

いつしかスマホを握りしめた腕はだらりと垂れていた。おい、聴いてんのか、と声を張るアブさんを無視して、呆《ほう》けたようにまた歩き始める。大量に噴き出す汗、上下動を繰り返す胸。身体の芯《しん》から湧《わ》き上がる「ぜいぜい」という呼吸音だけが聞こえてくる。おい、蝶野。頼むから応答しろ。今、お前はどこに――

「えっ」背後で驚きの声が上がり、振り返る。

セーラー服に通学鞄、お馴染《なじ》みのスタイルのミナエだった。

「チョーチョくん？」

目を真ん丸に見開いた彼女は、思い出したようにイヤホンを外す。

「どうして、君がここに」

「どうしてって、通学路だけど」

「君じゃないよね？」

怯《おび》えた様子の彼女は、ビクッと身構える。

「すべての『犯人』――君じゃないよね？」

「え、どうしたの？」

「違うって言ってくれ！」

――ねえ、ぶち壊しなんですけど。

――まあ、いろいろあるよね。人生には。

――もしも明日が地球最後の日だったら、チョーチョくんは誰と過ごす？

脳裏をよぎる彼女との日々。夢か、それとも現実か。どちらでもいい。誰が何と言おうと、それは間違いなく「本物」だったから。

――すべての「犯人」は、ミナエだ。

つい今しがた、アブさんは断言した。覚悟していたはずなのに、いざそう言われると信じられない自分がいる。どうしてだ。どうして、彼女がこんなこと――

「お願いだ、言ってくれ！　自分は『犯人』じゃないって」

「やめて、近寄らないで」

返ってきたのは目が覚めるほど冷たい視線――そこに含まれていたのは怯えではなく、むしろ明確な敵意だった。

「私、気付いてたんだ」

「何が？」

「この前、私のこと《クリエイト》してたでしょ？」

カッと全身が熱くなる。

——まさか。

抑圧してきた欲望を解き放ち、目の前に「彼女」を《クリエイト》したケダモノ。そのことに彼女は気付いていた。いや、気付かないはずがないのだ。たとえ一瞬だったとしても、そこに居たのが「自分」かどうかなんてすぐにわかる。

「何をするつもりだったの、私に」

「違うんだ」

不意に世界がスローモーションになる。こちらを睨《にら》んだまま、ミナエはゆっくりと通学鞄に手を突っ込む。中をまさぐり、再び鞄の口から現れたその手に握られていたのは——

——なるほど、そういうことか。

だから、電話の向こうでアブさんは「聴いてんのか」と執拗《しつよう》に叫んでいたのだ。おそらく、通話中に発症したのだろう。町並に見覚えがないのも、これで頷ける。普段はしばらく「ここは現実だ」という誤信が解けないが、幸いにも今日はすぐに気付くことができた。何故なら知っているから。女子高生が現実世界で拳銃を持っているはずないって。

「早く教えてよ、夢だって」

最初に発症したとき、彼女は真っ先に教えてくれた。意味ありげに頭上を指さし、ショッピングモールの天井付近を舞う「胡蝶」をすぐに示してくれたのだ。それと比べ、今回はかなり不親切ではないか。

「本気で言ってるの？」

唖然《あぜん》とした様子でミナエは声を震わせる。

何をこの期《ご》に及んで見え透いた演技を――

「じゃあ、その拳銃はどこで手に入れたの？」

「護身用に貰ったの。ナメリカワから」

そのとき、不穏な風が胸を吹き抜けていく。

――二人のうちどちらかは、本物の銃を手に入れた可能性がある。

不安に駆られ、念のため頭上を仰ぐ。

これまで「自信」がなくなる度、何十、いや何百と繰り返してきた基本動作。

絶句して、立ち尽くすしかなかった。

どこまでも広がる青空。そこに「彼女」の姿はない。

「現実だよ」

例の微笑を浮かべる彼女。

「そんなバカな！」

「ううん、ここは」

夢か、それとも現実か。いつもそれを教えてくれた「胡蝶」は、忽然《こつぜん》と姿を消してしまっていた。いや、消えたわけではなく、そもそも飛んでいなかったのだろうか。だとすれば、彼女の言う通りこの世界は――

7

鼓動音だけが世界に響いている。

どうやら、まだ自分は生きているらしい。

「現実だって？」

《クリエイト》を試みるが、世界に何ら変化は生じない。当たり前だ。今この瞬間、自分には判断がつかない。すなわち「自覚」を失った状態だ。

「そうだよ」

「でも、ナメリカワの銃を持ってるってことは、いずれにしても君が『犯人』ってことに変わりはない」

「どうして？」

どうしてだろう。改めて考えると、これをもってして「犯人」と特定することはできないように思える。こんなことならアブさんの話をちゃんと聞いておくべきだった。

「話を逸らさないで」

いずれにせよ、絶体絶命なのは間違いない。とっくに十秒以上経過している。ここが仮に《ユメトピア》だとしても、いま銃撃を喰らったら確実に脳が誤信するだろう。

「いや、この際だからはっきりさせよう」

ならば出来ることは一つ、時間稼ぎだ。どうやって「胡蝶」を抹消したのかはわからないが、ここが夢という一縷《いちる》の望みにかけて自然と目覚めるのを待つしかない。

「ショータをこの世界に紛れ込ませたのは、君だ。これだけは間違いない」

へえ、と面白そうにミナエは口元を歪《ゆが》める。

「どうして？」

それは「夢日記」の「1日目」の記述を見れば一発でわかる。

注目すべきは《ユメトピア》に姿を現した順番だ。

「何故なら、《クリエイト》が可能なのは《ユメトピア》にいる者だけだからさ」

気付かせてくれたのは、今朝の《ユメトピア》でカノンが放った一言だった。

――全部、私の演技だったと思うの？　湖畔でモミジさんに刃物を向けられて喋れなくなったのも、サメに食べられるナメリカワを見て気絶したのも。

「おかげでわかったんだ。ナメリカワの死体を《クリエイト》したのはカノンじゃないって。何故ならあの日、遅刻した彼女の到着前から死体は海に浮かんでいた」

――この前、俺が目を覚ました後、ロープはどうなった？

――消えましたよ、アブさんが目を覚ますのと同時に。

「産みの親」が目覚めると「子」は消える。確かに発見だった。でも、それより遥《はる》かに当たり前のことがある。

そもそも「親」がいなければ「子」は産まれようがないのだ。

「アブさんの『夢日記』によると、彼が到着する前に教室に居たのは君とショータだけ」

そこには、確かにこう書かれていた。

『先に来ていた若者二人に対し、自分の次に現れたキョーコさんは――』

それに、彼は現実で初めて会った日にも同じことを言っていたではないか。

――今でも、強烈に覚えてるよ。「実験」初日のことを。

――教室に着いたら、ミナエとショータが居たんだ。

だから宣言したのだ。自分たちが最初に直面した謎――誰が《ユメトピア》にショータを紛れ込ませたのかについては「わかった」と。プロジェクト初日、アブさんが到着する前にショータを産み出せたのは、彼女だけだったはずだから。

説明を聴き終えたミナエは、ふっと鼻を鳴らした。

「そんなの、何の証拠にもなってない」

「どうして？」

「じゃあ、逆に何でそこに書かれてることが真実だと思うの？」

「だって」そんな嘘をついて何になる。というより、そんな嘘のためだけにあれほどの分量の「夢日記」を書いたのだとしたら、常軌を逸しているとしか思えない。

「それだけ？　チョーチョくんが『夢日記』とやらを信じる理由は」

「それだけって――」

「私を嵌《は》めるつもりなんだろうね」

「バカな」

「思い出して。ショータの死体が現れた日、アブさんが目を覚ました直後のこと」

そう言われても、何のことかわからない。

「教えてあげる。彼が目覚めると同時に、ショータの死体は消えたの」

その瞬間、恭平は戦慄《せんりつ》とともにあの日のグラウンドに立っていた。

――ショータの「死体」が消えている。

しかし、それをみんなに伝える前に自分も現実へと帰ってきてしまった。確かに、あれはアブさんが目覚めた直後だったではないか。

――この前、俺が目を覚ました後、ロープはどうなった？

――消えましたよ、アブさんが目を覚ますのと同時に。

「嘘だ」

「でも、覚えてるでしょ？」

アブさんが《クリエイト》した「死体」だったからこそ、彼の目覚めと共に《ユメトピア》から消えたのだろうか。まさかそんなはずない、他に可能性は――

「だとしても、やっぱり《クリエイト》したのは君で、アブさんが目を覚ますのに合わせて《リセット》されただけとも考えられる。何のためかって？　こうやって追い詰められたとき、言い逃れるためさ」

「それはそうだね。どちらが正しいかなんて証明できない。要は、チョーチョくんがどっちを信じるか。ただ、それだけ」

残念ながら彼女が正しかった。あの「夢日記」も含めすべてがアブさんの虚言だとしたら、情勢は再び引っくり返ってしまう。

「さっき、現実世界で『夢日記』を渡されたって言ってたよね」

神妙な面持ちでミナエが畳みかけてくる。

「その本当の意図はどこにあると思う?」

「それは——」

「夢と現実の境界を曖昧《あいまい》にするためだよ」

——この「実験」には一つだけ鉄の掟《おきて》がある。

——他の《ドリーマー》と現実世界で接触してはならない。

もはや、何も信じられなかった。

「まさか、アブさんがそんなこと」

「俺がどうしたって?」

瞬間、ミナエが銃口を向け直す。

「こりゃ参った。よくできてるよ、本当に」

振り返ると、降伏するかのように両手をあげるアブさんが立っていた。

「アブさん」掠《かす》れた声を絞り出すしかない。「あなたなんですか？」

それには答えず、彼は静かに首を振り続ける。

——そんなはずない。

あれほど真剣に「犯人」を追いかけ、あれほど本気で「犯人」に対する憤《いきどお》りを露《あら》わにしていた彼が、実は殺人鬼だったなんて。

——夢と現実の境界を曖昧にするためだよ。

信じたいのに、ミナエの言葉が頭から離れない。

「到着が遅れなくてよかったよ」

万歳の姿勢のまま、アブさんはにやりと唇の端を持ち上げる。その瞳には〝光〟が宿っているように見えた。例の〝捻じれた希望の灯〟ではない。もっと自信に満ち溢れ、揺らぐことのない信念を秘めた〝光〟だ。

「どういう意味ですか？」

「意味？」

「教えてください、すべての答えを」

「ああ、もちろんそうするつもりさ」

恭平は気付いてしまう。彼の右手にも拳銃が握られていることに。

「悪夢は終わりだ」

晴天に、二発の銃声が響いた。

エピローグ

「遅いぞ」

ダウンジャケット姿の蜂谷が手を振っている。暦の上ではもう四月のはずだが、北の日本海側はまだまだ肌寒い。

「これ、お前たちの分」

差し出された一冊のパンフレット。ウッド調を思わせるシックでモダンなデザインからは、どことなく温かみが感じられる。

「すいません。念のため、もう一冊もらってもいいですか？」

「え、もう一冊？」

「あ、ごめんなさい。癖なんです」

恭平の隣で、彩花がぺこりと頭を下げる。

「ご無沙《ぶさ》、じゃなかった。初めまして、蜂谷と申します。彩花さん、ですよね？　あそこにたくさん置いてあるので、もう一冊取っても平気かと」

早いもので、あの探偵ごっこから半年が経《た》とうとしていた。

「ところで、これで全員ですか」と彩花が辺りを見回す。

「いえ、あと一人来るかもしれませんが」

まだ、恭平のスマホに連絡は届いていない。正直、来てくれるか五分五分だろう。

それに、もしこの場にいたとしても連絡をくれない可能性だってある。

「それにしても、恭ちゃんが『ピアノのコンサートに行きたい』なんて珍しいよね」

「本当ですよ、どうせすぐ寝るくせに」

すかさず茶々が入るが、無視する。

「蜂谷くんって、面白いですね」

「彩花さんは普段どんな音楽を？」

「イチオシは、ある女性シンガーなんですけど」

ああ、その子なら知ってますよ、と蜂谷が話を合わせる。例の「実験」が終わると同時にソムニウム社を退職した彼は、現在絶賛就職活動中のはずだが、最近の流行《はや》りは抜け目なく押さえているようだ。

「あ、知ってるんですね。私、彼女が路上ライブをしてた頃からファンなんです。素敵ですよね、あの独特な世界観。果てしない宇宙を舞台に誰かを探す物語――」

彼らの音楽談義を聞き流しながら、自然とパンフレットの表紙に視線が向く。並んだ曲目――ほとんどがタイトルを目にしたこともないが、その中に知っているものが二つ。一つは、彼自身が「好きな楽曲」として教えてくれたものだった。

――夢の中で互いに伝えるんだ。番号でも合言葉でも、なんでもいい。

――そうすれば証明できるじゃないか。自分が夢の中にいたことを。

問題は、もう一方の燦然《さんぜん》と輝くオープニング曲――間違いなく、開幕を飾るにふさわしい傑作だ。でも、そんな風に講釈を垂れたら彩花は怪しむに違いない。ピアノのコンサートに行きたいなんて言い出したことないくせに、どうしてそんなこと知ってるのって。その理由を説明するには、少しだけ時を巻き戻す必要がある。もちろん、それは今から半年前。二発の銃声が青空に響き渡った、あの日のこと――

＊

ゆっくりと瞼《まぶた》を開ける。どうやら、自分が撃たれたわけではないらしい。

「ね、ここは夢の中だろ？」

アブさんが銃を握った右手を掲げている。天に向かって発砲したのだろう。彼の左肩は真っ赤な鮮血で染まっているが、その表情は晴れやかだ。振り返ると、銃口から白煙が立ち昇る拳銃《けんじゅう》を構えたまま、わなわなとミナエが震えている。

「どうして」

その一言が「答え」だった。

「どうして『胡蝶《こちょう》』がいないのに、ここが夢とわかったか、という意味かな？」

アブさんの手から瞬時に消え去る銃——それを見てようやく恭平も確信したが、戸惑う気持ちは彼女と同じだった。

「チョーチョくんは、どうしてだと思う？」

「わかりません」

「思い出せよ。もしも、現実の俺が銃を突きつけられたとしても」

先ほどと同様、アブさんが万歳のポーズをとる。

その瞬間、恭平はすべてを理解した。

——事故に遭ったんだ。生き延びるには切断するしかなかった。

ずっと、彼を悩ませ続けてきたファントムペイン。理想と現実の狭間《はざま》で、もがき苦しみ続けた日々。しかし先の瞬間、彼は認めることができたのだろう。銃口を前に両手を掲げる自分は本当の自分じゃないって。

「怖がらせてすまなかった。でも、確かめたかったんだ。ミナエが本当に、躊躇《ためら》いなく自分を銃撃してくるかどうか」

だから、咄嗟《とっさ》に銃を《クリエイト》したのだという。害意を示し、あえて自分を撃つよう仕向けるために。

「それじゃあ、種明かしだ」

すべての「犯人」がミナエだと悟った彼は、恭平との電話が突如音信不通となったことで察した。おそらくナルコレプシーが発症したのだろう、と。そして、仮にそうだとしたら、それはあまりにも危険なことだった。

「何故《なぜ》なら、『犯人』は自由自在に『胡蝶』を消すことができるから」

耳を疑う。言っている意味がまるでわからなかった。

「消し去ることも殺すこともできないはずでは？」

「ああ、そうだよ。それが本物の『胡蝶』ならね」

「はい？」

「途中ですり替わってたんだ。彼女が《クリエイト》した偽物《にせもの》に」

初めてその可能性を考えたのは、二人でこの世界のルールを検証した日のこと。注目すべきは「胡蝶」にまつわるルールの二つ目「百メートル以上離れること不可」

――手にした百メートルのロープがたわんでいるのを見て「もしや」と思ったという。

「明らかに百メートルも離れてないのに、身動きが取れなくなっただろ？　となれば、あのとき俺たちの前を飛んでたのは『偽物』で、本物は別に居たんじゃないだろうかって考えるのが自然だ。異星人襲来の日の『夢日記』を読んで、それが確信に変わった」

「どうして？」

「あの日、一斉に頭上の母船目がけて上昇した俺たちの身に何が起きた？」

「それなら、覚えてます」

ミナエを後部座席に乗せて天を駆け上がっていたところ、突然見えない膜に覆《おお》われたかのように前に進まなくなったのだ。それも、全員同時に。

「おかしいじゃないか。あのとき、空で足止めを食らった俺たちのすぐ側《そば》を『胡蝶』は舞ってたよな？」

そうだっけと頭を捻《ひね》ると、すぐにある会話を思い出した。

――急に止まっちゃって、ビビってんの？

――君のせいで重量オーバーかもしれない。

――デリカシーなさすぎ、マジでサイテー。

後頭部をはたかれながらもう一度アクセルを開けるが、進む気配はなく、そうこうしているうちに、眼前に「胡蝶」が飛んできて――

ここで、ようやくピンとくる。

「なるほど、確かにおかしいですね」

「あのとき、俺たちの周りを飛んでいた『胡蝶』が本物だったとしたら、動けなくなるはずがないんだ。何故なら『彼女』との距離は俺たちが地上にいたときより縮まってたはずだし、どう見たってあの瞬間、百メートルなんて離れてなかったから」

間違いない。何せ頭上の母船が主砲を放つ直前、眼前へとやってきた「胡蝶」に手を伸ばしたくらいだ。

「にもかかわらず、僕たちは自由が奪われた」

「理屈上、俺たちが動けなくなるのは『胡蝶』から遠ざかる動きをしているときのはず。つまり本物の『胡蝶』は、俺たちの進行方向とは逆側にいたってことになる」

「それって――」

「地上さ。ミナエ、その中を見せてくれないか」

急に水を向けられた彼女は、胸の前で通学鞄《かばん》をぎゅっと抱きかかえた。

――そんなの持ってたら邪魔でしょ？

——見てであげるから、置いていったらどう？

——大丈夫よ、絶対に私が宇宙人から守るから。

出撃前のやりとりが蘇《よみがえ》る。ショータのカウントダウンが進む中、逡巡《しゅんじゅん》した挙句彼女はそれを地上に残ったキョーコさんに預けたのだ。

「本物の『胡蝶』を隠してたから、いつも肌身離さなかったんだろ？」

しばらく唇を嚙《か》んだままアブさんを睨《にら》んでいたミナエは、やがて諦《あきら》めたように肩を落とすと、言われた通り通学鞄を全開にした。覗《のぞ》き込んだ恭平の目に飛び込んできたのは「虫かご」の中でパタパタと暴れる「胡蝶」だった。

——テーブルにしがみつけ！

——そんなの今は放っておけって！

彩花が身体《からだ》を揺すってきたせいで、激震に襲われたカフェ。あのとき、彼女が身を守るより優先して通学鞄を手にした理由。ようやく、得心がいく。

なるほど、ターゲットの「自覚」を奪うのは容易《たやす》かっただろう。

ポイントは、全員が身につけていた《ユメトピア》での基本動作だ。

——もし、それでも夢の中ということを忘れそうになったら「彼女」を探せ。

——消し去ることも、殺すこともできない《ユメトピア》の絶対的シンボル。

ここは夢か、それとも現実か。迷ったら、誰もが大きく依存していた。頼り切ってしまっていた。そのせいで、「彼女」が消えた空を前になす術《すべ》がなかったのだ。

——《クリエイト》したものは、本人の意思によってのみ消去することができる。

——それが《クリエイト》と対《つい》になる行動、いわゆる《リセット》さ。

ターゲットから「自覚」を奪いたいタイミングに、自ら《クリエイト》した偽物の「胡蝶」を《リセット》するだけ。死角に追い込む必要も、アイマスクで視界を奪う必要もない。この上なく手軽で、絶対的な方法だろう。

「でも、やっぱりおかしいですよ」

今は亡《な》きモミジさんの言によれば、最初に「胡蝶」を捕まえようと言い始めたのはショータだったという。

——自分から言い出せないことを、犯人はショータに語ってもらうこともできたんだ。

消し去ることも殺すこともできない「胡蝶」だが、捕獲した後そのまま隠しておくことは可能ではないか。そう閃《ひらめ》いた彼女は、実際に試すべくショータの口から捕獲を提案させた。それは、結果的に成功裏に終わったわけではあるが——

「あの人数であれだけの時間をかけて、それでようやく捕まえられたんですよ」

あのときはカノン、ショータ、モミジさんの三人がかりだったはず。確かに、標的より先に《ユメトピア》に紛れ込んでおけば、独力で「彼女」を捕まえるだけの時間的猶予《ゆうよ》はあるかもしれない。

「まさか、毎回あらかじめ捕獲しておいたとでも言うんですか」

もちろん不可能ではないが、その手間は俄《にわ》かには受け入れ難い。特に、西村清美殺害に至ってはいつ彼女が眠るかもわからない、いわば不意打ちの状況だ。事前に捕獲して隠しておくなどという芸当が通用するとは思えなかった。

「誰が毎回って言った?」

「え?」

「これが本件最大のキモであり、すべての謎《なぞ》を解く鍵《かぎ》だよ」

諦念《ていねん》にもよく似た薄ら笑いを浮かべるミナエに、アブさんが憐憫《れんびん》の眼差しを向ける。

「君は、遷延性《せんえんせい》意識障害——俗に言う、植物人間なんだろ?」

＊

「すごいね」

感心したように彩花が呟《つぶや》く。こぢんまりとした市民ホールだが、既に満席近い。

「まあ、数年越しの凱旋《がいせん》公演だから」

言いながら、いつかの《ユメトピア》を思い出す。ステンドグラスのあしらわれた天井と、それを支える荘厳《そうごん》な壁。劇場の広さも、素材一つひとつの質も、音響設備も、どれもあのときのホールには敵《かな》わないだろう。

もう一度、パンフレットを引っ張り出す。

『虻川光隆　ピアノ・リサイタル　―夢のかなた―』

そこには「復活」だとか、「片腕の」だとか、そんな類《たぐ》いの感傷的な文言はない。

――嫌いなんだ。そういう、湿っぽいのは。

――同情を誘いたいわけじゃない。今も昔も、俺は俺のままなんだから。

顔をあげ、正面のステージを見やる。中央に大きなグランドピアノが一台。

――もしも何か一つ願いが叶《かな》うなら、チョーチョくんは《ユメトピア》で何をする？

あのときなんて答えたか、今ではもう思い出せない。きっと、忘れてしまうほどくだらないことだったのだろう。

――真面目《まじめ》に訊《き》いてるんですけど。

でも、彼女は違った。彼女には本気で願っていることがあった。

「あのさ、彩花はミナエって覚えてる？」

尋ねながら、こうして正面から向き合ったのはいつが最後か考えてみる。けれども、情けないことにまるで思い出せなかった。結局、いつも逃げていたのだ。悲劇のヒーローを気取り、やり場のない憤《いきどお》りや鬱憤《うっぷん》を彼女に向けることで何とか涙を堪《こら》えてきた臆病者《おくびょう》——だから、せめて今日だけは、勇気をもって立ち向かわないといけない。

「ほら、俺が寝言で口走った」

「ああ」そんなこともあったね、と彩花は笑った。

「よく夢に出てくる女の子の名前でさ」

「うん」

「頼みごとをされたんだ。俺には、まったく意味がわからないんだけど——」

＊

——誤解のないように申し上げると、脳死の人ではありません。

——夢を見ているのは遷延性意識障害、つまり、俗に言う植物状態の人。

脳裏をよぎるいつかのテレビ画面。理知的な口ぶりで説明する銀縁メガネの男。彼は言っていた。いくつかの条件がうまく合致した場合という留保はつくものの、植物状態の人間がずっと夢を見続けている事例はある、と。

「まさかとは思ったよ。でも、そう考えればすべてに説明がつくんだ。だから、順を追って話そう。まず、何よりもわからなかったのは」

何故「犯人」は、西村清美が居眠り運転をしたまさにその瞬間を狙《ねら》えたのか。ナメリカワやキョーコさんの時とは違って「待ち合わせ」が不可能なのは明白だ。

「だとしたら待ち構えていたと考えるべきだが、それでも疑問は残る。自分が眠っているときに相手も眠ってくれる保証なんてどこにもないんだから」

散々頭を悩ませたが、ついぞ答えは出ないかに思われた。

「そんなときに、ふと思い出したんだ。かつて見た特集のインタビューを」

そして気付いたという。いつ眠るかわからない標的と、確実に《ユメトピア》で落ち合える状況がたった一つだけあることに。

「だから、その前提でもう一度考え直してみよう。真っ先に俺が注目したのは」

ガラケーやMDプレーヤーといった、今は珍しい持ち物の数々——レトロ趣味かと思っていたが、そうではない可能性に彼は思い至った。

「君は、そもそも知らないんだろ？　ある時点で時が止まっているから」

真っ先に思い出す会話がある。あれは「地球最後の日」のビルの屋上でのこと。すべてが終わったら映画を観《み》に行こうと誘ってみたものの、ガラケーを弄《いじ》り始めた彼女は取りつく島も無かった。あのとき、自分はこう訊いたのだ。

――前から思ってたんだけど、スマホにしないの？

――スマホ？

――親が厳しいとか？

それに対し、ミナエはそそくさと話題を変えた。当時は理由がわからなかったが、今なら納得がいく。彼女の辞書には「スマホ」という単語がなかったのだ。

いや、それだけじゃない。西村清美の事故があれだけ話題になったというのに、彼女はニュースそれ自体を知らなかったではないか。

「運転中に居眠りをした『その一瞬』を狙えたのも頷《うなず》けるよ」

ナルコレプシーが発症し、思いがけず訪れた《ユメトピア》には、いつだって彼女がいた。それは数学の授業が退屈だったからでも、昼寝をしたからでも、ましてや運命のいたずらでも何でもない。彼女はずっと《ユメトピア》にいたのだ。これなら標的と同じタイミングを見計らって眠る必要も、いちいち「胡蝶」を捕獲しなおす必要もない。

「公園の丘で三人が『胡蝶』を捕まえたあの日から、本物はずっとミナエに捕えられたままだったんだ。どうやって？ 簡単さ。自分以外の全員が目を覚ました後にも消えずに残るはずの、自らの手で《クリエイト》した虫かごを拾い上げればいいだけだから」

思い出されるのは、ショータやカノンが「胡蝶」捕獲に挑んだあの日のこと。

――きゃ！ やった！ 見てこれ、どうしよう！

――ねえ、こういうときどうしたらいいの？

あのとき、カノンの虫捕り網の中で暴れる「胡蝶」は、ミナエが《クリエイト》した虫かごへと移された。

――まったく、虫も触れないくせに。

――そのまま逃がさないでね。

「産みの親」が目覚めると「子」は消えるが、それは同時に、眠っている限り「親」は自らの意思で「子」を消さずにおけるということでもある。何故か？

――《クリエイト》したものは、本人の意思によってのみ消去することができる。

そう、本人に《リセット》する意思がなくては抹消《まっしょう》されないからだ。

こうして、本物の「胡蝶」は彼女が目覚めない限り消えない虫かごへと閉じ込められ、そのまま通学鞄の中に隠されることとなった。入れ替わりで大空へと放たれた「偽物」——ここで肝心なのは、たとえ「偽物」だったとしても「消し去ることも殺すこともできない」という本物同等のスペックにすることはできるということ。何せ《ユメトピア》は銃弾無効化特性を有する「不死身の子犬」だって生み出せる世界なのだ。

「そして、何より決定的な証拠がある。俺は見たことが無いんだよ。ミナエが《ユメトピア》に現れる瞬間も、目を覚まして消える瞬間も」

「そんな——」

だが、言われてみればそうだ。彼女が自分より後に出現したところも、先に消えたところも目にした記憶がない。正確には一度、彼女の姿が霞《かす》みかけていたことはあるが。

「なあ、教えてくれ。君の身に、何があったんだ？」

重苦しい沈黙——やがて溜息《ためいき》をついた彼女は、静かに口を開いた。

「ずっと、独りぼっちだった」

「え？」意味がわからず、訊き返す。

「気が遠くなるほど途方もない時が流れたある日、目の前に一人の男が現れたの」

その男はこう言ったという。

「ようやく、うまくいった。もう、君は独りじゃないよ、ってね」

「まさか」

「そう、私はずっと実験台だったの。今回の『プロジェクト・インソムニア』よりもはるか昔から、ずっと」

遷延性意識障害の彼女を用いて研究を続けていた男こそ、ソムニウム社の創設者にして社長の榎並――彼が夢の中で語った経緯によると、植物状態となった彼女にチップを埋め込み「明晰夢《めいせきむ》」状態の定着に成功したのが二〇一〇年。そこから「夢の共有」が実現するまでに、五年。つまり、榎並と彼女が夢の中で初対面を果たしたのは二〇一五年ということになる。

「チップを埋め込まれたせいで、永遠とも思える時間を独りで過ごしてきた。もちろん、いろいろ『登場人物』は現れたよ。でも、私はここが夢の中だということを知ってる」

チップによって「イメージの洪水」から解放された彼女の前頭前野は、思うがまま思考・想像・意思決定できるようになってしまっていた。終わりなき夢への幽閉――

想像を絶する孤独の後、ようやく彼女の前に現れた榎並は続けてこう言ったという。

「いつか、もっと大人数で共有できるようにする。だから、それまでの辛抱だよって」

そして二年前。満を持して始まった「最初の実験」——参加者は、男三人に女二人。

「初めのうちはうまくいってたの。でもね」

ある日、結託した男たちがもう一人の女性被験者に襲い掛かった。どうせ、ここは夢の中。何をしても許される場所。自制を失って欲望のまま暴走する男たちに、彼女が殺意を抱くのは当然の成り行きだった。

「何でも夢が叶う世界、なりたい自分になれる場所——そんなの戯言《ざれごと》。結局、ここは無法地帯でしかないと悟った私は、彼女を救うべく銃を手にした」

曇天に響く一発の銃声、絶叫と共に消える男の姿。それを合図に、世界を狂気が支配した。辛うじて「自覚」のあった者は各々《おのおの》武器を手にすると、互いに傷つけ合ったのだ。

「そして、私だけが生き残った。何故なら、私は絶対に『自覚』を失わないから」

ここが夢か現実かなんて、悩みようがないのだ。果てしない時間を過ごしてきたこの場所は、間違いなく彼女の夢の中であり、同時に現実でもあったから。

「ということは、だよ」アブさんが唇を震わせる。「君は、本当は何歳なんだ？」

恭平も同じことを計算していた。彼女が『プロジェクト・ゴースト』唯一《ゆいいつ》の生存者であることが判明した時から、ずっと頭を離れない恐ろしい可能性。

――およそ、現実の二倍速。

――つまり、五時間眠ってたら「むこう」では十時間だ。

東北珍道中の帰路、何気なく蜂谷と交わした会話を思い出す。

――いつか《ユメトピア》も、世間では当たり前になるのかね。

――日本で最初にスマホが発売されたのが二〇〇八年。それからたった十二年で、俺たちのライフスタイルは激変した。

彼女にチップが埋め込まれたのは、今から十年前の二〇一〇年。だが、彼女はスマホの存在を知らなかった。おそらく、女子高生ですらないのだろう。彼女の自己認識がそこで止まっているだけで。

「いま、西暦何年？」

小首を傾《かし》げながら、ミナエは自嘲《じちょう》気味に笑う。

「二〇二〇年」

「だとしたら、私は今年三十歳」

「宝探し』ごっこって覚えてる？」

「ついでにもう一つ、コードネーム『K』について。これを言ったら、チョーチョくんは勘付くかな？　私が妹としてた、二人だけの遊び――『秘密の連絡手段』に『宝探し』ごっこって覚えてる？」

「そんな――」

「二年前の私は、現実世界で二十八歳。つまり二十代・女性」

しかし、それなら計算が合う。

「バカな！」

「それがいったい――」

「うちはずっと昔に両親が離婚して、妹は母親に引き取られた。私は岩手県の片田舎に残り、妹は東京へ。寂しかったんだろうね。彼女が九歳の誕生日を迎える数日前、泣きながら電話がかかってきたの。お姉ちゃんに会いたいって」

「まさか」

ドミノが倒れるようにすべての辻褄《つじつま》が合い始める。

「だから彼女の誕生日当日、朝一番の列車で私は東京に向かった」

――一つだけわがままを許して欲しいんだ。

――誕生日の当日は、どうしても会えないの。

付き合うに際し、この奇妙な条件を掲げてみせた彩花は、四人家族の次女。小さい頃に両親は離婚し、現在は母親と二人暮らしだと聞いている。

――「松浜」から「新花巻」方面へ、北に二キロ。

――そこが事故現場だ。

その「松浜」に到着するなり、彩花は脇目《わきめ》も振らず図書館を目指した。

――いつも、妹と一緒でさ。よく二人だけの遊びを考えたりもしてたんだ。

――「秘密の連絡手段」を編み出したり、お互いの誕生日に「宝探し」をしたり。

そこで手にした一冊の本、その裏表紙を媒介とした手紙の授受。まさに「秘密の連絡手段」と言える。いや、それだけじゃない。東京に戻った彼女がそのまま西日本を目指したのは、手紙の指示に従ってのことだろう。そう、誕生日当日の「宝探し」のためだったのではないか。

――六歳下のね。もちろん、虫捕りだってしたよ。

――それこそ、ちょうど妹があの子くらいのときだったかな。

いつかの「桜の葉公園」で、モミジさんが《クリエイト》した娘を見守る彼女はこう言った。彼女が今年三十歳だとしたら、先日二十四歳になった彩花との年齢差もぴったりだ。

──まさに、あの日だったんだ。

──彼女の誕生日と、同じ日さ。

「二〇〇五年十月二日、私の時はそこから止まったまま」

耐え切れずに瞼を閉じる。浮かんできたのは、あの日蜂谷と乗り込んだローカル線の車窓の景色だった。それはいつしか今朝の断崖《だんがい》絶壁に変わり、そこに立つアブさんと思《おぼ》しき男はこう言うのだ。

──「奏音」の「K」だ。

違う。まったく、違う。

「もうわかってると思うけど、私はミナエじゃない」

彩花が『夢判断』の裏表紙に挟み込んだ薄水色の封筒、その表に書かれていた宛名《あてな》。音を立てて繋《つな》がっていく情報の断片たち。

──私、夜寝るのが怖いんだ。

彩花がこう口にしたのは、出会った日の合コンだったろうか。

ずっと、自分だけだと思って生きてきた。他の人も同じように悪夢に囚《とら》われているかもしれないなんて、考えたこともなかった。哀《あわ》れで惨《みじ》めな自分だけが、悪夢にうなされているに決まっている。そう信じることで、何とか偽りの平穏を保ってきた。

――「今日」という日にしがみついていたいからかな。

だからこの言葉が嘘《うそ》だと気付けなかったのだ。眠るのが怖い本当の理由は、毎晩のように襲ってくる悪夢と、終わることのない自責の念のせいだったなんて思いも寄らなかったのだ。ずっと、こんなにも近くに居たというのに。

「本当の名前はカナタ――『多』くを『叶』えると書くの。でもね、多くが叶わなくたっていい。私の願いは、あの日から今日までただ一つ」

もう、疑う余地はない。

「彩花は、元気にしてる？」

すべての始まりは、デート中にナルコレプシーが発症したあの日だった。

「大通りを歩く彼女を見て、すぐにわかった。妹に違いないって」

――アヤカさんとはどこで出逢《であ》ったの？

――昔の話だよ。

――昔の話だから訊きたいの。

あの場で恭平の口から語られた数々の情報――「念のため、もう一つ」という彼女の信条や、何故か会えない誕生日の謎によって確信を強めた彼女は、当初の計画を変更し、殺す前にナメリカワを利用することにした。

「だって、彩花は言ってたから。誕生日プレゼントで拳銃が欲しいって」

——本当に銃を持ってるの？ 欲しいから、現実で会いたいんだけど。

色目を使い、そう言えば一発だったという。

——いいだろう。ただし、銃が本物だと確認できたらホテルの部屋に来い。

——残りの弾はそこで渡してやるよ。

不埒《ふらち》な欲望に駆り立てられたナメリカワはそう言い添えると、彼女の指示に従って神戸に向かい、二発の弾丸を装填《そうてん》した拳銃をロッカーに仕舞うことを快諾した。

「じゃあ、フロイトの『夢判断』の意味は？」

「ああ、あれは」

誰も借りないが、絶対に処分されない図書館の本は「秘密の連絡」に利用できる。

そのことに気付き、図書館を訪ねた幼き日の姉妹はそこで例の原書を見つけた。貴重だが、読める人が殆《ほとん》どいないので、常に書庫の奥で埃《ほこり》を被《かぶ》っている。条件としては申し分なかった。

「そこで、約束したんだ」

非常事態になって連絡が取れなくなった時、互いの無事を伝えるためにこの本の裏表紙にメッセージを残すことを。その意味で言えば、終わりなき夢に閉じ込められた今こそまさにその時に違いないが、肝心の身体は眠ったまま。

「だから、カノンに助けを求めたの」

岩手県南部の「松浜」という町の図書館に「とある本」が眠っているはず。その裏表紙に手紙を挟みに行ってくれないか、と。

「もちろん、最初は難色を示された」

自信が無いと肩をすくめるカノンに、彼女は自分の置かれている状況を語った。離婚によって生き別れになった妹、事情があって病室から動けない自分、安否だけでも教えてあげたいのに、それすらもできないもどかしさ。

――毎年のように妹が約束の地を訪れてるかもと思うと、苦しくて堪《たま》らないの。

――だって、いつかきっと、私からメッセージが届くって信じてるはずだから。

事情を理解し、ついにカノンは頷いてみせたという。

――私、やってみる。ミナエの力になれるなら。

――ありがとう。ごめんね、カノンだって大変なのに。

――大丈夫、頑張ってみるから。

手紙に書いて欲しい内容――神戸のホテルで眠ったナメリカワから知らされたロッ

カーの位置とその解除番号を伝えた後、カノンの手を取った彼女はこう言ったそうだ。

――一つずつ、小さな成功体験を積み重ねることが大切だよ。

すぐに「松浜町立図書館」を訪れたカノンは、指示通り『夢判断』の裏表紙に手紙を挟みこんだ。ナメリカワが神戸のロッカーに銃を預けた後なので、おそらく九月二十九日か三十日のことだろう。

ここで思い出されるのは、図書館での女性係員とのやり取りだ。

――この本、流行ってるんですか？

――ここ最近でお兄さんが三人目だったんで。

――しかも、最初の方もたぶんここ数日以内でした。

その「最初の方」がカノンだったのは、今や疑いようがない。

――確か女性でした。二十代くらいの。

――黒髪で、地味な感じで……そうそう、思い出してきました。

――筆談を求められたんです。

雨降りの駐車場で、カノンが現実の自分を「黒髪で服装もダサい地味な女子」と称した際に引っかかりを覚えた理由もわかった。最近どこかで「一言も口をきかない、黒髪で地味な女性」の話題になった気がしたからだ。

「彩花は、ちゃんとプレゼントを手にしてくれたのかな?」

そこで思い出す。ディナーの席でやけに浮かれて見えた彼女のことを。

――なんか、いつもと雰囲気違わない?

すると、彼女はこう言った。

――今年は嬉しいサプライズが多いからさ。

東北から帰還した彼女が、そのまま東海道新幹線の改札をくぐった理由。行き先は神戸だったのだろう。ナメリカワが死亡したのが九月二十七日。その五日後、何者かがロッカーから中身を持ち去ったという。十月二日、彼女の誕生日当日だ。

――絶対に、ロッカーの中身を持ち去ったそいつが何かを知ってるはずなんです。

監視カメラに映り込んだ若い女性。それは、カノンでも「ミナエ」でもなく、彩花だったに違いない。

「実は、追加でお願いしたいことがあるんだけど」

――妹に逢いたい。

――伝えたいことがあるから。

脳裏をよぎる、あの日の横顔。

「何でも聞くよ」

「ありがとう。じゃあ、こう伝えて欲しいの」

＊

「『念のため、弾は二発入れといたよ』って」

彩花の目が驚愕《きょうがく》に見開かれた。

そこで、いったん口をつぐむ。過ぎ去った時間、託された想《おも》い。その重さをしかと受け止め、あの日の《ユメトピア》に思いを馳《は》せる。

「それから――」

――きっと、彩花は自分のせいだと思ってる。

――自分が「お姉ちゃんに会いたい」なんて言わなければばって。

いま、ここで自分が果たさなければならない約束。

「『彩花のせいじゃない』ってさ」

言葉を失う彼女――みるみるうちにその両目が潤《うる》むと、堰《せき》を切ったように大粒の涙が溢《あふ》れ出してくる。ずっと背負ってきたもの。ずっと抱えこんできたもの。後悔と安堵《あんど》。それらが混じり合った、静かなる嗚咽《おえつ》。目元を拭《ぬぐ》うことも忘れ、彼女は「信じられない」というように、ただただ頭を振り続ける。

「ね、意味わからないだろ？」

「変な夢だね」洟《はな》をすすり、大きく一度しゃくりあげた彩花はくしゃっと笑った。

「でも、夢ってそういうもんでしょ」

「うん、おかしすぎて意味わかんない」

「念のため、もう一回言おうか？」

うるさい、と小突いてくる彩花に、胸の内で一つ報告をする。手紙を無断で持ち去った件についてだ。

――え、フロイトの『夢判断』ですか？

たまたま同じ女性係員だったせいで「またお前か」と怪しい目で見られてしまったものの、先日あるべき場所にちゃんと戻しておいた。もちろん封は開けていない。読むべきじゃないし、必要もない。だって――

「恭ちゃんは、夢のお告げって信じる？」

そんな恭平の内心など露知らない彩花が、独り言のように尋ねてくる。真っ赤に泣き腫《は》らした目元にいつもの涼しさはないが、やはりどことなく似ている気がする。

「どうして？」

「なんとなく」

「あんまりそういうのは信じないけど、でも」

——ちゃんと、伝えたよ。

そのとき、スマホがメッセージを受信した。

＊

「こんなときに訊くべきじゃないとわかってはいるが、目覚める前にどうしても教えて欲しいことがある」

咳払《せきばら》いをするアブさんの瞳《ひとみ》は鋭く光っていた。

「何？」

「それほどまでに妹想いの君が、どうして？」

突如、世界は緊張を取り戻す。

「どうして、とは？」

「殺した理由。そして、殺しの条件を知っていた理由」

ああ、と微笑を湛《たた》えながら彼女は俯《うつむ》いた。

「時たま、目が覚めかけることがあるんだ。まるで、深海から水面近くまで引き上げられたみたいに意識が浮上して、枕《まくら》もとの会話が聴こえるの」

再びいつかの情報番組の特集を思い出す。

——おそらく、彼らには我々の声が聞こえてる。

——だから、諦めずに話しかけてあげてください。

そこで、植物状態の人の意識に関する見解を求められた社長の榎並はこう言った。

だとすれば、高速バスが突っ込んできた後の音楽ホールでの出来事にも納得がいく。瀕死《ひんし》のアブさんがナメリカワの死を告発し、誰もが混乱と恐怖に苛《さいな》まれる中、何故か彼女は虚空《こくう》に向かって叫び続けていた。

——助けて！　私はここにいる！

——起こして！　お願い！

てっきりあれは、ナメリカワが現実でも死んでいたと知り、耐え難い恐怖から取り乱していたものとばかり思っていた。

でも、そうじゃない。

あのとき、彼女には枕もとに居る誰かの声がすぐ側《そば》で聞こえていたのだ。

「例の殺し合いの後、しばらくして同じ現象が起きた。そのとき、聞こえたんだ。死んだ被験者たちはその瞬間、全員『明晰夢』状態が解けていた。おそらく、恐怖と不安が増幅しすぎたせいだって」

だから、殺しの計画を立てた彼女はまっさきに「胡蝶」捕獲を試みたという。前回はなかった仕掛け——おそらく反省を活《い》かしたのだろう。事実、誰もが「自覚」を失いかけると「彼女」の姿を探すではないか。

「なるほど。殺しの条件を知っていた理由はわかった。それを理解したうえで、もう一度訊く。どうしてだ？」

薄ら笑いを浮かべたままの彼女に、アブさんが畳みかける。

「復讐《ふくしゅう》じゃないのか？」

「復讐？」

「自分をここに閉じ込めた連中——『実験』の主催者たちへの。再び死人が出たら、台無しにできるかもしれない」

そういうことね、と合点がいった様子の彼女はふふっと口元を歪《ゆが》めた。

「真っ当な動機だね」

「そうじゃないと？」

「あなたたちには、絶対にわかりっこない」

冷酷に吐き捨てる彼女の手に、再び拳銃が出現する。

「待て、どういうことだ」

慌《あわ》てるアブさんを横目に、彼女は道の反対側を歩いていた老人目がけ発砲した。住宅街に響き渡る銃声――辛うじて弾は逸《そ》れたが、腰を抜かした老人は歩道に座り込みがたがた震えている。

「何してるんだ！」

しかし、彼女は表情を変えない。

「今、私が撃ったのは誰？」

「《エキストラ》だろうけど、それにしたって――」

「あなたたちは違うの？」

拳銃を《リセット》した彼女は、じっとアブさんを見つめる。

「《エキストラ》じゃないっていう証拠は？」

その瞬間、すべての構造を理解した恭平は絶句するしかなかった。

――あんたには「誰が混入した異物なのか」を見極める術があったのか？

ショータが死んだ翌日の教室で、詰め寄るナメリカワにアブさんはこう反撃した。

——あなただって、「本物」である保証がありません。

続いて海岸沿いの工場地帯。倉庫の陰から現れたアブさんに、今度は自分が同じ質問をぶつけた。それは、常に《ユメトピア》でつきまとう根源的な問題だったから。

「証明してよ。あなたたちが〝本物〟だって」

彼女には区別のつきようがないのだ。目の前にいるのが「本物の人間」なのか、それとも自身の潜在意識が生み出した「ただの登場人物」に過ぎないのか。

——年齢、性別、属性の異なる七人が九十日間、夢の世界で毎晩生活を共にする。その「実験」が実在すると知っているのは、現実でそう聞かされたからだ。

——夢の中で互いに伝えるんだ。番号でも合言葉でも、なんでもいい。

遡及的《そきゅう》にではあるが、この方法でアブさんは自らが夢の中にいたことを証明した。これだって、現実における接点がなければ成立しようがない。

——俺たちは、みんな現実を生きる人間なんだよ。

ショータが殺害された直後、カフェでたまたま落ち合ったときのこと。今後は寝だめをして単独行動をとるつもりだと語るカノンに、恭平は言った。やめた方が良い、現実で寝込みを襲われる可能性がある、と。あのとき同じテーブルにいた彼女は、何食わぬ顔をして聴いているように見えたが——

「君には、その現実が存在しない」

彼女にはすべてが夢かもしれないのだ。突然現れた社長の榎並も、埋め込まれたとされるチップも、目を覆いたくなるような凄惨《せいさん》な殺し合いも、今回の『プロジェクト・インソムニア』と、その参加者たちも——

こくりと頷いた彼女の声が少しだけ震える。

「いろいろと空想するの。もしかしたら、いま目の前にいるこの人は、現実を生きる本物の人間なんじゃないか。だとしたら、ここでの私の行動によって現実世界に何らかの影響を与えることができるかもしれないって。そうやって、現実との接点を無理矢理にでもこさえないと、とても正気を保てないから、だから——」

ショータを紛れ込ませることにした。異変に気付いた参加者たちが現実世界で疑心暗鬼に駆られる姿を想像し、人知れずほくそ笑むために。ただの悪戯《いたずら》であり、退屈しのぎ。それ以上の意味はない、はずだった。

「でも、方針を変えることにしたの」

しばらくして彼女が目にしたのは、道行く人々を射殺しては悦に入る男の姿だった。

——誰の目も気にする必要が無い。まさに「やりたい放題」だ。

——《エキストラ》たちを順に撃ち殺すんだ。文字通り、皆殺し。

それだけで飽き足らなくなったナメリカワは、やがて《クリエイト》した少女たちを凌辱《りょうじょく》するようになる。それは決まって中学生から高校生くらいの、まだ年端《としは》もいかぬ少女たちだった。耳をつんざく悲鳴、頭から離れない絶叫。

「やっぱりなって思った。あのときも今も、ここは無法地帯のまま。何でも夢が叶う世界で人が実現したいことなんて、結局、下劣で低俗なことばかり」

それに追い打ちをかけたのが、モミジこと西村清美だった。彼女もまた自分だけの《ユメトピア》で蛮行を働いたという。

「大きな包丁でバラバラにするの。《クリエイト》した男たちを」

許しを求め、命乞《ご》いをする彼らに彼女は決まってこう言うのだ。

──あいつのように、現実で殺されなかったことをむしろ感謝しなさい。

だから、彼女は二人を抹殺することにした。

「もしも彼らが現実に実在する人間なんだとしたら、生かしておいてもろくなことにならないって、そう思うでしょ？」

偽物の「胡蝶」にすり替え、タイミングを見てショータを殺すとともに、不穏なメッセージを残す。得体のしれない不安と恐怖に苛まれた彼らから、より「自覚」を奪いやすくするためだった。

「でも、だからって」沈痛な面持ちでアブさんがかぶりを振る。

「殺す必要まではなかった？」

「まともな神経なら、そう思うさ」

「何が違うの？」

両腕を広げ、彼女は挑戦的に笑う。

「奴《やつ》らがしたことと、私のしたこと」

「それは――」

「あなたたちだって、一度くらいはあるでしょ？　夢の中だから、何したっていいって思ったことが。いや、無いなんて言わせない。神に誓って言い切れる？　夢の中で、現実では許されないような何かをしたことが、ただの一度もないって」

絶句するアブさん――思い当たる節があるのだろう。きっと、左腕切断後に見始めたという悪夢のことに違いない。

かくいう恭平にも返す言葉などなかった。

――いま友達を殺そうとしただろ？

何度も夢に見た、あの日の河川敷。振り下ろす角材、顔に降りかかる脳漿《のうしょう》と血液。

――何者にもなれやしない、頭のイカれた臆病者。それが、お前の正体だ。

それだけじゃない。

――この前、私のこと《クリエイト》してたでしょ？

――何をするつもりだったの、私に。

彼女本人が姿を見せたため辛うじて実行に移さずに済んだだけで、あのとき自分がやろうとしていたことは、本質的にナメリカワや西村清美がしたことと同じなのだ。そんな自分に、彼らの蛮行をとやかく言う権利などどこにもないではないか。

でも、と思い直す。きっと自分だけじゃない。誰だって少なからず、似たような経験があるはずだ。夢の中という確信があったにせよ、なかったにせよ、気に食わない誰かに暴力を振るったり、気になる異性に不道徳な行為を働いたりしたことが。

「どこかの誰かさんは『君は独りじゃない』って言ったけど、それはまったく違う。たとえどこの誰がここに出現しようと、私には永遠に区別がつかない。だから――」

彼らを殺した。

開き直っているわけでも、ふざけているわけでもない。だから殺したのだ。

ナメリカワや西村清美と同じように、そして恭平自身が「夢だから構わない」と思ったのと同じように、彼女にとってもそれはただの夢に過ぎないから。

「もちろん、キョーコさんの時は少し躊躇ったよ。だけど――」

夢の中で死にたいと願う気持ちが、彼女には痛いほどわかった。これまで何百、何千回と試みてきた夢の中での自殺。銃で脳天を撃ち抜いても、高層ビルの屋上から身を投げても、包丁を喉元《のどもと》に突き刺しても、次の瞬間すぐさま世界は暗転し、気付くと五体満足の自分がいる。何でも夢が叶う世界で、唯一実現できない願い。

「だから誓ったの。いつか目を覚ますその日まで、絶対に正気を保ってやるって。あいつらは本当に死んだかな、キョーコさんは天国で喜んでくれてるかな、彩花にちゃんとプレゼントは届いたかなって、空想し続けることで。そのためなら、夢の中で誰かを殺すことだって厭《いと》わない」

「狂ってるよ」

思わず呟いていた。

彼女が？　それともこの世界が？　自分でもわからない。いずれにせよ、彼女が過ごしてきた永遠の孤独を想うと、何一つとしてかけるべき言葉が見つからなかった。

「空想する自由すら私にはないっていうの？」

「そうじゃないけど」

「それなら、私を現実に連れ帰ってよ。何でも夢が叶う世界なんでしょ？　やってみせてよ。私の心が壊れる前に」

「それは――」

「証明してよ、自分は本物だって！　本当に彩花の彼氏で、確かに実在する人間なんだって！　それができないなら、今すぐ私の前から――」

そのとき、一歩前に出たアブさんが路上に手をかざす。

「話はわかった。ただ残念ながら、今ここで証明することはできない」

現れたのは一台のグランドピアノ――静かに、しかし堂々と彼はその前に座る。

「だから、この曲を君に捧《ささ》げるよ」

言うなり、彼は右手だけを鍵盤《けんばん》に添えた。

「現実でも、俺はこの曲を弾く。そしたら証明になるだろ？」

――夢の中で互いに伝えるんだ。番号でも合言葉でも、なんでもいい。

――そうすれば証明できるじゃないか。自分が夢の中にいたことを。

だから右手だけなのだ。先程、彼女に左肩を撃たれたからではない。同じ曲を現実世界で奏《かな》でる自分には、右腕しかないから――

「目が覚めたら、真っ先に探してくれ。俺の名前は虻川光隆、一度は夢を諦めたピアニストだ。でもね――」

――怖いんだ。もし、ここでも弾けなかったらって思うと。

——音楽ホールで俺が正気を失ったの、覚えてるだろ？

「ようやく決心がついた。もう一度、俺は夢を追いかけようと思う。この曲を弾きながら、君が目を覚ますのを待ってるよ。だから、決して忘れないで欲しい。このメロディを——」

その手が鍵盤の上を走り出す。滑らかで迷いのない指使い。こぼれるような一つひとつの音の粒によって、世界は瞬《また》く間に表情豊かになる。片手とは思えない立体的で奥行きのある主旋律は、時に怒り狂うように荒々しく、時にそっと肩を抱いて慰めるように心地よく。擦り減った心の隙間《すきま》を埋めてくれる柔らかなアルペジオに身を委《ゆだ》ねていると、次第にわからなくなる。ここは夢か、それとも現実か——

どっちだっていい。

その旋律が幻でないことは、誰の耳にも明らかだったから。

＊

——全部、私がやったんだ。

プロジェクト八十一日目。事情を知らないカノンに、彼女はすべてを語った。

果てしない孤独、図書館に隠された秘密、殺戮《さつりく》に至る経緯。

聴き終えたカノンは、ただ一言こう呟いた。

——言ってくれて、ありがとう。

その日から、本当の理想郷になった。

ひらひらと舞う「胡蝶」の下、迫りくるティラノサウルスから逃げ惑い、ハイウェイで警察とカーチェイスを繰り広げ、爆発炎上する敵の基地から命からがら脱出する。人目も憚《はばか》らず大声で叫ぶカノン、順に目覚めるみんなを「またね」と見送るカナタ、折に触れて演奏で耳を楽しませてくれるアブさん。最後の十日間、そこは紛れもなく何でも夢が叶う世界であり、なりたい自分になれる場所だった。

——それじゃあね。

迎えたプロジェクト最終日。

——幸い、私には時間がたっぷりある。

——目を覚ました後、どうやって罪を償うかを考えるための時間が。

燃えるような夕陽をバックに、小さく彼女は微笑《ほほえ》む。

——だから、待ってて。

——全《すべ》て〝本当〟だったと私が知る、その日まで。

今、その日を信じてアブさんは舞台に立とうとしている。いつの日かきっと目を覚ます彼女のために、そして、絶望の淵《ふち》に追いやられても最後まで夢を諦めなかったあの日の自分のために、これまで目を背けてきた現実と対峙《たいじ》することを決めたのだ。

正直、自分にはまだそこまでの覚悟なんてないし、ろくでもない現実を直視する勇気もない。それは、口で言うほど簡単なことじゃない。だけど——

——「夢を叶えられるのは、夢を追い続けた者だけだ」って、聞いたことないか？

受け入れることが、初めの一歩なのだろう。

目を逸らしちゃいけない。立ち向かわなきゃいけない。

そんな「不完全な自分」がいるこの場所こそが、疑いようのない現実なのだから。

——だけど、お前は受け止めてた。ちゃんと、その足で現実に立ってたんだ。

——決して「臆病者」なんかじゃない。

あの日の蜂谷の言葉を胸に刻みながら、スマホに届いたメッセージを開く。

『いま駅に着きました。遅くなってごめんなさい』

そしてまた一人、ここにも勇気を振り絞った者がいる。

差出人は『皆本奏音《みなもと》』——ギリギリまで悩んでいたせいで遅れたのだろう。上手《うま》く

喋《しゃべ》れなかったらどうしよう。いや、喋れないに決まってる。そんな不安の中に、今もたった一人で佇《たたず》んでいるに違いない。でも、

——積み重ねなきゃね、一つずつ。

最後の日、別れ際《ぎわ》にそう言っていたのも〝本当〟だったみたいだ。

「カノン、来てくれたよ」

彩花を挟んで反対側に座る蜂谷へ、頭越しに伝える。

「それはよかったな」

「え、女の子なの？」

眉《まゆ》を寄せる彩花——なるほど、いかにも現実だ。

「例の不眠症セラピー仲間の一人だよ」

「アブさんと出会ったのと同じやつ？」

「だから呼んだんだ」

「そういうことね。浮気相手だったら、撃ち殺そうかと思った」

洒落《しゃれ》になっていない。

笑みをこぼす彩花の向こうで、蜂谷が「大変だな」と肩をすくめるのが見えた。

やがて照明が暗くなり、ざわついていた場内が静まり返る。

――もう一度、弾きたかったんだ。

《ユメトピア》は、それぞれが絶望の果てで手に入れた最後の希望だった。

――だから、もう二度と奪われてたまるか。

でも、今だからわかる。本当は初めから奪われてなんかいなかったんだって。ただの一度も、たった一瞬たりとも。自分たちが勝手に目を背けていただけで。

割れるような拍手と大歓声。聴衆に向けて深々と頭を下げるタキシード姿のアブさんを前に、溢れる涙を止められない。

――現実でも、俺はこの曲を弾く。そしたら証明になるだろ？

壊れるほどに手を叩《たた》く。それは、出発を決意した戦友への賛辞であり、いまだ踏み出せない自分への激励でもあった。

「どうしたの？」

彩花がハンカチを差し出してくる。

「ううん、なんでもない」

ホール全体が暗転し、彼を照らすスポットライトだけになる。見上げた天井に「彼女」の姿はない。だからここは――

現実だ。

そうだよね、アブさん。

彼の右手がいま、そっと鍵盤に添えられる。

よく見る夢4

気付いたら、映画館の席に座っていた。狭くて小さい平凡な劇場——どこかのミニシアターだろうか。観客は自分だけ。もちろん「彼ら」の姿もない。

——映画、行こうよ。すべてが終わったら、一緒に。

もう、随分と昔のことのような気がする。空飛ぶバイクに、迫りくるホオジロザメの群れ、夜空から落ちてくる巨大な満月。

よく見る夢。いや、見続けている夢。

ガコンと音がしたかと思うと、背後で映写機がカラカラと回り始める。昔の映画でも始まるのだろうか。ところどころにノイズが混じる白黒映像。スクリーンに現れたのは、よく知った顔だった。

——だから、もう一枚タオル持っていきなさいって言ったのに。

パジャマ姿で泣きじゃくる少女をなだめる女性。母親だ。これはいつのことだっけ。うろ覚えだが、夏祭りの当日だったような気が——

そこで場面が切り替わり、次に映し出されたのは図書館の受付だった。

――本を探してるの。

彼女の拙《つたな》い説明に、ほとほと困り顔の係員。この後、助け舟を出してあげたのだ。

絶対に処分されないくらい貴重だけど、ほとんど誰も借りに来ない本はありませんかって。

――すごーい、お姉ちゃん見て！

胸の前に、彼女が洋書を抱いている。

うん、それなら問題なさそう。難しすぎて、誰も手に取ったりしないはず。

――簡単すぎるよ。

瞬く間に場面が転換し、今度はシャベルを手に膨れる彼女が現れた。

――もっと遠くまで行きたい。

誕生日恒例の「宝探し」ごっこ。庭の木の根元にプレゼントを埋めて、代わりに「宝の地図」を授けたんだっけ。

――例えば、コウべとか。

思わず吹き出してしまう。おそらく彼女は、それがどこかもわかっていないだろう。

それなのにその地名が出てきた理由――たぶん、課外授業で自分が神戸に行ったせいだ。前日の夜、私も行きたいと彼女は散々駄々をこねていたから。

――拳銃が欲しい。

また画面が変わり、正義感に燃える二つの瞳が大映しになる。

――私が、お姉ちゃんを悪者から守るの。

――念のため、弾は二発ね。

そこで世界は暗転した。

気付いたら、実家のリビングに座っていた。点《つ》けっぱなしのテレビからは、アナウンサーの悲痛な声が漏れてくる。

『事故があったのは、二〇〇五年十月二日――』

目の前で陽炎《かげろう》が揺らめき、それはすぐに人の貌《かたち》になった。

「まったく、驚いたよ」

現れたのは、白衣を纏《まと》った銀縁メガネの男だった。

「いったい、どうやったんだ?」

「何の話?」無論、殺人についてだろう。わかったうえで、あえてとぼける。

「正直、何度も迷ったよ。『実験』は中止すべきじゃないかって」

「そうすればよかったのに」

「そしたら、またお前は『独りぼっち』になってしまう」

「私のためだったって言いたいの?」

「ああ。だから、もう一度訊く。いったい、どうやったんだ?」

まず脳裏をよぎったのは、顎《あご》まわりに贅肉《ぜいにく》が付きすぎて首が無くなった男。

——さあ、言われた通りロッカーに入れたぞ。確認でき次第、ホテルの部屋に来い。

——残りの銃弾も、お前が言った数字を書いたメモもあるから、俺だと証明できる。

——だから、早くしろ。楽しいことしようぜ。

直後、彼の目が驚きで見開かれる。銃口を向けられたからだ。

——ふざけてんのか? ここは夢だろ?

違うよ。

頭上を見上げた彼は、動転したように辺りを見回し始める。

——バカな、「胡蝶」はどこ行った?

そこで、引き金を引いた。だから言ったでしょ、違うって。

次は、柔和な笑みを湛える白髪の老婦人。

——あなただったのね。

特段驚いた素振りもなく、彼女はそっと芝生に腰をおろした。

――覚悟は出来てる。だから、お願いできるかしら？

夢の中で死ぬための条件を告げても、決心が揺らいだ気配は微塵《みじん》もない。

――最後に聴いて欲しいの、私の愛する家族の話を。

婦人はひたすら思い出話を続け、その間ただの一度も空を見上げなかった。時間の経過とともに自然と「自覚」を失うつもりだったのだろう。万が一に備えて「胡蝶」は消さずに飛ばしておいたが、結局最後まで彼女は確認しようとしなかった。

――さてと、ここはどっちだったかしら。

時は満ちた。

――まあ、いいわ。ひと思いにやってちょうだい。

夢ですよ。喉元まで出かかった一言をグッと飲み込み、銃を構える。

――あなたは、私の恩人。

そこで、引き金を引いた。そうだと良いんですけど。

続いて、つんと澄ました雰囲気の女。

――ああ、いつも私がここで殺してるあいつらのこと？

こちらを振り返った彼女は、恍惚《こうこつ》の笑みを浮かべていた。

——生きている価値のない、クソ男たちよ。結局、現実では一人しか殺せなかった。
でもね、と引き攣《つ》った笑い。
——この国の法律は、私を裁けない。だったら、全員殺しておくんだった。
直後、彼女の目が見開かれる。突然現れた愛娘《まなむすめ》の額に、銃口が突きつけられたから
だ。ママ、助けて。怖いよ——
——悪ふざけが過ぎるわね。ここは夢でしょ？
違うよ。
頭上を見上げた彼女は、恥も外聞もなく懇願し始める。
——やめて、その子だけは！　お願い！
自分は人を殺したくせに。
——撃つなら、私にして！
そこで、引き金を引いた。では、お望み通りに。
最後は、どこか翳《かげ》のある青年。
——お願いだ、言ってくれ！　自分は「犯人」じゃないって。
一歩一歩迫ってくる彼に、こう言ってみた。
この前、私のこと《クリエイト》してたでしょ？　何をするつもりだったの、私に。

——違うんだ。

直後、彼の目が安堵の色を取り戻す。銃口を向けられたからだ。

——早く教えてよ、夢だって。

違うよ。

頭上を見上げた彼は、時間稼ぎをするように喋り出し、すぐにもう一人が現れる。

——悪夢は終わりだ。

そこで、引き金を引いた。でも——

時折、自問してしまう。あのときもう一人が現れなければ、妹のボーイフレンドを自称する男を射殺していただろうかと。

——どうでもいい。

だって、すべてはただの夢かもしれないのだから。

「まあ、聞かない方が良いこともあるな」

ぶんぶんと手を振ると、男は正面に腰をおろした。

「にしても、『タナカミナエ』とはよく考えたもんだ。最初、気付かなかったよ」

無視を決め込み、彼の背後の壁を睨《にら》み続ける。

「榎並叶多を引っくり返したんだろ？」

そう言って感心したように笑う目の前の男こそ、自分を終わりなき悪夢に閉じ込めた張本人にして、実の父親だった。

「でも、愛娘のおかげで人類はまた一歩前進できたんだ。パパは嬉《うれ》しいよ」

――うちの病院に担ぎ込まれてきたお前を見たとき、ショックで言葉が出なかった。

――でも、ある意味チャンスだったんだ。パパにとっても、叶多にとっても。

――研究は進むし、お前はもう一つの人生を歩めるんだからね。

歪んだ愛、血迷った研究者の成れの果て。母親は出て行って正解だ。

「彩花もきっと、そんなお姉ちゃんのことを誇りに思ってるさ」

黙れ。お前に何がわかる。

――彩花には行方不明と伝わってる。

――死んだっていうよりはマシだろ？

「彩花と言えば、気付いたか？　参加者の中に、彼女のボーイフレンドがいたんだ」

「ああ、そんなこと言ってる男はいたかも」

「候補者の側面調査をしてたら、このことが判明してね。社長自ら参加を熱望しているってことを伝えてもらったんだ。それが理由かはわからないけど、とにかく参加してもらえてよかったよ。ちょっとしたサプライズにはなっただろ？」

「まあいい。それより、何か今回の『実験』についてフィードバックがあれば——」

「どうかな」

その瞬間、リビングの扉が勢いよく開く。

「わあ！　お姉ちゃん久しぶり！」

駆け込んで来たのは彩花だった。

「久しぶり」

「寂しかったんだからね」

彼女の後ろには、困ったように笑う母親が控えている。

「ほら、彩花。そんなにはしゃがないの」

「叶多、消せ」

「何のこと？」

「そうだよパパ、何言ってるの」

隣にやって来た彩花が、加勢してくれる。

「いいから、消すんだ。お前が《クリエイト》したのはわかってる」

「あなた、ちょっと疲れてるんじゃない？」と、母親はキッチンへと姿を消す。

平凡な幸せ、穏やかな日常。父親として実現できなかった理想の家庭。

「わかってるぞ、ここは――」

天井を見上げた彼の目が、驚きで見開かれる。

「バカな」

笑みがこぼれそうになるのを必死に堪《こら》える。違うよ、ここは――

「現実なの」

「だって、お前はあの事故からずっと――」

「じゃあ、試してみる？」

テーブルの下から、銃を握りしめた右手をゆっくりと持ち上げる。

「ほら見ろ、やっぱり！　だって――」

拳銃を持っているはずがないから？

それとも、私たち家族が同じ屋根の下でこうして笑ってるはずがないから？

撃鉄を起こし、狙いを定める。

「やってみろ！」

瞬間、脳裏をよぎる旋律。

――現実でも、俺はこの曲を弾く。そしたら証明になるだろ？

うん、それなら認める。自分の罪も、何もかも。

だから――

みんな、待ってて。

リビングに、乾いた銃声が響いた。

解説

千街晶之

二〇二二年現在、ミステリファンのあいだでは「特殊設定ミステリ」という言葉が定着している。私たちが暮らしている現実ではない異世界を舞台にしたり、死者が蘇ったり、超能力や幽霊が実在するものとして登場したり……といった超常的な設定と、謎解《なぞと》きのロジックとが融合しているミステリのことである。近年でいえば今村昌弘『屍人荘《しじんそう》の殺人』（二〇一七年）、阿津川辰海《あつかわたつみ》『星詠師《せいえいし》の記憶』（二〇一八年）、斜線堂有紀『楽園とは探偵の不在なり』（二〇二〇年）、方丈貴恵《きえ》『孤島の来訪者』（二〇二〇年）などが代表的な作例だ。

結城真一郎の第二長篇『プロジェクト・インソムニア』（二〇二〇年七月、新潮社から書き下ろしで刊行）も、そうした特殊設定ミステリに含まれる作品である。というのも、本書の舞台のひとつは夢の中の世界だからだ。

夢。それは、古代や中世においては神仏の託宣であると解釈されていたし、古代中国の思想家の荘子は「胡蝶《こちょう》の夢」の説話によって、夢の中が現実なのか、現実のほうが夢なのかという世界観を提示した。現代に近づくにつれ、夢とは無意識的に抑圧された願望や潜在思考の発露であると考えるジークムント・フロイトや、人類共通の集合的無意識の表れと考えるカール・グスタフ・ユングらによって、主に精神分析学や脳科学の研究対象として考察されるようになった。現在は科学的な研究の結果、目覚めた時に記憶に残っている夢は、睡眠中に繰り返すノンレム睡眠とレム睡眠のうち後者のあいだに見ていた夢であることは既に判明しているものの、ノンレム睡眠状態でも夢を見ているという説もあり、未《いま》だ解明されていない事柄は多い。ともあれ、夢に関する考察は昔も今も人類にとって重要な関心事であり続けており、文芸の世界においても（「夢オチ」という言葉があるくらいに）普遍的なモチーフとなっている。中でも夏目漱石の『夢十夜』（一九〇八年）はことのほか知られているし、澁澤龍彦《しぶさわたつひこ》・編『澁澤龍彦コレクション1　夢のかたち』（一九八四年）や筒井康隆・編『夢探偵』（一九八九年）等々、夢をテーマにしたアンソロジーも数多い。映像方面では、ウェス・クレイヴン監督の映画『エルム街の悪夢』（一九八四年）、筒井康隆の同題小説（一九九三年）を今敏監督がアニメーション映画化した『パプリカ』（二〇〇六年）、クリストファー・ノーラン監督の映画『インセプション』（二〇一〇年）などが思い浮かぶ。

では、本格ミステリの世界では夢はどのように扱われているのだろうか。夢を舞台にした本格ミステリというと、最高峰と言っていいのは、オランダの画家M・C・エッシャーが描いた建築が存在する夢界で起こった難事件を夢探偵・万治陀羅男《まんじだらお》が解明する荒巻義雄の連作短篇集『カストロバルバ――エッシャー宇宙の探偵局』（一九八三年。別題『エッシャー宇宙の殺人』）だ。他にも、辻《つじ》真先の『アリスの国の殺人』（一九八一年）や、小林泰三《やすみ》の『アリス殺し』（二〇一三年）から『ティンカー・ベル殺し』（二〇二〇年）に至る一連の作品群も夢と現実の双方で起こる事件を扱っているし、夢が謎解きに関わってくる例としては、小栗虫太郎の「後光殺人事件」（一九三三年）、連城三紀彦の「白蓮の寺」（一九七九年）、泡坂《あわさか》妻夫の「夢の密室」（一九九三年）、竹本健治の『闇《やみ》のなかの赤い馬』（二〇〇四年）と『これはミステリではない』（二〇二〇年）、内藤了の「夢探偵フロイト」シリーズ（二〇一八〜二〇二二年）、知念実希人《みきと》の『ムゲンの i』（二〇一九年）などが存在している。特殊設定ミステリというよりSFミステリ寄りの作例なら、恩田陸の『夢違』（二〇一一年）も読み逃せないだろう。とはいえ、特殊設定ミステリが一世を風靡《ふうび》している昨今でも、夢を扱った作例はさほど多いとは言えない。恐らく、そもそも非論理的な夢というものを、本格ミステリのロジックに融合させるのはかなり難度が高いからではないかと推測される。

では、夢を扱った本格ミステリの系譜における、本書の独自性とは何だろうか。

主人公の蝶野恭平《ちょうのきょうへい》は、日常生活の中で突発的に睡魔に襲われ眠り込んでしまうナルコレプシーという睡眠障害に悩まされている。この疾患のせいで失業した彼は、中学時代の友人で、夢に関する研究開発を行っているソムニウム社に勤める蜂谷《はちや》から、同社が社運を賭《か》けて進めている極秘実験「プロジェクト・インソムニア」に参加してほしいと持ちかけられる。その内容は、年齢・性別・属性の異なる複数の人間が、極小サイズのマイクロチップを頭部に埋め込むことで同じ夢の世界を共有し、九十日間その中で共同生活を営む——というものだ。

実験に参加することを決断した蝶野は、《ユメトピア》と名づけられた夢の世界の中で生活を始める。《ドリーマー》と呼ばれる被験者たちは、自分が夢の中にいるという明晰夢《めいせきむ》状態を維持したまま、潜在意識によって理想の夢の世界を創造することが可能だ（《クリエイト》という能力によって、現実には存在しない架空のものまで自由に生み出せるようになっている）。つまり、現実世界では叶わない願望をこの世界では満たせるようになるのだ。夢の中では何をしても法律で裁かれることはないので、そこを理想郷たらしめているのは各自の倫理観や社会的規範のみだが、被験者のひとりであるナメリカワテツロウという男が反社会的な願望を口にするのを聞いて、蝶野は不安を覚える。実際、実験は最初のうちこそ問題なく進行していたが、やがて理想郷だった筈《はず》の夢の世界はある出来事を機に一変する。その出来事とは、《ユメトピア》で包丁を突き立てられて倒れている男が発見され、しかもその場に中空から「1人目」と書かれた紙切れが舞い落ちてきてすぐに消えたことだ。そして、被験者たちを次々と異常な事件が襲う。

物語は、蝶野を取り巻く現実と《ユメトピア》の中という二重構造で進行してゆく。この構造自体は夢をモチーフにした本格ミステリの常道と言える。作中の夢の世界の描写は、先に紹介した『パプリカ』や『インセプション』などを想起させる映像的でシュールな魅惑と恐怖に満ちている。しかし、本書はフェアな本格ミステリでもある。夢ならではの脈絡のない描写に、きっちりと手掛かりや伏線が埋め込まれているのだ。

本来、「プロジェクト・インソムニア」では夢の中で死んだとしても、被験者本人が死ぬことは決してないというのが前提である。蝶野は実験に参加するにあたって、蜂谷からそのように説明される。だが、本筋が始まる前のプロローグで、滑川哲郎《なめりかわてつろう》という不動産会社社長がビジネスホテルの一室で急死するという事件が描かれており（しかも「夢の中で死ぬと、現実でも死ぬ」という不吉な都市伝説が言及される）、その前提が信用できないものであることは読者にとっては最初から明白なのだ。

このプロローグでは、死んだ滑川の枕元《まくらもと》に置かれていた拳銃《けんじゅう》とスーツケース内にあった銃弾とでは口径が合わなかったり、卓上の便箋《びんせん》に謎の数字が記されていたり、彼が駅前のロッカーに入れた何かを誰かが持ち去っていたり——といった複数の謎が提示される。これらの謎自体が極めて魅力的だが、この現実世界の出来事と、《ユメトピア》で起こる連続殺人という本筋とがいかにリンクするのかも大きな読みどころであることは言うまでもない。また、作中に数回挿入されている「よく見る夢」という断章は誰が見ているものなのかという謎も読者の興味を牽引する。

蝶野が夢の中での死を免れ、連続殺人の真相と実験の秘密を暴《あば》くには、《ユメトピア》という世界のルールを知り尽くす必要がある。そのルールはかなり煩雑《はんざつ》であり、夢特有の恣意《しい》性も伴っているため、こんなややこしい謎が解けるかと感じてしまう読者もいるかも知れない。ところが本書の謎は、実はある前提を疑うことで容易に解決策を見出《みいだ》せるつくりになっており、しかも意外なほど早い段階で手掛かりが提示されているのだ。特殊設定ミステリならではのこの鮮やかな謎解きと、そこからロジカルに導き出される真犯人の正体が本書の美点と言える。

だが美点はそれだけにとどまらず、真犯人が判明したその先にある動機の解明シーンがとにかく鮮烈だ。この動機は、夢と現実を往還する本書の設定だからこそ成立するものであり、言い換えれば現実にはあり得ない。だが、作中の設定を前提に考えれば、歪《いびつ》でありながら極めて切実なものであることが伝わってくる。先ほど列挙した夢をモチーフにした本格ミステリにも類例がないこのホワイダニットの要素こそが、本書を唯一無二《ゆいいつ》の作品たらしめているのである。

最後に、著者の結城真一郎について紹介したい。

著者は一九九一年、神奈川県生まれ。東京大学法学部卒。中学三年の卒業文集に、高見広春『バトル・ロワイアル』の原稿用紙六百枚換算にも及ぶパロディ小説を寄せたのが、ミステリ作家になろうとしたきっかけだという。その後、大学の同級生だった辻堂ゆめが『このミステリーがすごい！』大賞の優秀賞を受賞して二〇一五年にデビューしたことに刺激を受け、自らも本格的に作家を目指すようになった。二〇一八年、記憶の取り引きという特殊設定を盛り込んだ青春ミステリ『名もなき星の哀歌』（応募時のタイトルは「スターダスト・ナイト」）で第五回新潮ミステリー大賞を受賞してデビューを果たす。続いて発表した本書で更に注目され、地方の過疎化という社会的問題を背景にした首なし殺人とテロ予告を描いた第三長篇『救国ゲーム』（二〇二一年）は、第二十二回本格ミステリ大賞（小説部門）にノミネートされた。

著者は短篇の名手でもあり、受賞第一作の短篇「惨者面談」は本格ミステリ作家クラブ編のアンソロジー『本格王２０２０』（二〇二〇年）に収録されたし、「#拡散希望」は第七十四回日本推理作家協会賞（短編部門）を受賞した（同じ回の長編および連作短編集部門を受賞した坂上泉とともに、平成生まれの作家としては初めての日本推理作家協会賞受賞者である）。この二篇を含む初の短篇集『#真相をお話しします』（二〇二二年）はコロナ禍などの世相とトリッキーな仕掛けを融合させた全五篇を収録しており、著者の作品では最大のヒット作となっている。

特殊設定に代表される奔放な想像力と、社会的テーマへの眼差しとを兼ね備えつつ、次にどんな題材を扱うかを全く予想させない著者の作風は、今後まだまだ成長が期待できそうだ。そんな大器の予感に満ちた本書は、後々、著者の「初期の代表作」と呼ばれるようになるに違いない。

（令和四年十一月、書評家）

この作品は令和二年七月新潮社より刊行された。

プロジェクト・インソムニア

新潮文庫　ゆ－16－2

令和五年二月一日発行

著者　結《ゆう》城《き》真《しん》一《いち》郎《ろう》

発行者　佐藤隆信

発行所　株式会社　新潮社

郵便番号　一六二―八七一一
東京都新宿区矢来町七一
電話　編集部(〇三)三二六六―五四四〇
　　　読者係(〇三)三二六六―五一一一
https://www.shinchosha.co.jp

価格はカバーに表示してあります。

乱丁・落丁本は、ご面倒ですが小社読者係宛ご送付ください。送料小社負担にてお取替えいたします。

印刷・錦明印刷株式会社　製本・錦明印刷株式会社

ISBN978-4-10-103262-7 C0193